「私――リアナは偉大なるドルガリア帝国の皇女として、
異世界勇者の再来となるように努めます」
ソフィア
リアナ
「創造錬金術師は自由を謳歌する」2
故郷を追放されたら、魔王のお膝元で超絶効果のマジックアイテム作り放題になりました

ルキエ
トールよ。お主がこの
魔剣『レーザーブレード』を
作ったのは正しかったぞ!!

トール
メイベル

「このお風呂《フットバス》が……あたくしの身体の魔力を整えてくださってるのが……わかるの。ぜひ、錬金術師さまにお礼を言いたいの」
ソレーユ
「それは直接申し上げるとよろしいでしょう」
ルネ

創造錬金術師は自由を謳歌する 2

故郷を追放されたら、魔王のお膝元で超絶効果のマジックアイテム作り放題になりました

[Author]― 千月さかき
[Illustration]―――― かぼちゃ

口絵・本文イラスト
かぼちゃ

装丁
木村デザイン・ラボ

CONTENTS

第1話「魔術の射程距離を伸ばす」

「それじゃ、魔獣討伐に使えそうなマジックアイテムを作ろう」

ここは魔王城にある、俺の工房。

帝国を追放されて魔王領に来てから、まだ10日足らずだけど、いつの間にかここが俺の居場所になってる。

「帝国でのことは、もう遠い話に感じるな……」

俺は軍事大国ドルガリア帝国で、公爵家の長子として生まれた。

でも、ひどい目にあってきた。

あの国は『強さ』だけを重視していて、戦闘スキルを持たない俺は見下されてきたからだ。

文官の仕事をしてもまったく評価されず。

公爵だった父親からは「公爵家の恥さらし」と呼ばれ。

結局、俺は人質として、魔族と亜人が治める、ここ魔王領へと追放された。


そしたら、大歓迎された。

魔王領は人外魔境の混沌《こんとん》とした場所って聞いてたけど、実際はいい人ばっかりだった。

魔王のルキエは俺を錬金術師として雇ってくれた上に、工房や素材まで用意してくれた。

エルフのメイベルはサポート役として、俺の仕事を支えてくれてる。

火炎巨人《イフリート》の血を引く少女アグニスや、その父親のライゼンガ将軍とも親しくなれた。

そうして俺は、魔王直属の錬金術師として仕事をするようになったんだ。


今の俺の目的は、勇者を超えること。

数百年前に異世界から召喚された勇者は、劣勢だった人間勢力を立て直し、魔王軍を敗北させた。

彼らの強大な力は、文字通りこの世界を変えたんだ。

戦いは終わり、勇者は元の世界に帰ったけれど、彼らはこの世界に様々な伝説や資料を残した。

それによると勇者が住む世界は、すさまじい技術を誇っているらしい。

そんな勇者世界を超えるのが、今の俺の目標だ。


現在、魔王領は魔獣を討伐する準備を始めている。

となると、魔王直属の錬金術師である俺は、それをサポートするアイテムを作るべきだろう。

だから俺は魔獣討伐に使えそうなものがないか、勇者世界のアイテムが載っている『通販カタログ』を調べているのだった。


「次はこれを作ってみようと思う」

俺は『通販カタログ』を開いて、メイベルに見せた。

載っているのは黒い筒《つつ》だ。表面はつやつやしていて、先端には透明な板がついてる。

起動すると、赤い光が灯《とも》るようになっているらしい。

「これはどういうものなのですか？　トールさま」

「『レーザーポインター』って書いてあるよ」


『レーザーポインター』（レーザー照準器《サイト》としても使えます！）


この『レーザーポインター』で、あなたの指示を確実に伝えましょう！

この商品を使えば、的確に「めあて」を伝えられます！

人を指導する立場の方には、特におすすめです。

強力な赤い光は、おどろくほど遠くまで届き、見せたい場所をくっきりと示してくれます。

距離は、通常商品の約5倍！　くっきり感は10割増し！

あなたの指示は間違いなく伝わり、まわりはすぐに静かになるでしょう。


なお、当社の『レーザーポインター』は、クロスボウやエアガンにつけることで、『レーザー照準器《サイト》』としても使用可能です。命中率は10倍アップ。射程距離は5倍に伸びます！

（競技用です。決して人には向けないでください）

「……すごいものがあるのですね」

メイベルは俺の説明を聞いて、目を輝かせてる。

実は俺もおどろいてる。

『エアガン』がどういうものかはわからないけど、『クロスボウ』はこの世界にもある。機械式の弓のことだ。それに『レーザーポインター』を装着すると命中率や飛距離が上がるらしい。

「でも、トールさま。『指導する立場の人には特におすすめ。的確に「めあて」を伝えることができる』というのはどういう意味なのでしょうか?」

「兵士の隊長が、倒すべき敵を部下に的確に伝えられるという意味だと思うよ」

「『あなたの指示は間違いなく伝わり、まわりはすぐに静かになるでしょう』というのは……」

「敵がすぐに倒れて沈黙するという意味だね」

「『決して人には向けないでください』というのは──」

「魔獣討伐専用ってことだろうね」

「『競技用』というのは──」

「異世界の勇者にとって、魔獣討伐は競技みたいなものなんだろうね。あの人たちは勇者同士で、魔獣討伐の回数を競い合っていたらしいから」

「わかりやすいですね」

「まったくだ」

俺とメイベルは顔を見合わせてうなずいた。

「魔獣討伐専用だから、魔族や亜人相手に使われた記録がないんだろうな。勇者が魔獣を効率よく倒すためだけに使ってたのかも」

「勇者が強力な魔獣をあっという間に倒した伝説は、普通にありますからね」

「かなり遠距離から攻撃してた勇者もいたよね」

「射程距離が通常の５倍になるなら、魔獣なんか近づけませんよね……」

そうだよね。近づく前に倒されちゃうだろうし。

巨大な怪鳥が、遠距離から勇者の魔術で倒された記録もある。仮にそれが『レーザーポインター』の効果によるものだとしたら……このアイテムは、魔術の射程距離も伸ばせるのかもしれない。

「今回の魔獣退治にはぴったりだ。作ってみよう。メイベルも手伝ってくれるかな」

「はい！　トールさま」

必要な素材だけど——まずは、光を出すために『光の魔石』が必要になる。

光を直進させる方法だけど……ここは『闇《やみ》属性』を使おう。

光と闇は相反する。光のまわりを闇で包めば、光を一方向にだけ飛ばせるようになるはずだ。

とにかく、やってみよう。失敗したら作り直せばいい。

何度だって試せる。ルキエは、それを許してくれる王様なんだから。


「発動『創造錬金術《オーバー・アルケミー》』！」


俺はスキルを起動した。

『通販カタログ』に載っているような『レーザーポインター』をイメージし、半透明の立体図を空中に浮かび上がらせる。

形は金属製の筒。中に光の魔石を仕込み、そのまわりを闇の魔力で包み込むようにする。水の入った袋に小さな穴を空けて、まわりから押しつぶす感じだ。

「メイベル。金属の素材を」

「は、はいっ！」

メイベルは小さな金属の塊を、テーブルの上に置いた。

俺は『レーザーポインター』のイメージ図を、テーブルの上に移動させる。

金属塊《きんぞくかい》が変形して、筒へと変わっていく。

そこに光の魔石を埋め込んで、まわりの金属には『闇属性』を付加。

さらに闇の魔石も組み込む。『闇属性』の『光と相反する』という特徴を強化して……ここに『風属性』も付加しておこう。

『風属性』には『循環する』『遠くに運ぶ』という意味もある。

『レーザーポインター』の光を、さらに遠くまで運んでくれるはずだ。

……せっかくだから、光と一緒に闇の魔力も飛ばした方がいいな。

明るい場所で使った場合、『レーザーポインター』の光が見えにくくなるからね。

『レーザーポインター』の光のまわりを闇で囲むようにすれば、光がくっきりと浮かび上がる。見やすくなって、狙《ねら》いもつけやすくなるだろう。

「……これでいいかな」

『通販カタログ』に載ってるのより、かなり大きくなっちゃったけど。これはしょうがない。

俺は勇者の世界には、まだ追いつけてないんだから。
「それじゃ実行！　『創造錬金術《オーバー・アルケミー》』!!」

ころん。

テーブルの上に、円筒形の『レーザーポインター』が生まれた。
長さは60センチくらい。直径は10センチ弱。
かなり大きい。クロスボウにつけるのは無理かな。まぁ、手に持って使えばいいか。

『レーザーポインター（レーザー照準器《サイト》としても使えます）』
（属性：光光・闇闇闇・風風）（レア度：★★★★）
光の魔力により、光源を作り出す。
強い闇の魔力により、その光をぎゅーっと潰して伸ばして、無理矢理直進させる。
闇の魔力も、強い光の魔力でぎゅーっと潰して伸ばして、無理矢理直進させる。
風の魔力によって、光が当たった場所まで、魔力の流れを作り出す。
光の魔石と、闇の魔石が必要です。

魔石は消耗品のため、定期的に交換が必要（3ヶ月に一度、新品と交換してください）。
物理破壊耐性：★★★（魔術で強化された武器以外では破壊できない）
対人安全装置つき：人間や魔族、亜人相手には使えません。
耐用年数：15年。
1年間のユーザーサポートつき。

「それじゃ実験してみよう。城の中に魔術の訓練場はある？」

「あります。すぐにご案内いたしますね」

俺たちは魔術の訓練場に向かうことにした。


「――魔獣と戦うときは、ちかづく。ひといきに、せんめつする」

「――それでは後衛の魔術部隊が危険です。前衛との距離が離れては、守りに不安があります」

「――『魔獣ガルガロッサ』には、たくさんの配下、いる。かこまれる前に、たおす」

「――ミノタウロスたちはそれでよいでしょう。ですが、我らエルフは防御力が弱く、側面から攻撃を受けた場合――」

「――そうならないように、ていさつを、出す」

「――我らは敵に近づきすぎることを危険視しているのです‼」


ここは魔王城の一角にある、兵士たちの訓練場。

隅の方に、石で作られた標的が並んでいる。あそこが魔術の訓練場所かな。

訓練場の入り口近くでは、ミノタウロスの戦士と、エルフの魔術師が口論してる。

「討伐前の打ち合わせかな」

「作戦を考えてらっしゃるようですね」

今回討伐する魔獣は『ガルガロッサ』という大型種で、小型の魔獣を大量に従えているらしい。

放っておくと、配下をどんどん呼び寄せるそうだ。

ミノタウロスをはじめとする前衛部隊は、突撃して一気に魔獣を殲滅《せんめつ》したい。

魔術部隊は敵に囲まれないように、できるだけ離れて戦いたい。

でも、前衛部隊が突っ込んでしまうと、魔術部隊も前進しなければいけない。

前線が遠くなりすぎると、魔術が当たらなくなるからだ。

だからこうやって意見を出し合ってる、ということか。

「……すごいな」

思わず俺はつぶやいてた。

「帝国では上の人間が決めた作戦に、下の人間は無条件で従ってたからね。こんなふうに現場の人たちが意見を出し合うのはすごいと思うよ」

「そうなんですか。魔王領では、いつもの光景ですけど……」

メイベルは不思議そうに首をかしげてから、

「それでは、訓練場の使用許可を取ってきますね」

──手の空いてるエルフさんに話をしに行ってくれた。

それから俺たちは、魔術の訓練場の方に移動したのだった。


「この線から標的までが、一般的な魔術の射程距離です」

メイベルは地面に書かれた白い線を指さした。

「ここからでは射程距離がぎりぎりですね……。標的に当てるのが精一杯だと思います」

「あそこにある石の板が標的かな？」

「そうです。中央の丸に近いところに当てられるように訓練するんです」

「わかった。それじゃ『レーザーポインター』で命中率が上がるか、試してみよう」

俺は『携帯用超小型物置』を取り出した。

前に作ったのはアグニスにあげちゃったから、こっちは新たに作ったものだ。メイベルとルキエにも、ひとつずつ渡してある。そこから『レーザーポインター』を取り出して、っと。

肩に担いで魔力を注ぐと──よし、起動した。

「トールさま。標的に赤い点が現れましたよ？」

「『レーザーポインター』の効果だよ。メイベルはあの光を目標に魔術を撃ってみて」

標的には大きな赤い点が浮かび上がっている。

思った通り、点のまわりは闇――つまり、黒でふちどりされてる。すごく見やすい。

『レーザーポインター』から目標までは、まっすぐ、赤い線が伸びている。これを使って狙《ねら》いを定めるわけか。わかりやすいな。

「準備はできたけど。魔術を撃っちゃっていいのかな?」

『撃ちます』って、まわりに知らせた方がいいと思うんだけど――


「――つまり、われわれの後ろから、魔術で魔獣を攻撃できれば――」

「――だから距離が空きすぎると、魔術が届かなくなるわけで――」


……みんな忙しそうだ。邪魔したら悪いな。

施設を使う許可は取ってあるから、実験を始めよう。

「メイベル。氷系の魔術は使える?」

「はい。トールさまのおかげで、水の魔力循環がよくなりましたので、大抵のものは使えます」

「じゃあ、氷の攻撃魔術を撃ってみて」

「承知しました。それでは『アイシクル・アロー』‼」

メイベルは魔術を発動した。

赤い点の中心に、氷の矢が命中した。

「すごいな。メイベル」

「……あれれ？」

「どしたの？」

「撃つとき、狙いが逸《そ》れた気がするんですけど……当たりましたね」

「当たったならいいじゃないか。次はもうちょっと、距離を伸ばしてみようよ」

俺たちは標的までの距離が通常の1・5倍のところまで移動した。

メイベルは魔術を発動した——命中した。

俺たちは標的までの距離が通常の2倍になるところまで移動した。

メイベルは魔術を発動した——もちろん命中した。

俺たちは夢中になって、魔術の実験を続けた。

訓練場の入り口では、まだ打ち合わせが続いてる。

ここからじゃ聞こえないけど、なにを話しているんだろう……？


「——どうしてわかってくれない、ですか」

「——わからないのはそちらでしょう⁉　魔術師には、安全な距離が必要なのです！」

「——われわれが魔獣とたたかっている間に、エルフたちは、はなれて——」

「——魔術には射程距離があるから、それは不可能だと——」

「——あれ？　だれかが、魔術の実験、してます」

「——標的からずいぶん離れていますね。あんな距離で当たるはずが……」

「――おや」

「――あれ？」

「……えええええええええええええっ⁉」


訓練を続けていると……背中が壁にぶつかった。

訓練場の端まで来たみたいだ。これ以上後ろに下がるのは無理か。

確認できた射程距離は通常の3・5倍まで。

魔術はすべて標的に命中してる。実験は成功だ。

「でも……トールさま。魔術の射程距離を超えているのに、どうして命中するのでしょう？　しかも、標的のまったく同じ場所に当たっているようですが……」

「勇者の世界のアイテムの効果だからしょうがないよ」

「……エルフとして納得いかないのです」

「でもまぁ、やっちゃったものはしょうがないよね。標的を確認してみよう」

「は、はい」

俺たちは手をつないで、標的のところまで移動した。

標的の中央には氷が張り付いている。メイベルの『アイシクル・アロー』だ。

氷がついているのは、『レーザーポインター』の光が当たっていた部分だけ。

メイベルが放った氷の矢は、寸分違《たが》わずまったく同じ場所に当たってたらしい。

つまりこれは――

「『レーザーポインター』が生み出した魔力の流れに、魔術が引っ張られたのかな?」

「魔力の流れ、ですか?」

「この『レーザーポインター』は目標まで、光の魔力と闇《やみ》の魔力を飛ばしてるよね? つまり『レーザーポインター』から目標までの間には、魔力のラインができてるということになる」

「……あ」

俺の言いたいことに気づいたのか、メイベルが目を見開いた。

「つまり『レーザーポインター』の光に触れるように魔術を発射すると――」

「魔力の流れに乗って、まっすぐ目標に到達する、ってことだね」

「すさまじい能力ですね……」

「おそるべきは、勇者の世界のアイテムだよな……」

的確に『めあて』を伝えることができて。

騒がしい魔獣はすべて沈黙させる、魔獣討伐用のアイテム。

そんなものがあるなんて、勇者の世界はどれくらい恐ろしい場所だったんだろう……。

「とりあえずルキエさまに見せて、使ってもらえるか聞いてみようよ」

「そうですね。まいりましょう。トールさま」

「その前に、訓練場の後片付けを――って、あれ?」

いつの間にか、訓練場が静かになっていた。

ミノタウロスさんたちとエルフさんたちが無言で、こっちを見てる。

「訓練場を使わせてくださって、ありがとうございました。これから後片付けを――」

ふるふるふるふるっ！

俺が言うと、ミノタウロスさんとエルフさんは、一斉に首を横に振った。

「……片付けをしなくてもいいんですか？」

こくこくこくこくっ！

今度は一斉にうなずく、ミノタウロスさんとエルフさん。

みんな「どうぞどうぞ」って感じで手を振ってる。

これからみんなで訓練をするのかな。だったら、邪魔しない方がいいな。

「わかりました。それじゃ、失礼します」

俺とメイベルはお辞儀をして、訓練場を離れたのだった。


――トールとメイベルが立ち去ったあとで――


「……われわれは、なんの話をしていた、ですか？」

「……前衛が魔獣に突撃して、その後、後衛が魔術で支援するという話です」

「……忘れて、ました」

「……わかります。私たちも、今の光景を見たショックで忘れかけていました」

「話し合いの議題は、なんでしたか？　魔術部隊……中隊長、さん」

「魔術の射程についてでしたね。前衛部隊中隊長のミノタウロスさん」

「「…………」」

ミノタウロスたちとエルフたちは、顔を見合わせた。

「さきほど、魔術をつかってたのは、メイドのめぃべるさまです」

「以前は魔術が使えず、エルフの村の、心ない者たちにつまはじきにされていたようですが」

「魔術、つかえて、ました」

「ですねぇ。射程距離、すごいですねぇ」

「どうなっている、ですか?」

「あの、人間の錬金術師、トールさまが使っていたアイテムのおかげだと思います」

「とぉる・りぃがすさまですね」

「でも、魔術の射程距離が伸びるアイテムなんか、聞いたことないんですが……」

「とぉるさまならあり得ます」

「さっきのアイテムがあれば『魔獣ガルガロッサ』討伐が楽になりますね」

「それで……われわれの話し合っていた、問題は……?」

「魔術の、射程距離の問題ですね……」

「問題、なくなりました……」

「どうしたらいいんでしょう……」

しばらく沈黙する、ミノタウロスたちとエルフたち。

それから彼らは、一斉に歩き出す。

トールたちはアイテムの使用許可を取りに行くと言っていた。だったら、口添えをしなければ。

そう考えた彼らは、宰相の執務室に向かって歩き出した。


そして、数分後。

「待ってください。なんの話かわからないのだが⁉　は、はい。トールどのとメイベルは魔王陛下のところにいると思うが。え？　アイテムの使用許可。いや、待って。本当に待って。まだ話を聞いていないから。ト、トールどのー！　ちょっと来て説明してくださいーーっ‼」

宰相ケルヴは、兵士たちから『トールどののアイテムの使用許可』について、熱のこもった話を聞かされることになるのだった。

第2話「ライゼンガ将軍、帝国貴族と交渉する」

――トールが『レーザーポインター』を作っていたころ、ライゼンガの領地では――


ここは、魔王領の南部にある火炎将軍ライゼンガの領地。

その中心にある将軍の館《やかた》に、帝国からの使者が来ていた。

使者の名前は、ガルア辺境伯。

魔王領に近い場所に領地を持つ、帝国貴族だった。

「はじめまして。火炎将軍ライゼンガどの。お目にかかることができて光栄です」

帝国貴族であることを示すマントをつけた男性が、ライゼンガ将軍に向かって頭を下げた。

「我《われ》はライゼンガ・フレイザッドだ。魔王陛下より国境付近の領地をお預かりしている」

ライゼンガも軽く会釈し、あいさつを返す。

今回の会談は、魔王ルキエも同意の上だ。

目的は、鉱山開発について交渉をすることにある。

数ヶ月前、ライゼンガ領の山岳地帯で新たな鉱脈が見つかった。

場所は帝国との国境近く。

すぐに鉱山の開発を始めるつもりだったが、調査の結果、近くに強力な魔獣が住み着いていることとがわかった。開発の前に、まずはその魔獣を倒さなければいけない。

だが、国境地帯に兵を集めれば、帝国から『魔王領に侵攻の意志あり』と誤解されるかもしれない。取り逃がした魔獣が町を襲うようなことになれば、帝国にも迷惑がかかる。

そう考えたライゼンガは、帝国のガルア辺境伯に、事情説明の使者を送った。

数回のやりとりのあと、次のような計画が立てられた。

・魔王領は、帝国と協力して魔獣の討伐を行う。
・鉱山が開発されたあかつきには、帝国は採掘された銀の一部を受け取る。

そうして今回、将軍と辺境伯が直接顔を合わせて、最後の詰めを行うことにしたのだった。

「──火炎将軍ライゼンガどのと、直接お話ができることに感激しております」

ガルア辺境伯はライゼンガの正面に腰を下ろした。

筋骨隆々とした男性だった。

灰色の髪とヒゲをなでながら、探るような目でライゼンガを見ている。

「ライゼンガどのの武名についてはうかがっております。お若いころ、魔王領の東方に現れた魔獣どもを、お一人で蹴《け》散《ち》らしたとか」

「昔の話だ。今さら持ち出されるのは気恥ずかしい」

「ご謙遜《けんそん》を。魔王領に侵入した盗賊どもの武器と服を、その火炎で焼き尽くされたという伝説もうかがっておりますよ」

緊張した口調で、ガルア辺境伯は言った。

「将軍は武器を使わず、抵抗した盗賊の両足の骨を素手で砕いたそうですな。帝国でも評判となっております。今回の交渉のためのお手紙をいただくまでは……どのような方かと……」

「期待外れであったかな？」

「そ、そのようなことは！　ただ……こうして穏やかにお話ができるお方とは……予想外で」

ガルア辺境伯はそう言って、ハンカチで汗を拭《ぬぐ》った。

その姿を見ながら、ライゼンガは苦笑いしていた。

彼が一人で魔獣の群れを倒したのも、盗賊どもを追い払ったのも、昔の話だ。

そのころはまだ、ライゼンガは強さしか信じなかった。初代魔王の時代の『火炎巨人《イフリート》』たちのことを思い、彼らよりも強くなろうとしていた。

そんなライゼンガを変えたのは亡き妻と、娘のアグニスだ。

アグニスを産んでから体調を崩し、若くして亡くなった妻と、強すぎる火の魔力に悩んでいたアグニスが、力だけではどうにもならないことがあると教えてくれた。

それでもかすかに残っていた強さへの憧《あこが》れを、完全に打ち砕いてくれたのがトールだった。

戦う力を持たない彼は、その錬金術でアグニスを救った。

そのトールを脅して、言うことを聞かせようとしていたことは――思い出すたびに寒気が走る。

今はただ、トールやアグニスに対して恥ずかしくない大人でいようと思うばかりだ。

そんなことを考えながら、ライゼンガは肩をすくめる。

「我の戦歴のことはどうでもよい。それよりも交渉を進めるとしよう」

そう言ってライゼンガは、辺境伯の前に羊皮紙を置いた。

「まずは今回の魔獣討伐についての書面をご確認いただきたい」

「承知いたしました」

ガルア辺境伯は羊皮紙を手に取り、目を走らせる。

「確認ですが。帝国は『魔獣ガルガロッサ』討伐のため、兵を提供するということでよろしいでしょうか？　兵数は１００から２００名程度となりますが」

「問題ない。協力していただけるのは助かる。あの魔獣は多くの配下を引き連れているからな」

ライゼンガはうなずいた。

「帝国兵は魔王領の者と協力して戦う、ということでよろしいな？　ガルア辺境伯よ」

「はい。それで、こちらがいただく報酬についてですが……」

「鉱山が開発された後《のち》に、採掘した銀の一部を帝国に差し上げる」

「期間は１年、ですか」

ガルア辺境伯は、羊皮紙から顔を上げた。

深呼吸して、それから、上目づかいでライゼンガを見て――

「銀をいただく期間を、もう少し長くはできませんかな？」

「鉱脈がどれほどあるかわからぬからな。確たることは言えぬ」

「できれば２年、いえ、４年いただければうれしいのですが」

「魔王陛下にはすでに１年と伝えておる」

「そこはそれ……やりようはあるものでして」

ガルア辺境伯は手もみをしながら、にやりと笑った。

辺境伯は帝国の貴族。力ある戦士だと、ライゼンガは聞いている。

だが、この粘つくような目つきは、なんとかならないものだろうか。

「貴公はなにが言いたいのだ？」

「……今一度、将軍より魔王陛下を説得していただきたいのです」

ガルア辺境伯は姿勢を正して、告げる。

「もし、魔王陛下を説得するのが難しい場合は……将軍から帝国へ、個人的に銀を送っていただくことはできないでしょうか？　その場合、将軍には私どもからお礼をいたします。今回のように魔獣が現れたときや、将軍が個人的に兵力を必要としたとき、お力になれるかと」

ひと呼吸おいてから、辺境伯は続ける。

「将軍の領地は国境地帯にございます。帝国とよしみを結ぶのは、悪いことではありますまい？」

「待て、ガルア辺境伯」

ライゼンガは、ぎろり、と、辺境伯をにらんだ。

「貴公は我に、魔王陛下をだませと言うのか？」

「とんでもない。私は将軍に、帝国とよしみを結ぶことをお勧めしているだけです」

「鉱山より算出する銀は、魔王領の財産だ。勝手に扱うことはできぬ」

「採掘量を報告されるのは、将軍のお役目だと聞いております」

まるで答えを用意していたかのように、辺境伯は即座に言葉を返す。

「ときおり、計算間違いをすることもあるでしょう。その際に、わずかな量を帝国にお送りくださればいいのです。それで将軍は、帝国内に強い味方を得ることになります」

「……ガルア辺境伯よ」

ライゼンガは静かに、辺境伯を見据えていた。

「我がお主を丁重に扱っているのは、帝国の使者だからだ。また、帝国との争いを起こしたくないという、魔王陛下のお心によるものでもある」

「存じております」

「だが、貴公が信じられる人間かどうか、我は疑っている」

ライゼンガは、ため息をついて、

「かつて貴公は、書状に『魔王領に送られてくる客人は強力な武人』と書いていたな。このライゼンガが腕試しをするのにぴったりの、強い男だと」

「おっしゃる通りです。将軍は、あの者と戦われたのですか？」

「まさか。見ただけでわかったよ。彼は武器を持って戦う者ではない」

「ですが、将軍は、ああいう者は気に入らないのではないですかな？　貴族なのに戦う力を持たず、なのに、のうのうと生きている。そんな者は、性根をたたき直すべきと存じますが」

「性根を？」

「帝国と魔王領は、かつて剣を交えております。魔王領には帝国に恨みを持つ者もいるでしょう。彼をそういう者に差し出し、気晴らしに使うのも良いのでは？」

「貴公が……トールどのを『戦士』として紹介した理由が、それか」

「そこで、さきほどの話に戻るのですが……」

ガルア辺境伯はテーブルに手をつき、身を乗り出した。

「名案がございます。裏取引が明るみに出た場合、すべてをトール・リーガスの責任とするのはどうでしょうか?」

「………………」

「彼が将軍をだまして、書類を書き換えていたことにします。トール・リーガスは銀を横領し、帝国に戻るための裏工作に使っていた……このシナリオはいかがでしょうか」

「………………」

「これならば将軍に迷惑はかかりません。トール・リーガスはその命をもって、帝国と将軍の役に立つこととなります。よい考えだとは思いませんか?」

「……ひとつ訊《たず》ねる」

ライゼンガ将軍はテーブルに視線を落としたまま、告げる。

「『トール・リーガスどのに責任を押しつける』というのは、貴公一人の判断か?」

「私だけではございません。父君であるリーガス公爵の提案でもございます」

「そうではない。貴国の皇帝は、このことを知っているのかと聞いている」

「いいえ」

ガルア辺境伯は首を横に振った。

「帝国に奉仕するのは貴族のつとめ、いちいち陛下にご報告するほどのことではございませんよ」

「……そうか、良かった」

「え?」

「帝国そのものを軽蔑《けいべつ》せずに済んだ」

ライゼンガは無表情のまま、言った。

「魔王陛下は『人間に学ぶ』という考え方をお持ちだ。その陛下を、悲しませたくはないからな」

「あ、あの……ライゼンガ将軍？」

「もういい。黙れ。これ以上、口を開くな」


ばきぃんっ。


ライゼンガの手の中で、陶器のカップが砕け散った。

ぼっ、と、真っ赤《まか》な髪から炎が立つ。赤銅色の肌がさらに赤くなり、深紅の瞳《ひとみ》が輝き出す。

それからライゼンガは無言で腕を伸ばし――屋敷の出口を指さした。

「出ていけ」

「は、はい？」

「貴公のような下劣な者と話す口はない！　出ていけ！　二度と我の前に姿を現すな‼」

「ひぃっ⁉」

ライゼンガが拳《こぶし》を叩《たた》き付けたテーブルが、真っ二つに折れる。

飛び散った木片は彼の周囲で、火の粉となって舞い上がる。

ガルア辺境伯は、さっき自分が語った伝説を思い出す。

『豪炎のライゼンガ』――一人で数体の魔獣をほふり、素手で盗賊たちを打ちのめした強者《つわもの》。

そのライゼンガが、激怒していた。

「魔王陛下をだますだけでも罪深いというのに……恩人であるトールどのを利用しろだと？　罪をすべて彼になすりつけろだと……？　我の友であり、娘の恩人でもあるトールどのに⁉　ふざけるのもいい加減にしろ‼」

「と、友⁉　あの者が⁉」

「そうだ。我はトールどのを尊敬している。彼を登用した魔王陛下に忠誠を誓っているのだ‼」

目の前でゆらぐ炎と、将軍の怒り。

その両方に圧倒されて、辺境伯が真っ青な顔になる。

「わ、わけがわかりませぬ。トール・リーガスがどうしたというのです⁉」

「トールどのは、娘アグニスの婿にと、このライゼンガが心に決めたお方だ！」

ライゼンガは辺境伯ガルアをにらみ付けた。

「そのトールどのを利用するなどとはあり得ぬ！　貴公との交渉はここまでだ！　この件は、魔王陛下にすべて報告する‼　貴公が汚い手を使って魔王陛下をだまそうとしたことをな‼」

「そ、そんな。この話を受け入れていただければ、将軍にも利益が――」

「そんなもの、アグニスの笑顔に比べれば塵芥《ゴミ》に等しい‼」

「で、では、魔獣討伐と――鉱山の件は⁉」

「今回の交渉は帝国と魔王領の友好のためのもの。鉱山の魔獣を討伐するため集める兵が、帝国への侵攻のためのものだと誤解されぬように交渉してきたのだ」

怒りに震える声を抑えて、ライゼンガは続ける。

「だが、貴公では話にならぬことがわかった。魔王領に敵対の意思がないことは、帝国の皇帝に、改めて書状で伝えることとする！」

ライゼンガは怒りにまかせて腕を振る。赤銅色の拳を叩き付けられた窓が、砕け散る。

窓の下で、おどろいたような声があがる。

館《やかた》の前庭に集まっていたライゼンガの配下と、ガルア辺境伯の配下が窓を見上げる。

「火炎将軍ライゼンガが告げる！　辺境伯ガルアどのより、魔王陛下と我が友に対して看過できぬ発言があった！　我《われ》の責任において、交渉はここまでとする‼」

ライゼンガは、窓の外に集まった者に向かって、宣言した。

それから、炎のような視線をガルア辺境伯に向けて、

「速やかに立ち去れ！　辺境伯よ。交渉は決裂したのだ‼」

「魔獣はどうするつもりなのですか⁉　あなたたちだけで、あの魔獣を倒せると⁉」

「それは命に代えても成し遂げよう。我の責任でな。貴公にはもう関係のないことだ」

「今すぐ謝罪なさい！　そうすれば――」

「友を侮辱した者に下げる頭など持たぬ！　そんなことをするくらいなら、魔獣の前にこの命を散らした方がましだ！　わかったら消えろ‼　今すぐに‼」

ライゼンガは叫んだ。

しばらくの間、辺境伯ガルアは息を詰めて、将軍を見返していたが――

「……は、話が違います。ああ……リーガス公爵さま。どうしてこんなことに……」

――足をもつれさせながら、部屋を飛び出していった。

「我も……まだまだ未熟だな」

ライゼンガはため息をついて、椅子に座り込んだ。

耳を澄ますと、慌てふためいた辺境伯と、兵士たちの声がする。

彼らはこれから帝都に戻るのだろう。

皇帝や高官たちからの反応があるまでは時間がかかる。

その間に魔王陛下に報告し、判断をあおごう。ライゼンガがそう考えたとき──

「……お父さま」

聞こえた声に、振り返ると、部屋の入り口にアグニスが立っていた。

ライゼンガは苦笑いして、

「すまぬ、窓を壊してしまった。嫌な空気を入れ替えようと思ったのだが、やりすぎたようだ」

「一体なにがあったのですか。お父さま」

「帝国からの使者が、トールどのを侮辱したのだ」

「わかりました。ちょっと……追いかけて……燃やしてくるので」

反射的に駆け出そうとするアグニス。

胸元のペンダントが光り、五行《ごぎょう》属性の身体強化を発動する。

「待て！　アグニス‼」

「トールさまを侮辱する方はアグニスの敵なので‼」

「我も同じ気持ちだ！　その我が、必死に怒りをこらえているのがわからぬか⁉」

ライゼンガは叫んだ。

アグニスが振り返ると、父の髪から炎が上がっているのが見えた。

部屋の温度も上昇し、熱で空気がゆらいで見える。

火の魔力を操作できるライゼンガでも、怒りのために、炎を抑えきれずにいたのだ。

「それに、仕返しをしたとして、そのことをトールどのにどう伝えるつもりだ？」

「……あ」

「『帝国の貴族があなたを侮辱したので、アグニスは復讐《ふくしゅう》しました』とでも言うのか？　だが、帝国の貴族の本心を知ったら、トールどのは傷つくだろう。また、アグニスが辺境伯を攻撃したために魔王領と帝国が戦になったら、あの方はつらい思いをするのではないか？」

父の言葉に、アグニスは足を止めた。

「……わかりました。アグニスは、トールさまが傷つくのは、嫌なので」

「帝国の貴族たちはトールどのを、道具のように考えているようだ。だが、あの方がそれをご存じだとは思えぬ。もし知っていたとしたら……あの方が、あれほど穏やかでいられるはずがない」

「アグニスもそう思います。トールさまは、お優しいので」

「この件は、トールどのには伏せておくこととしよう」

やはり、将軍の位は返上しておくべきだったと——ライゼンガは声に出さずにつぶやく。

一兵士であれば、友を侮辱した者に炎をぶつけても、自分が責任を取るだけで済む。

だが、ライゼンガは魔王領の将軍だ。

怒りにまかせて辺境伯を攻撃したら、それは魔王領と帝国の問題になってしまう。

「まずは、魔王陛下に報告をせねばならぬな。交渉が決裂したと」

ライゼンガはうなずいた。

「魔王城に書状を出すとしよう。今回の件、罪はすべてこのライゼンガにある。魔王陛下がお怒りならば、将軍の地位も領地も返上し、一兵卒としてやり直す所存、とな」

「お父さま……」

「そうなったらアグニスは……トールどののメイドにしていただくがいい。『原初の炎の名にかけて』、あの方のものになると誓ったのだ。不満は……ないようだな。顔を見ればわかる」

「…………恥ずかしいのです」

こうして、ライゼンガと辺境伯の交渉は決裂したのだったが――

「あの辺境伯は、将軍閣下の友人を侮辱したらしい！」

「だったら交渉決裂も仕方ないな‼」

「魔獣など、我々だけで倒してやる‼」

――配下の兵士たちからは、まったく不満はあがらなかった。

その後、ライゼンガは魔王ルキエに書状を出し、すべてを報告した。

返事が来たのは、その数日後。

『報告書は読んだ。

辺境伯ガルアの提案を蹴《け》ったことは賢明であった。貴公に罪はないことをここに記す。

貴公からの報告のあと、帝国の皇帝より書状が来た。

今回のことは辺境伯ガルアの独断であり、皇帝も知らなかったとのことだ。

関係者は、皇帝の名において処分されるらしい。

帝国側は予定通り、魔獣討伐のための兵を出すそうだ。報酬は不要とのこと。


なお、帝国からは聖剣使いの第3皇女が来るそうだ。

第3皇女についての情報はないが、聖剣使いとなれば、それなりの腕の持ち主であろう。

また、聖剣とは、かの異世界勇者が使っていたもののはず。となれば、その威力は絶大。

帝国がそれほどの人材と武器を持ってくるとは、予想外であった。


聖剣使いの姫君が来るのであれば、余もそれなりの出迎えをする必要がある。

よって、余自らが兵を率いて、魔獣討伐に出向くこととした。

火炎将軍ライゼンガには、魔王親征の準備を命ずる』

「魔王ルキエ・エヴァーガルド陛下のご親征である‼　皆の者！　用意をせよ‼　アグニスには陛下を出迎えるに相応《ふさわ》しい服を仕立てよ‼」

そしてライゼンガ将軍と部下たちは、魔王を出迎える準備を始めたのだった。

第3話「幕間《まくあい》：帝国領での出来事（1）―公爵家の没落―」

――ライゼンガが辺境伯を追い返したあと、帝国では――


「魔王領との交渉に失敗しただと!?」

帝都にある公爵家の屋敷。その執務室で、バルガ・リーガス公爵は叫んだ。

テーブルを挟んだ向かい側にいるのは、辺境伯のガルアだ。

彼はうつむき、肩を縮めて、リーガス公爵の怒りにおびえている。

「……も、申し訳ございません。まったく予想外のことが起こりまして」

「言い訳はいい！　本当に交渉は失敗したのか？　もう駄目なのか……？」

公爵の剣幕に、ガルア辺境伯は無言でうなずいた。

「どうにもなりません。魔王領の将軍は、もう、私とは交渉しないと……」

「そんな……軍務大臣から依頼された計画が……」

リーガス公爵は頭を抱えて、椅子に座り込んだ。

計画は次の通り。

――ライゼンガ将軍に対して、魔獣討伐への協力を持ちかける。

――鉱山が開発されたあと、ライゼンガ将軍から個人的に、銀の一部を渡してもらう。

――その対価として、今回のように魔獣が現れたとき、即座に兵を出すと提案する。

――そうすることで帝国はライゼンガ将軍と交流を深め、国境地帯の情報を得ることができる。

計画が進めば、ライゼンガと魔王の仲を裂くことも可能だろう。

無断で帝国に銀を渡したことが知れれば、魔王はライゼンガに疑いを持つ。疑われたライゼンガは帝国の支援をあてにして、反乱を起こすかもしれない。

単純に『ライゼンガが銀を横領している』と噂《うわさ》を流して、魔王領をかき乱してもいい。

すばらしい作戦だと思った。

だから辺境伯と公爵は、進んで実行役を引き受けた。

さらに、リーガス公爵は念を入れて、ガルア辺境伯に追加の指示を出したのだ。


「公爵家が魔王領に送り込んだ不肖の子トールを、交渉に利用するがいい」と。


魔王領側の交渉相手は、火炎将軍のライゼンガだ。公爵は彼の戦歴を知っている。

彼ほどの強者《つわもの》なら、戦う力を持たぬ者を嫌うはず。トール・リーガスを利用する計画に、喜んで協力するだろう。

それがリーガス公爵と、ガルア辺境伯の予想だったのだが――

「『トール・リーガスどのは、我が娘の婿にと心に決めたお方』――だと!?」

ライゼンガ将軍の回答は予想外すぎた。

「トールはただの生《い》け贄《にえ》だぞ!? 『豪炎のライゼンガ』ならば、トールのような弱者は見下して当然のはず。なのに……娘婿だと⁉　なぜだ⁉」

「わ、わかりません。魔王領で一体、なにが起こっているのか……」

「あやつめ……なりふり構わず亜人どもに取り入ったに違いない。帝国の情報を流したか、それとも、泣きついて慈悲を求めたか⁉　あの恥知らずが‼」

公爵は、今回の計画にかけていた。

魔王領の将軍を操ることができれば、帝国に大きなメリットがある。公爵の評価も上がる。トールを使うことにしたのは、さらに名声を上げるためだ。

『帝国のために、自らの子どもを犠牲にした公爵バルガ・リーガス』──その評価は皇帝や皇子・皇女の中でも高まるはずだ。リアナ皇女も、公爵を見直すに違いない。

「なのに……どうしてこんなことに……」

「た、大変です！　公爵さま」

「大変なのはわかっている！　これからどうするか考えているのだ。黙っていろ！」

「い、いえ……そうではなくて……軍務大臣が……」

言われて顔を上げると、執務室のドアの前に、老齢の男性が立っていた。

片眼鏡《モノクル》を掛けて、じっと、公爵と辺境伯を見据えている。

「軍務大臣ザグランさま。ど、どうしてここに……」

「計画が失敗したとの報告を聞いたのでね。その確認に来たのですよ」

「は、ははっ」

リーガス公爵とガルア辺境伯は、慌てて椅子から立ち上がる。

そうして二人は、軍務大臣の前で——床に頭をこすりつけた。

「おふたりとも、顔を上げてください。私は話を聞きに来ただけです」

片眼鏡をつけた白髪《はくはつ》の老齢の男性は、ゆっくりと部屋に入ってくる。

彼は軍務大臣ザグラン。ドルガリア帝国3大高官の一人だ。

皇帝からの信頼も厚く、第3皇女リアナの教育係も兼ねている。

公爵よりはるかに高い地位にある男性だった。

「お、恐れながら、計画はまだ途中でございます」

公爵は平伏《ひれふ》しながら、声をあげた。

「多少の計算違いはありましたが、問題ありません。すぐに挽回《ばんかい》を……」

「不要です。計画は中止とします」

白髪の軍務大臣は言った。

「あなたのやり方は雑すぎる。まさか魔王領の将軍を怒らせるとはね。それも、あなたの息子を犠牲にしようとしたせいで。いや、まったく。予想外でしたよ」

「……ど、どうしてそれを」

「辺境伯の一行に、私の手の者をまぎれこませておりました。その者からの報告です」

軍務大臣の言葉に、リーガス公爵の顔が蒼白《そうはく》になった。

言い訳も、ごまかしも効かないとわかったからだ。

「優先すべきは、魔王領が帝国に手出しできないようにすること。ご子息を人質として送り出したのもその一環です。なのに、先方の将軍を怒らせてどうするのですか」

「し、しかし、わしは計画の通りに――」

「ご子息に罪をなすりつけるのも計画のうちか⁉　私はそんなことまで頼んではいない‼」

「……ひっ⁉」

「銀を余分に引き出す計画を、ライゼンガ将軍が拒否した時点で引き下がるべきでしたね。そうすれば話はそこで終わっていただろうに」

長いため息が、公爵の執務室に響いた。

「魔王領から銀を引き出す計画は中止です。ですが魔獣討伐は予定通り行うこととなりました。見返りはなくなったが、魔王領に帝国の強さを思い知らせるにはいい機会でしょう」

「は、はい。このバルガ・リーガスもお供いたします！」

「いや、公爵には別の場所で活躍していただきたい」

沈黙が落ちた。

公爵の反応がないのを確認して、軍務大臣ザグランは、

「現在、帝国の南方で小国との小競り合いが起こっている。公爵にはそこで軍務省の指揮のもと、兵士たちと共に戦っていただく」

「……え」

「詳しくは高官会議の席にてお伝えします。すでに皆さまお集まりです。さぁ、こちらに」

「お、お待ちを！　弁明の機会を‼」

「それは会議で主張なさればよろしい。ああ、ご子息の話は、なさらないように」

公爵の言葉をさらりと流して、軍務大臣は続ける。

「トール・リーガスのことは、会議では禁句です。彼を魔王領に送り込んだことを、公爵家の功績として主張するのは無意味です。逆に、陛下の心証を悪くすると考えられよ」

「ど、どうして……」

「ご子息が、規格外すぎるからですよ」

軍務大臣は感情のない声で、

「魔王領の将軍に『娘婿』と呼ばれる者。魔王領に入って10日足らずで魔王領の者たちの信頼を得た者。しかも当人は、帝国が自分を生け贄として差し出したことを知っている。当然、帝国やあなたへの悪感情もあるでしょう。そんな人間を、どう扱えばいいのですかな？」

「——あ、ああ」

公爵の身体《からだ》が震え出す。

軍務大臣の指摘は、公爵の最後の切り札を封じてしまった。

『危険をかえりみず、我が子を魔王領へと送り込んだリーガス公爵』

その主張だけが、帝国の高官会議で公爵の身を守ってくれるはずだったのに。

「まさか、今さらご子息を利用しようとは考えていないでしょうな？」

軍務大臣ザグランはため息をついた。

「言っておくが、ご子息を利用できなくしたのは貴公だ。貴公は、ただ、ご子息を人質に出すこともできた。なだめすかして協力を求めることもできた。しかし、そうしなかったのでしょう？　聞いた話では、あなたは彼をののしって、死んでこいといって送り出したとか」

「……だ、だが、あやつは戦えない役立たず。無能な人間で——」

「無能？　彼はすでに、魔王領の将軍の信頼を得ているようだが？」

「だ、だとしても！　帝国のために身を捧《ささ》げるのは、貴族として当然のこと――」

「立派な考えですね。では、あなたもそれを実行なさい」

「……!?」

「帝国は魔王領を大人しくさせる必要がある。あなたが帝国の上級貴族でいることは、彼らの反感を買う。ならばあなたは、帝国のために爵位を捨てる覚悟をされるがいい」

冷え切った声が、公爵の耳に届いた。

「まさか、ご子息に要求したことを、自分ができないとはおっしゃらないでしょうね？」

「…………あ、あ、ああああああ！」

「話の続きは高官会議でするとしましょう。ご同行ください。バルガ・リーガス公爵」

リーガス公爵は、もはや、言葉もなかった。

彼は宮廷での会議に出席し、その場で罰を言い渡された。

・魔王領から得ようとしていた銀に相当する資金の供出。
・爵位を公爵から、伯爵に降格。
・汚名返上を望むのであれば、帝国南方での戦闘に参加すること。

こうしてリーガス伯爵家は、帝都の社交界から完全に姿を消したのだった。

第4話「魔王ルキエから話を聞く」

——魔王ルキエ視点——


そのころ、魔王ルキエは玉座の間で、宰相ケルヴと話をしていた。

彼女の手には、一通の書状がある。

辺境伯との交渉のあと、ドルガリア帝国皇帝の名で送られてきたものだ。

「『ゆえに、ドルガリア帝国は魔王領と共に「魔獣ガルガロッサ」討伐を行いたい』——か」

魔王ルキエは、書状を声に出して読み上げた。

「これが、帝国の公式見解ということじゃな」

「はい。ライゼンガ将軍の報告書がこちらに着いた数日後に、魔王領へと届いております」

「対応が早すぎるようじゃが」

「辺境伯一行に、帝国高官の部下がまぎれこんでいたのでしょう。その者が早馬を走らせたのだと思われます」

「書状には『あの提案は辺境伯たちが暴走したもので、帝国の総意ではない』とあるな」

「あの提案……トール・リーガスどのを利用するという件ですね」

「……そうじゃな」

ライゼンガからの報告書には、ガルア辺境伯の言動がすべて記してあった。

辺境伯からライゼンガに、鉱山から出る銀を横流しするように誘いがあったこと。

その見返りとして、帝国がライゼンガに軍事的な協力を持ちかけたこと。

ガルア辺境伯が、トールになにをしようとしたのかも、すべて。

『あの辺境伯は、裏取引が明るみに出たときには、責任をすべてトール・リーガスどのに押しつけるようにと。あのお方を……闇《やみ》に葬《ほうむ》れと‼』

ライゼンガの文字がゆがんでいる。彼も怒りを抑えながら書いたのだろう。

魔王ルキエの手も震えていた。

中でも怒りを覚えるのは、帝国からの書簡に書かれた一文だ。

『この件は辺境伯ガルアと、リーガス公爵の独断につき──』

その文章を読んだ瞬間、ルキエは無意識に、奥歯をかみしめていた。

怒りに身体が震えそうになるのを、腕に爪を立てることで抑える。

それほど、辺境伯ガルアとリーガス公爵の提案は、ルキエには許せないものだったのだ。

（リーガス公爵──トールの父親が、息子に罪をなすりつけて、闇に葬れと言ったじゃと⁉　トールは一体……帝国でどのように扱われていたというのじゃ……）

もちろんルキエも、帝国がトールを捨てたことは知っている。

トール自身が話してくれたのだ。自分は使者ではなく、人質──生け贄として魔王領に送り込まれたのだと。ルキエはトールを信じている。だから、それは事実なのだと考えていた。

だが彼が、これほどまでにひどい扱いを受けているとは思っていなかったのだ。

「……こんなことが……公爵とやらは自分の子を……トールを……」

「陛下……」

宰相ケルヴが心配そうにつぶやく。

それを聞いた魔王ルキエは、胸を押さえて深呼吸する。

『認識阻害《にんしきそがい》』の仮面に触れて、自分が魔王であることを再確認する。

（ルキエ・エヴァーガルドは魔王じゃ。仮面をつけている間は、魔王らしく振る舞うのじゃ……）

ドアの外には警備のミノタウロスがいる。廊下にはメイドたちもいる。

仮面をつけている間は、冷静でなければいけないのだ。

「すまぬな、ケルヴよ。もう落ち着いた」

「いえ、お気持ちはお察しいたします。私も、この件については予想外でした」

「……じゃろうな」

「それで、トールどのの今後についてですが――」

「なにも変わらぬ！」

魔王ルキエは宣言した。

「帝国貴族のしたことなどで、トールの扱いが変わってたまるか。あの者は魔王領の賓客で、余の直属の錬金術師じゃ。なにも変わらぬ！」

「私も、異存はございません。トールどのは、すでに魔王領の重要人物ですから」

宰相ケルヴは一礼し、それから、目を伏せて、

「ですが、今回の件について、他の者にはどこまで伝えますか？」

「交渉の結果は伝える。じゃがトールの件については、できれば余とお主だけの秘密としたい」

トールが実の父に利用されようとしていた事実は――あまりにもつらすぎる。

そんなことを、魔王領の皆に知られたくはなかった。

「トールどのご本人には、どうされますか？」

「……それは」

「将軍はトールどのには知らせるべきではないと書いていますが、私はそうは思いません。今後、帝国からトールどのに手紙が来ることもありましょう。その際、今回の件を知っているかどうかで対応が変わります。情報がなければ、間違った対応をしてしまうかもしれません」

「……そうじゃな」

「城内でこの件を知るのは陛下と、このケルヴのみ。ならば、私がトールどのに――」

「トールは余の錬金術師じゃ」

魔王ルキエは、ゆっくりと首を横に振った。

「今回のことは、余がトールに伝えよう」

「よろしいのですか、陛下」

「これは余の責任じゃ。鉱山の開発に許可を出したのも余であり、帝国との交渉を許したのも余じゃ。ならば、その結果についても……余が責任を取らなければなるまい」

魔王ルキエは、玉座から立ち上がった。

顔半分を覆う仮面の下、口元だけで笑ってみせる。

「なぁに……余は、魔王じゃぞ。これくらいのこと、普通に伝えてみせるのじゃ」

「お願いいたします。陛下」

「うむ。ちょうどトールの部屋を訪ねようと思っておったところじゃ。その席で伝えよう」

うなずいて、魔王ルキエは歩き出す。

「――私は、トールどのに感謝しているのです」

ふと、宰相ケルヴがつぶやいた。

「ライゼンガ将軍の『原初の炎』の誓いがあったからこそ、私は将軍の報告がすべて事実だと信じることができました。将軍はなにも隠さず、ありのままを伝えてくれたのだと」

宰相ケルヴは正面を見据えたまま、告げる。

「今回の陰謀は巧妙でした。もしも将軍を信じ切ることができなければ、将軍が少しでも事実を隠していたら……私たちと将軍の間には、埋められない溝ができていたかもしれません」

「……うむ」

「将軍の誓いのきっかけとなったのは、トールどのです」

玉座の間に、宰相ケルヴの声が響いていた。

「私は宰相として、トールどのに恩義がございます。もしもトールどのが望むことがあるならば、私はできる限りのことをするつもりです」

「そんなことを言って……トールが山のようにマジックアイテムを持ってきたらどうするのじゃ」

「そ、それは……」

「……お主の気持ちは伝えておく。ありがとう、ケルヴ」

そう言って、魔王ルキエは玉座の間を出ていったのだった。

十数分後。魔王ルキエはトールの部屋の『小型物置』の中にいた。

今日はお茶会の日だ。

目の前には、メイベルが淹《い》れてくれたお茶と、熱々の焼き菓子がある。

トールとメイベルは新作アイテム『レーザーポインター』の話題で盛り上がっている。

「ルキエさまも、あの『レーザーポインター』を気に入ってくれると思います」

「私の魔術の飛距離がすごく伸びたんですよ。自分でも信じられないくらいです」

トールとメイベルは焼き菓子をつまみながら、笑っている。

つられてルキエも笑顔になるが──それが微妙に、ひきつってしまう。

（……帝国との交渉の中で起きたことを……トールに伝えなければ）

そう思いながら、魔王ルキエは焼き菓子をかじる。

この焼き菓子を飲み込んだら──このお茶を飲み込んだら──

トールとメイベルは笑っている。邪魔したくない。話をするのは、話題が途切れてから──

そんなことを繰り返しているうちに、ルキエは自分の失敗に気づいた。

帝国のことを伝えるなら、玉座の間でするべきだったのだ。

仮面の魔王としてなら、部下に話をするのも、罰を与えるのも難しくはない。

でも、ここは友人同士のお茶会の席だ。だからルキエも仮面を外している。

その席で、彼の父親がしたことについて話すのは、つらすぎる。

そんな当たり前のことに、今になって気づいてしまったのだ。

（でも……言わなければならぬ。余の役目なのじゃ）

（トールは以前、『自分は帝国から送り込まれた人質で生《い》け贄《にえ》』だと、なんでもないことのように話してくれた。同じようにすれば大丈夫じゃ……）

魔王ルキエは、ゆっくりと深呼吸。

トールとメイベルが話を止めたタイミングで、口を開く。

「あのな。トール。ライゼンガのところで行われていた、帝国との交渉についてなのじゃが」

「はい。ルキエさま」

トールがカップを置いて、ルキエの方を見た。

「そ、その交渉で、ちょっとしたトラブルがあったのじゃ……ちょっとした、ことがな」

自分の声が、震えているのがわかった。

それでも必死に、ルキエは説明を続ける。

「こ、困ったものじゃよなぁ……その席で、帝国の辺境伯が……妙なことを言い出してなぁ」

「妙なことですか？」

「うむ。まったく、ろくでもない貴族……が、いたものじゃ……こともあろうに…………ラ、ライゼンガを利用して……銀の横流しを……させてな……裏取引を……」

「ルキエさま!?　どうしたんですか!?」

「陛下！　魔王さま!?」

（あれ？）

（どうしてトールとメイベルは、びっくりしているのじゃろう）

「……へんきょうはくは……いったのじゃ……鉱山から出る銀を……横流し……ライゼンガと秘密の協力関係を……そのために銀を……それが……魔王領にばれたときには……」

目が熱いと思った。

テーブルの上に、水滴が落ちていた。

「…………こ、こともあろうに、トール……お主に罪を……なすりつけて……けして……つまりは……ころ……して……それをしたのは……へんきょう、はくと……おぬしの…………おぬしの！」

「ルキエさま！　落ち着いてください……」

「陛下……どうして……」

トールとメイベルの声が、そろった。

「『……どうして、泣いているのですか……』」

「……あ」

言われて初めて、ルキエは自分が泣きじゃくっていることに気づいた。

声も震えている。顔を手でぬぐうと、涙でぐしゃぐしゃだ。

魔王なのに情けない──そう考えて、ここが『小型物置』の中だということを思い出す。

ここは素顔になって、一人の女の子になっていい場所。

ルキエが遠慮なく、ありのままでいられる場所だ。

だったらいいか、と思って、ルキエは涙を止めるのをあきらめた。

「…………じゃ、じゃからな。ていこくの……ものが……トールを……トールを……」

――もう、無理だった。

「…………ひっく。うくっ。トール……お主はなにもわるくない……わるくないのに……ひどいことを言ったやつが……!!　余のだいじなトールに……あんなひどい、こと……を……うぅ」

「お、落ち着いてください、ルキエさま！」

「話はゆっくりうかがいますから。ね」

優しい目で自分を見つめるトールとメイベル。

それを見ても、ルキエの涙は止まらず。

結局、涙声のまま、彼女はトールの父の陰謀について、すべてを話し終えたのだった。

――トール視点――

「そんなことがあったんですか……」

ルキエの話を聞き終えた俺は、ため息をついた。

「わかります。うちの父親のやりそうなことですから……」

「…………うぅ。ぐすっ」

「泣かないでください。お茶でも飲んで落ち着いて……って、冷めちゃってますね」

「すぐに淹れ直しますね。少々お待ちください。陛下」

しばらくするとお湯が沸いて、3人分のお茶がテーブルに並ぶ。

ルキエはそれに口をつけて……ため息をついて、

「……取り乱して、すまなかった」

――やっと、落ち着いたみたいだった。

「冷静に伝えるつもりじゃったのに……逆に……お主たちを困らせてしもうたのじゃ……」

「気にしないでください。ルキエさまのおっしゃりたいことは、わかりましたから」

いきなり泣き出したのは、びっくりしたけど。

ルキエの話の内容は、ちゃんと伝わってる。

ライゼンガ将軍との会談で、帝国の辺境伯が裏取引を持ちかけた、か。

銀を横流しして、それがルキエにばれたときには、俺に罪をなすりつける……って、なに考えてるんだろうな。どう考えても通る理屈じゃないだろ。ルキエと将軍が怒るのは当たり前だ。

なにを考えてるんだろうな……帝国の連中。特にうちの父親は。

「……余は、信じられないのじゃ。どうしてこんなにひどいことができるのか」

泣きはらした目をこすりながら、ルキエは言った。

空いた手は、俺の手を握ってる。

ルキエが泣いてるとき、うっかり俺が頭をなでちゃったときからだ。

それからルキエはずっと、俺の手を放そうとしない。

「リーガス公爵はトールの親じゃろう⁉　人質……生け贄として魔王領に追放しただけでなく、この期に及んでお主を利用しようなどと……余には信じられぬのじゃ」

「……ルキエさま」

「こ、この話をしたあと……トールがどんなに悲しむか考えてしまったら……な、泣けてきてしまって……トールが、気の毒で……どうしようもなくなってしまったのじゃ……」

「ルキエさまは、いい人ですね」

俺は言った。

「こういったら失礼ですけど……ありがとうございます。俺のために、泣いてくれて」

「……う、うるさい。すごく恥ずかしかったのじゃぞ」

ルキエは赤い目を細めて、俺を見た。

それから、肩を落として、

「余は、まだまだじゃな。仮面をつけた状態なら冷静に……お主に事実のみを伝えることができたじゃろうに。仮面を外したとたん、泣き出すとはな……自分が情けないのじゃ」

「ここはお茶会の席です。秘密の場所なんですから。ルキエさまはそのままでいいんです」

「……う、うむ……そうじゃな」

ルキエはメイベルが差し出したハンカチで顔をぬぐい、うなずいた。

「トールは余の友じゃからな。友がひどい目にあったのに……泣けないようでは……それこそ恥ずかしいからな。トールが泣かない分、余が泣いた。それでいいのじゃ」

「俺としては、ルキエさまを泣かせた分、うちの親父《おやじ》をぶん殴りたいですけどね」

「そのためにお主を帝国に行かせる気はないぞ」

「わかってます。言ってみただけです」

「じゃが、余はわからぬ。どうしてお主の父親は、ここまでするのじゃ？　トールが邪魔だったのなら、魔王領に追放しただけで十分ではないか。どうして罪をなすりつけて……利用して……」

「俺の父親がここまでする理由は……たぶん、帝国の方針が原因だと思います」

「帝国の方針じゃと？」

「ドルガリア帝国が、戦闘力至上主義だというのは話しましたよね」

「……うむ」

「そのために、トールさまはお父さまにうとまれたと聞いております……」

ルキエがうなずき、メイベルは心配そうに俺を見てる。

俺は続ける。

「当然、父──いや、リーガス公爵も強い戦士です。そして公爵の父親は『剣聖』と呼ばれる剣の達人でした。俺の祖父です。でも、祖父はお酒が大好きで……高齢になってから、酔ったところを盗賊に殺されちゃったんですよ」

「……え」

「……そうなのですか？」

「当時は俺も小さかったから、よく覚えてないんですけどね。ただ、子供心に思ったんです。いくら強くなったって、隙を突かれたら殺される。齢《とし》を取って弱くなることもある。なのに強くなればなるほど、自分を倒して名を上げようとする者にぶちあたるんですよね……」

祖父を殺した盗賊も、最強を目指していた戦士だったという噂《うわさ》がある。

剣聖になるために、祖父も色々な相手と戦ってたらしいからね。あり得ない話じゃないんだ。

「だったら、最強を目指しても意味がないんじゃないか。錬金術スキルを活《い》かして、頭脳労働をやった方がいいかなって、俺はそう思うようになったんです」

「トールらしい発想じゃな」

「目に見えるようです」

「だけど、リーガス公爵は、そんなふうに考える俺を許せなかったんでしょうね」

帝国の人々は、みんな強い者になろうとしてる。

それは帝国の礎を作った勇者の強さが桁外《けたはず》れだったからだ。

この世界の人の強さを100とすると、勇者の強さは100000くらい。

それなら隙を突かれても大丈夫だし、多少おとろえても問題ない。

だから帝国の人たちは、勇者のような強さを目指してるんだ。

「帝国の人たちは──うちの父も含めて──勇者のようになるために、権力や功績や……使えるものはなんでも道具として使おうとしてるんじゃないかと」

「それが、公爵がお主を犠牲にしようとした理由か？　余にはまったく理解できぬぞ」

「安心してください。俺にもできません」

「……良かった」

「なにがですか？」

「トールと同じ考えを持っていることが、うれしいのじゃよ」

「はい。私もトールさまと同じです。帝国の方針がまったく理解できません」

「そっか」

俺とルキエとメイベルはうなずいて、また、お茶を飲んだ。

「でも、今回のことで俺も、リーガス公爵家にはうんざりしました。だから、自分の名前を変えようと思います」

気づくと――俺はそんなことを口にしていた。

ルキエとメイベルが、きょとんとした顔になる。

「今日からはリーガス公爵家の家名を使うのはやめて、母方の姓を使うことにします。ふたりとも、これから俺のことはトール・カナンと呼んでください」

「トール・カナン……か」

「なんだか、優しい響きですね」

ルキエはうなずき、メイベルは楽しそうに笑ってる。

俺も違和感はない。というか、帝都の役所にいたころは、こっちの名前を使ってたからね。

「魔王領では一応、俺はまだ帝国からの人質ってことになってますから、公式にはリーガスの家名を使うことになります。でも、3人でいるときは、こっちの姓で呼んで欲しいんです」

「うむ。わかった。トール・カナンじゃな」

「トールさまのハンカチに刺繍《ししゅう》するときは、こちらのお名前を使いますね」

俺も、ルキエもメイベルも、納得したようにうなずいた。

俺もすっきりした。

家名を捨てたことで、父親――バルガ・リーガスとの縁が切れた、そんな気分だ。

「トール・カナン……カナンか。ふむ。よいと思うぞ。トール・カナンよ」

「ありがとうございます。ところで、ルキエさま」

「なんじゃ、トールよ」

「……そろそろ、手を放していただいた方が……」

「……う、うむ」

ルキエは、真《ま》っ赤《か》な顔でうつむいて、

「……すまぬ。余は、トールが父親にひどい扱いを受けたことを知って、すごくさみしくなったのじゃ。あんな父親のもとで暮らしていたことを考えてしまってな。そのとき、側《そば》にいられなかったことが、悔しくて、それでつい、手を握ってしまったのじゃ」

「そうだったんですか……」

「せめて今日は……眠るまで手を繋《つな》いでいたいのじゃが……」

「うれしいですけど。ちょっと難しいですね」

ルキエの気持ちは、本当にうれしい。

それに、魅力的な提案ではある。でも──

「陛下は女の子なんですから。俺と一緒に眠るのは──」

「な、なにもせぬぞ！　た、ただ、手を繋いで眠りたいだけじゃ」

「陛下。お気持ちはわかりますが……眠るまでというのは無理だと思います」

メイベルが困った顔になる。

「陛下がトールさまのお部屋に泊まるわけにはまいりませんし、陛下のお部屋がある階は男子禁制です。別室にはメイドたちも控えております。トールさまをお部屋に入れるのは難しいかと」

「わかっておる。言ってみただけじゃ」

ルキエも無理なお願いだってのはわかってるんだろうな。

でも……なにか手はあるかもしれない。

俺は魔王陛下の錬金術師だ。方法を考えてみよう。

俺とルキエがそれぞれ自室にいながら、手を繋いで眠る方法は──


「あった」


『通販カタログ』を開いてみたら、使えそうなものがあった。

すごいな、勇者の世界の本。こんな事態にも対応できるものがあるのか。

このアイテムなら、ルキエの願いを叶《かな》えることができるかもしれない。

第5話「快適な寝具をつくる」

「こんなものを見つけました」

俺はルキエとメイベルに、『通販カタログ』のページを開いた。

そこに掲載されていたのは──


『最新型　抱きまくら』

最近枕が合わない、寝付きが悪い、そんな悩みはありませんか？

最新型の抱きまくらで、優しい眠りを体験しましょう！

この抱きまくらは、魔法のような新素材で作られており、まるで大事な人を抱きしめているような感覚を実現しています。

布地は人肌のように優しく、きめ細かで、自由に伸び縮みします！

内部の特殊ビーズによって、お客さまの好きなように形を変えることもできます。

どんなふうに抱きしめるかは、あなた次第です！

大好きな人と繋がっているような感覚を、いつでも実感できます！


「「……おおー」」

俺とルキエ、メイベルは感心しながら『通販カタログ』を見つめていた。

「なぁ、トールよ」

「はい。ルキエさま」

「これがどうして、余とトールが手を繋いで眠ることの代わりになるのじゃ？」

「俺はこの『抱きまくら』が、人の姿に変身すると思っているからです」

「――――な⁉」

ルキエが目を見開いた。

「いや……確かに『大事な人を抱きしめているような感覚』、『大好きな人と繋がっているような感覚』とあるが、この『抱きまくら』が変身するというのは考えすぎでは……」

「でも、この『抱きまくら』を見ていると、俺はある勇者の伝説を思い出したんです」

「勇者の伝説じゃと？」

「『形態変化』の魔術を使う勇者です」

「「――――あ」」

ふたりとも、気づいたようだ。

かつて異世界から召喚された勇者の一部に、自由に姿を変える魔術を使える者がいたことに。

「確かにおったな。あやつは姿を変えて、魔王軍に潜入したのじゃった」

「正体がばれたら、ドラゴンに変身したんですよね……」

「その勇者が使っていたのが『粒状の魔力』でした。どんな形にもなり、どんな色にも変化する魔力の塊です。勇者はそれで偽の身体《からだ》を作り、着ぐるみのようにかぶっていたんです」

俺は『通販カタログ』を指さして、続ける。

「つまり『好きな形にできる特殊ビーズ』みたいなものですよね？」

「……確かに」

「言われてみれば……おっしゃる通りです」

伝説を思い出しているのか、ルキエとメイベルは真剣な顔でうなずいてる。

「あの勇者は正体がばれたあと、偽りの身体が壊れて、中から『粒のような魔力』が飛び散ったと言われておる」

「トールさまはこの『抱きまくら』が、それと同じ能力を持っているとお考えなのですね？」

「うん。だから『通販カタログ』には、『魔法のような新素材』って書いてあるんだ。その能力で『形状は自由自在』『あらゆる姿に変化』するんだと思う」

変身勇者の伝説は、帝国でもさんざん聞かされた。

その勇者が使っていた『魔力の粒』と同じように、この『抱きまくら』にも魔力で自由に配置を変えるビーズ――細かい粒が入っているんじゃないだろうか。

「……確かに、勇者世界のアイテムが、ただの『抱きまくら』とは思えぬ」

「……では本当に、この『抱きまくら』には変身能力が……？」

「それは作ってみればわかるよ。成功すれば、この『抱きまくら』を俺の形に変形させて、ルキエさまは俺の手を握ったまま眠ることができますから」

「……ううむ」

「私は賛成です！　ぜひ、お手伝いさせてください！」

ルキエは難しい顔。でも、メイベルはやる気十分だ。

「陛下がご不要というなら……この『抱きまくら』はぜひ、私が使わせていただきたいです。トールさまがどんな抱きごこ――いえ、この枕がどんな抱き心地なのか、気になりますから」

「いやいや、トールの手を握って眠りたいと言ったのは余じゃから！」

なにか決心したように顔を上げるルキエ。

「必要な素材は余が準備させる。この『抱きまくら』を作ってみよ、トール！」

よっしゃ。許可が出た。作り始めよう。

俺は必要な素材について、ルキエとメイベルに伝えた。


「持ってきたのじゃ。取り出すぞ、トール……よいしょ」

ルキエの『携帯用超小型物置』から、真っ白なシーツが飛び出した。

数は、予備も含めて3枚。お願いしておいた素材の布だ。

「こちらも準備できました。トールさま！」

続けてメイベルが取り出したのは、樽《たる》に入った豆の殻《から》だ。

これはスララ豆と言って、軽くて中身はスカスカで食べられない。

代わりに豆の殻の方が、枕の中身やクッション、ぬいぐるみなどに使われている。

「ありがとうございます。ルキエさま。メイベル。あとは魔石を用意して、と」

俺は宰相さんに準備してもらった魔石を、テーブルの上に並べた。

魔力を使い切ったからっぽの魔石だ。今回はこれを使おう。

「それじゃはじめます。発動――『創造錬金術《オーバー・アルケミー》』！」

俺はスキルを起動した。

まずはテーブルの上にシーツを広げ、その上に魔石を並べていく。

シーツと魔石を合成して、魔力に反応する布を作ろう。

「――『素材錬成』」


ふるん。


スキルを発動すると、シーツに載せた魔石が震え出す。

氷が溶けるみたいに、薄く、広がって、シーツに溶け込んでいく。

よし。『素材錬成』成功だ。

『鑑定把握』すると――シーツを構成する繊維と魔石が融合してるのがわかる。魔力を注ぐと……思ったように、形を変える。

魔力に反応して『自由に伸び縮みする布』の完成だ。

スララ豆の殻も同じように、『素材錬成』して、っと。

「ルキエさま。ちょっとこの豆に手をかざしてみてください」

「う、うむ。こうか？」

「はい。それで、好きな形になるように念じて――たとえば、丸とか三角とか」

「丸と三角？　丸と三角……おおおおおおっ!?　な、なんじゃこれは!?」

「豆の殻が丸と三角になりましたよ!?」

よし。できた。

殻は寄り集まって、思った通りの形になってる。

「いいみたいです。じゃあ、仕上げをしますね」

俺は『通販カタログ』の『抱きまくら』のページをじっと見つめる。

頭の中にイメージを焼き付けて――

「『抱きまくら』のイメージ図を展開」

宣言すると、空中に半透明の『抱きまくら』が浮かび上がった。

置いておいたシーツと豆の殻が、イメージ図に飲み込まれる。

シーツは抱きまくらの外側に、殻は中身になる。

『抱きまくら』がやわらかくなるように、水属性も付加しよう。水はなめらかで、どんな形にもなることができる。同じような特性を与えることができるはず。

続けて通気性が良くなるように、風属性も付加。これで暑くて寝苦しい夜も安心だ。

カバーには魔力を蓄積する能力を付与する。

こっちは……シーツにからっぽの魔石を合成すればいいな。

魔力には、その人ごとの特性があるからね。誰《だれ》かがカバーに魔力を注入して『抱きまくら』にかぶせることで、その人の形に変わるようになるはずだ。あとは必要な属性を付与して、っと。

「実行。『創造錬金術《オーバー・アルケミー》』――」

ばさっ。

テーブルの上に、長さ約2メートルの『抱きまくら』が出現した。

「おおおおおおっ！　す、すごいのじゃ……」

「これが勇者世界の……『抱きまくら』なんですね……」

『抱きまくら（本体）』（属性：水水・風）（レア度：★★★★★★★★★★）
魔力に反応する布と、魔力に反応する豆の殻で作られた抱きまくら。
強い水属性により、なめらかな肌触りと、自由な変形能力を持つ。
風属性により、すばらしい通気性を持つ。
使用者の魔力や思考に反応して、形や温度を変えることができる。
物理破壊耐性：★★★★★（あらゆる衝撃を吸収してしまうため、とても壊しにくい）
耐用年数：5年。
備考：丸洗い可能。

『枕カバー』（属性：水水・風・光）（レア度：★★★★★★★★★★★★）

強い水属性により、なめらかな肌触りと、自由な変形能力を持つ。

風属性により、すばらしい通気性を持つ。

光属性により、表面の色や模様を自由に変えることができる。

本体にかぶせることで、抱きまくらを、好きな姿形に変えることができる。

・使い方
（1）対象者がこのカバーに触れて、魔力を注入します。
（2）使いたくなったときに、カバーを『抱きまくら』にかぶせます。
（3）カバーと本体が、魔力を注入した人そのものに変わります。
変形持続時間：3時間。

「それじゃメイベル。この『枕カバー』に魔力を注いでみて」

「わかりました。やってみますね」

メイベルは無地の『枕カバー』を、ぎゅっ、と抱きしめる。

彼女が目を閉じると──『枕カバー』が白く光り始める。

「トールよ。なにが起こっておるのじゃ？」

「布地に溶け込んだ魔石が反応してるんです」

「そうか！　魔石には、魔力を吸収する能力があるから──」

「はい。カバーがそれを吸収してるんです」

「魔力には個人の情報も含まれておる。だからメイベルの魔力を吸い込んだカバーをかぶせれば……『抱きまくら』がメイベルの姿になるということか……？」

「うまくいくといいんですけど」

俺は、十分に魔力を吸収した『枕カバー』を、『抱きまくら』にかぶせた。

カバーの口を閉じると──『抱きまくら』が震え始めた。

光を放ちながら、ゆっくりと、形を変えていく。

そして数十秒後、『抱きまくら』は、メイド服を着たメイベルに変身していた。

銀色の長い髪。白い肌。俺より少しだけ低い背丈。

見た目は──メイベルそのものだ。

「わ、私がいます！　陛下……私が、もうひとりいますよ」

「す、すごい。メイベルそのものじゃ。これが勇者世界の『抱きまくら』か……」

「しかも、私が思った通りに動きます。右手を挙げて、左手を挙げて………すごいです」

「おそるべきは勇者の世界──いや、すごいのはそれを実現してしまうトールか……」

「大成功ですよ！　トールさま。すばらしいです‼」

メイベルは自分そっくりの抱きまくらを見つめてる。ルキエも目を輝かせてる。

目の前にいるのは、メイベルそっくりの人形《ひとがた》だ。
これを俺の姿に変えれば、一緒に手を繋《つな》いで眠るというルキエの願いも叶《かな》えられる。
だけど──

「──失敗だ」

「「えええええええっ⁉」」

「ど、どうしたんですかトールさま！　ちゃんと『抱きまくら』は私になってますよ⁉」

「そうじゃ。これはメイベルそのものになっておる。なにが不満なのじゃ⁉」

「……いいえ。これは、メイベルのかわいさの半分も表現しきれていません」

確かに、外見はメイベルそのものだ。

でも、なにかが違う。製作者である俺には、それがわかってしまうんだ。

「メイベルの魅力って、きらめく銀色の髪と、白い肌。きれいな長い耳だけじゃないですよね？
魔王領に来たばかりの俺を気遣ってくれるやさしさとか、初対面の俺を信じて形見のペンダントを預けてくれる強さや健気《けなげ》さだってメイベルの魅力ですよね？」

「トールさま……？　な、なにを⁉」

「メイベルのかわいさの半分も……？　え、え、えええっ？」

「メイベルはいつも俺を支えてくれて、俺の実験にも付き合ってくれてます。メイベルの魅力って、そこにいてくれるだけで安らげるようなところでもありますよね」

「……あ、あわわ……トールさま。そ、そんなことを堂々とおっしゃっては……」

「……メイベルが照れてもだえるのを初めて見たぞ。貴重な経験じゃ……」

「だけど、そのメイベルの魅力が、この『抱きまくら』からは感じられません。思わず『失敗』って言っちゃったのはそういうわけなんです。あ、でも『抱きまくら』のメイベルが可愛《かわい》いことには変わりないですよ？　ただ、本人の足元にもおよばないってだけで…………って、あれ？」

「…………（ぴくぴく。ぴくぴく）」

「……トール。もう許してやれ。メイベルが限界じゃ」

気づくと、メイベルがテーブルにつっぷしていた。

ルキエは右手で俺の肩を叩《たた》いて、左手で俺の口をふさごうとしてる。

それで俺も、自分が語り過ぎてたことに気づいた。

「──というわけです。ルキエさま」

「なんの話じゃったっけ」

「色々言いましたが、この『抱きまくら』はそれなりに機能しているようです。これを使えば、ルキエさまは俺の手を握ったまま、自室で眠れるんじゃないかと」

「そういえばそういう話じゃったな」

「どうしますか？　『枕カバー』をつけなくても、枕としてはかなり高機能だと思いますけど」

「……せっかくトールが作ったのじゃ。使わせてもらおう。でも！」

ルキエはなぜか、じっと俺の方を見て、

「『抱きまくら』とお主とでは、やっぱり違うのじゃからな！　本物の方がずっと……その……余にとっては大事なのじゃ。そのことを忘れるでないぞ！」

「……は、はい」

俺は思わずうなずいた。

「……面と向かって言われると、恥ずかしいですね」

「メイベルの気持ちがわかったか」

「わかりました。じゃあ、次は『抱きまくら』をルキエさまの形にして──」

「また語るつもりじゃろう⁉　お主は余の心臓を止める気か⁉」

そんなわけで、ルキエは『抱きまくら』『枕カバー』のセットをもらってくれた。

とりあえず『メイベル型』になってたのを元に戻して、代わりに俺の魔力を注入。

ルキエは、やっと復活したメイベルを見て、

「メイベル。今夜は一緒に寝るか？」

「は、はい。お願いします」

「余も……久しぶりにメイベルとゆっくり話がしたかったからの。ちょうどよい」

「ありがとうございます。陛下！」

こうして、俺が製作した『抱きまくら』『枕カバー』は、ルキエに引き取られていった。

さてと、夜までにはまだ時間がある。

それまでにもっと、魔石を溶かした布を作っておこう。

この素材は『抱きまくら』以外にも使えるかもしれないからね。

――その夜、魔王ルキエの自室では――


「……あのな、メイベル」

「……は、はい。陛下」

「トールは、余の願いを叶えてくれたのじゃ」

「はい。私と陛下は、トールさまの手を握って、ベッドに横になっております」

「そうじゃな。じゃが、盲点があったのじゃ」

「そうですね……」


「「こんな状態で眠れるわけがない（のじゃ）（です）…………」」


魔王ルキエの自室にあるのは巨大なベッド。

そこでルキエとメイベルは、『抱きまくら』のトールを挟んで眠っている。

けれど、『抱きまくら』のトールはリアルすぎた。姿形は本人そのもの。体温があるのに加えて、呼吸するように胸が上下している。

横を見ればトールの顔が、繋いだ手にはトールの体温がある。

こんな状態で、眠れるわけがないのだった。

「余はまだ、トールを甘く見ていたのかもしれぬ……」

「このように『手を繋いだまま眠る』ことを実現してしまうのですからね」

「とにかく……この状態で眠るように努力するしかあるまい」

「では。眠くなるまでお話をしましょう」

「………うむ」

「…………はい」


「トールのことじゃけど」「トールさまの、ことなんですけど」

結局、この状態で出てくるのは、トールの話題だけ。

『抱きまくらトール』を意識しないようにしながら、トールの話を続けて――

そのままルキエとメイベルは、眠れない夜を過ごしたのだった。

第6話「新素材のプレゼンテーションをする」

――トール視点――


『抱きまくら』を作ってから、数日後。

俺とメイベルは新素材のプレゼンテーションをするため、玉座の間に来ていた。

この前『抱きまくら』を作ったとき、新しい素材を錬成できた。

それが意外と使えそうだったので、魔王城の人たちに見てもらうことになったんだ。

「待っておったぞ。トールよ」

正面には、仮面の魔王ルキエが座っている。隣には宰相のケルヴさんもいる。

まわりには、数名の文官と武官が立っている。エルフやミノタウロス、ドワーフ、リザードマンもいる。

みんな興味深そうに、俺が持って来た荷物を見てる。

「他の者も、集まってくれたことに感謝する」

仮面をかぶったルキエは、皆を見回して言った。

「錬金術師トールが、新しい素材を作ったのでな。それを皆に評価してもらいたいのじゃ。では、トールよ、説明を始めるがよい」

「ありがとうございます。陛下」

俺は魔王ルキエに頭を下げた。

「今回お持ちしたのは『新素材』です」

「新素材、とな？」

「はい。『抱きま――』いえ、とあるアイテムを作る過程で、新しい素材ができあがったのです」

「なに？『抱きま――』いや、アイテム製作の過程で、新素材ができた、と？」

「そうです。今日は、それが実用に足るものかどうか、皆さまに見ていただきたいと思いまして」

俺とメイベルは立ち上がり、手にしていた包みを、玉座の前にある台に載せた。

それから、一礼して後ろに下がり、また、膝《ひざ》をつく。

「台の上にあるのは……布か？ 4枚もあるのか」

「……4枚もあるのですか？」

ルキエの声に続いて、ケルヴさんのあきれたような声。

そういえば素材の数を伝えてなかったね。

「これは魔石を溶け込ませた布で、名付けて『魔織布《ましょくふ》』と申します」

「『魔織布』ですか。聞いたことのない名前ですね」

ケルヴさんは不思議そうな顔だ。

文官や武官も、『魔織布』を興味深そうに見てる。

この『魔織布』は『素材錬成』で魔石と布を合成したものだ。

魔力に反応して、ちょっとした効果が出るようになってる。

「ここにあるのは、４枚の『魔織布』です。それぞれ『地・水・火・風』の属性を加えてあります。わかりやすいように、黄・青・赤・緑の染料で印をつけてあります。ご確認ください」

ルキエと宰相ケルヴさんの反応を見ながら、俺は続ける。

「『地・水・火・風』それぞれの『魔織布』は魔力に反応して、効果を発揮するようになっています。主な効果は次の通りです」

『魔織布』（新素材）
魔石と合成することで完成した布。
生物が常に発している魔力に反応して、効果を現す。

・魔織布（地属性）
『地属性』の効果で、強度アップ。

強い力で引っ張ってもちぎれない。

耐火能力あり。たき火にかぶせると消火できる。

・魔織布（水属性）
『水属性』の効果で、柔軟性アップ。自由に形を変える。

身体《からだ》に沿って形を変えるため、動きをまったくさまたげない。水着にぴったり。

・魔織布（火属性）
『火属性』の効果で、保温効果アップ。
寒い場所でも体温を逃がさず、暖かく過ごせる。カーテンに使えば冬でも快適。

・魔織布（風属性）
『風属性』の効果で、通気性アップ。
暑い場所でも涼しく過ごせる。汗もすぐに蒸発する。
洗濯して生乾きのものでも、着ているうちに乾いてしまう。

俺が説明を終えると、しばらく、沈黙があった。
最初にルキエがそれぞれの布に触れて、それから、ケルヴさんに手渡す。
さらに布は文官、武官たちの手に渡っていく。
そうして、全員の手に渡ったあとで──

「「「おおおおおおおおおおっ!?」」」

玉座の間に、歓声が満ちた。

「ミノタウロスの力で引っ張っても……ちぎれない。『ちぞくせい』の布、すごく丈夫……」

「この『水属性』の布は、すごく滑らかです。われらリザードマンの鱗《うろこ》にも、まったく引っかかりません。トール・リーガスさまは、なんとすごいものを……」

「保温性の『火属性』と通気性の『風属性』……なるほど。『風属性』は、暑い中で料理するのによさそうです。『火属性』の保温効果があれば、冬の作業も快適ですな。これで服を作りましょう！　我らドワーフも、腕のふるいがいがある。ありがとうございます。トールどの‼」

みんな気に入ってくれたみたいだ。

やっぱり、いいな。自分が作った素材を喜んでもらうのって。

作ったものが普及して、人の暮らしが変わっていく。これが錬金術の醍醐味《だいごみ》なんだ。

「皆の者。静まるがいい」

不意に、ルキエの声が響いた。

騒いでいた人たちが、ぴたりと動きを止めた。

「トール・リーガスの作りし『魔織布』は、確かにすばらしいものじゃ。じゃが、一気に皆が使い始めるというのも無理がある。新しいものを受け入れるのは難しいからな」

「陛下のおっしゃる通りと考えます。まずは試用の機会を設けるべきでしょう」

ケルヴさんがルキエの言葉を引き継いだ。

ルキエはまた、俺の方を見て、

「トールには、なにか意見はあるか？」

「では、魔獣討伐の際に使っていただけないでしょうか」

俺は膝をついたまま、言った。

「魔獣の巣は近くに火山があるため、暑い場所だと聞いています。『風の魔織布』で服や下着などを仕立てていただければ、皆さんも涼しく過ごすことができるかと思います」

「……なるほど」

「良案だと考えます」

ルキエと宰相ケルヴがうなずく。

「よかろう。ならば素材を用意する。それを元にトールは『魔織布』を作成せよ。その『魔織布』を元に作ったアイテムを魔獣討伐で使用することとする‼」

それから、ルキエは玉座から身を乗り出して、

「これは個人的な興味で聞くのじゃが『闇《やみ》』の……それと『光属性』の『魔織布』はないのか？」

「陛下。トールどのといえども、そこまでは……」

「そうじゃな。４属性の布を作っただけですごいのじゃ。まさかそれ以上のものを……ん？」

ルキエがふと、俺の肩に視線を向けた。

俺とメイベルが、今日はマントをつけていることに気づいたみたいだ。

『光と闇の魔織布』はマントにして身につけてる。いつでも見せられるように。

ただ……これは、あんまりすごい効果じゃない。

だから、聞かれなかったら黙っていようと思ってたんだ。

でも、しょうがないよなー。ルキエってば、気づいちゃったんだもんなー。

魔王陛下直属の錬金術師として、秘密にしておくわけにはいかないよなー。しょうがないなー。

「では、『光と闇の魔織布』についてご説明いたします。メイベル。お願い」

「はい。トールさま」

メイベルが肩から外したマントを、捧《ささ》げ持《も》つ。

「陛下。こちらが『闇属性』の『魔織布』です」

彼女が魔力を注ぐと──真っ白なマントが一瞬で、黒く染まった。

「おお！　これは……」

「これが、闇属性の『魔織布』ですか……」

「こちらは魔力に反応して、『光を吸収する効果』を発揮する『魔織布』です」

俺はルキエとケルヴさんに説明した。

『闇の魔織布』は魔力を注ぐと、光を吸収するようになる。だから黒く見える。

さすがに吸収率100パーセントとまではいかないから、微妙に布地が見えるんだけどね。

「使い道は暗幕……光を遮るカーテンに使うくらいですね。これを窓辺につるしておけば、真っ昼間でも部屋が暗くなるので、のんびり昼寝ができると思います」

「昼寝用か……」

「夜行性の種族の方には、ちょうどいいかと」

「なるほど。では『光属性』の布は、どうなるのじゃ……？」

「これは失敗作でした……」

俺は自分のマントを外した。魔力を込めると──

「「「透明になった!?」」」

「そうなんです。光をほとんど通すようになっちゃうんです」

俺は光属性の『魔織布』を、ルキエに向かって差し出した。

『光の魔織布』は、半ば透明になってる。

こっちも、完全に光を通すわけじゃない。せいぜい80パーセントくらいだ。

手元に布があるのはちゃんとわかる。わかるんだけど……。

「ただ、使い道はないですね。着た人が透明になるなら別ですけど、これは、布が透明になるだけですから」

俺が言うと、ルキエは光の『魔織布』を見つめながら、

「……では、これで服を作ったら？」

「着てないのと同じ状態になります。それはまずいので、別の『魔織布』も作ってみました」

「他にもあるのか!?」

「これは趣味で作ったものなので、皆さまにお見せするのは恥ずかしいのですが……」

俺は『光の魔織布』の下につけていた、もう一枚の布を取り外した。

「これは『光』と『闇』の両方の属性を付加した『魔織布』です」

「光と闇の両属性とはめずらしいですね、どんな効果があるのですか？　トールどの」

ケルヴさんは興味深そうに、『光と闇の魔織布』を見てる。

「なんだかよくわからない確率で、真っ黒か透明になります」

俺は布に魔力を注いだ。

『光と闇の魔織布』が透明になった。

すぐに布を空中に投げ上げて、魔力をカット。

落ちてくるのを受け止めると、今度は真っ黒になった。

『光と闇の魔織布』は、魔力に触れるたびに変わっていく。その変化は不規則《ランダム》だ。

メイベルと一緒に計測してみたけど、法則性は一切なかった。

「ふたつの属性を加えたものは能力が安定しないのです。今のところ、実用性は低いかと」

「そうですね……面白い素材ではありますが」

目を丸くしているルキエの代わりに、宰相さんが言った。

「私には使い道が思いつきませんね。トールどのは、なにかありますか？」

「これで作った服を『魔力で黒くなる服』だと偽って、嫌いな人に送りつけるのはどうでしょう」

「変なトラップを考えないでください」

怒られた。

父親の名を騙《かた》って、光・闇属性『魔織布』の服を帝国に送りつけてやろうと思ったんだけどな。

さすがに無理か。

「確かに、『光と闇の魔織布』には、今のところ使い道がなさそうじゃな」

玉座の上で、ルキエがつぶやいた。

「じゃが、地・水・火・風の4属性のものには、有用な効果がある。やはり、お主は魔王領にすばらしいものをもたらしてくれるのじゃな」

ルキエが言うと、ミノタウロスさん、エルフさん、ドワーフさんたちから同意の声があがる。

プレゼンテーションは成功だ。

「『魔織布』は魔獣討伐で使用することとする。トールは、どのような場面で使うべきか、あとで意見を提出するがよい。その後、担当の者が『魔織布』を素材に、アイテムを作ることになろう」

「ありがとうございます。陛下」

「報酬はのちほど、宰相ケルヴの方から届けさせよう。それと、トールには魔獣討伐のあとで休暇を与える。お主は働きづめじゃからな、ライゼンガの領地でのんびりするがよい」

「あの地には、トールどのの工房を作ることになっています。場所の下見に行かれるとよいでしょう。安全のため、ライゼンガ領までは魔獣討伐の部隊に同行してください」

宰相ケルヴさんが続ける。

「陛下と宰相閣下のご厚意に感謝いたします」

俺はルキエと宰相さんに向かって一礼した。

こうして『魔織布』のプレゼンテーションは、無事に終了した。

魔王領では『魔織布』を、魔獣討伐に使ってくれることになり──

俺はしばらくの間、素材の錬成を続けることになったのだった。

第7話「幕間《まくあい》：帝国領での出来事（2）―ふたりの皇女―」

――ドルガリア帝国にて――


ここはドルガリア帝国の首都。その中心にある宮廷。

高官たちが居並ぶ謁見《えっけん》の間にて、とある皇女に命令が下されようとしていた。

「我が娘、第3皇女リアナ・ドルガリアよ」

「――はい！」

父である皇帝の前で、第3皇女リアナが膝《ひざ》をつく。

美しい少女だった。

長い、桜色の髪。強い意志をたたえた、青い瞳《ひとみ》。

身にまとっているのは、儀礼用に作られた鎧《よろい》だ。


『――なんと凜々《りり》しい……さすがは聖剣に認められた「聖剣の姫君」だ』

『――次の代の剣聖は、リアナ殿下で決まりですかな』

『――勇者の再来とはこのことか』

高官たちは目を輝かせながら、皇女リアナを見つめている。

「すでに伝えた通り、魔王領の国境近くに新種の魔獣が出現した。巨大な蜘蛛《くも》型の魔獣だそうだ」

皇帝は言った。

年齢は50歳。けれど、それよりやや高齢に見えた。

それでも皇帝が強力な剣士であり、魔術師であることには変わらない。

謁見の間に響き渡るような声で、皇帝は続ける。

「帝国と魔王領の交渉は不首尾に終わった。だが、帝国の力に翳《かげ》りがあってはならぬ。われらドルガリア帝国が勇者の後継者であることと、魔王領を圧倒する力があることを示すのだ」

「心得ております。皇帝陛下」

「その意気や良し。では、これを持ってゆくがよい」

皇帝が手を振ると、隣に立つ男性——神官が箱を手に進み出る。

長衣をまとった男性はリアナ皇女の前で腰を折り、用意されていた台座に箱を置く。懐から鍵《かぎ》を取り出し、封じられていた箱を開いていく。

「「「おお…………」」」

箱の中身を見て、高官たちがため息をついた。

「これが、かつて異世界勇者が振るいし、『聖剣ドルガリア』だ。リアナよ、これを使い、魔王領の者たちに帝国の力を示すのだ」

そう言って、皇帝は手を振った。

それを合図に神官が聖剣を取り出し、捧げ持つ。

金色の大剣だった。鞘《さや》には宝石と魔石がちりばめられている。

表面には光の魔力を表す紋章が施され、それが窓から差し込む光を映している。

剣を抜けば、刀身を走る無数の魔力の流れを見ることができるだろう。

「偉大なる聖剣の使い手に選ばれたこと、光栄に存じます」

リアナ皇女は震える声で宣言した。

彼女が聖剣を目にするのは二度目だ。一度目は『聖剣の試し』という儀式のとき。

魔力によって聖剣の真の力を引き出す儀式に臨み、リアナは成功した。

それからリアナは公式に『聖剣の姫君』となったのだった。

「──勇者に恥じぬよう、勇気ある戦いをすると誓いますか？」

神官は言った。

聖剣授与の儀式だ。リアナは即座に「はい」と答える。

「──仲間を勝利に導くことができますか？」

「──勇者の後継者であるドルガリア帝国の名を高めるように努めますか？」

続く言葉にも、「はい」と答える。

それを確認して、神官はリアナに聖剣ドルガリアを差し出す。

リアナはそれを両手で受け取り、捧げ持つ。

「私──リアナはドルガリア帝国の皇女として、異世界勇者の再来となるように努めます。勇者の加護と光が、帝国の力となりますように」

「見事であるぞ、リアナよ」

玉座の皇帝は、満足そうにうなずいた。

それから、皇帝は列席者の一人に目を向けて、

「やはり貴公にリアナの教育を任せたのは正しかったようだな。軍務大臣ザグランよ」

「すべては、殿下ご自身のご努力によるものと存じます」

軍務大臣ザグランと呼ばれた男性が頭を下げる。

「自分は殿下に正しき道筋を示して差し上げたのみ。指導を受け入れてくださった殿下の才能こそ、尊きものと考えております。これも陛下のご血筋のたまものかと」

「リアナよ。そちの教育係はこう申しておるが？」

「はい。陛下。ザグランはよく指導してくれています」

リアナは聖剣を手にしたまま、答える。

「ザグランは正しく強者《つわもの》となるための道を、迷いなく示してくれています」

「その言や良し。では、リアナは兵を率いて、帝国の力を魔王領の者たちに示すがよい。ザグランはリアナを補佐するように」

短い指示を下して、皇帝は周囲を見回した。

それが合図だったかのように、列席者たちが声をあげる。


——偉大なるドルガリア帝国の栄光と、聖剣の力を讃《たた》えよ。

——帝国こそが、かつて世界を変えた、異世界勇者の後継者である。

——魔獣討伐を好機として、魔王領の者たちの想像を超える力を示すべし。

「――リアナよ。魔王領までは長旅になる。その前にしておきたいことはあるか？」

しばらくして列席者の言葉が終わると、皇帝は再び口を開いた。

「では、姉に会ってもよろしいでしょうか」

リアナは答えた。

「出発前に双子の姉、ソフィアと会っておきたいのです」

「許す。ただし、短時間にせよ」

「ありがとうございます。陛下」

「謁見は終わった。退席せよ。リアナ」

皇帝の許しを得て、リアナは立ち上がる。

手にしていた聖剣は侍従に渡す。それは再び箱に収められ、運ばれることになる。

リアナが再びこれを手にするのは、魔王領に着いたあとだろう。

「許可をいただきました。すぐに参ります。ソフィア姉さま」

そうして玉座の間を出たリアナは、小走りで進み出した。


リアナが姉の元に到着したのは夕方だった。

場所は帝都の片隅にある、古びた離宮だ。面会を求めると、リアナは中庭に案内された。

近づくとその人は椅子に座ったまま、リアナを見て、優しい笑みを浮かべた。

「いらっしゃい。リアナ」

ドレスの裾《すそ》をつまんで、少女は姫君としての正式な礼をする。

「お目にかかるのを楽しみにしていましたよ。『聖剣の姫君』」

「や、やめてください。ソフィア姉さまに、その名で呼ばれるのは恥ずかしいです……」

リアナは照れたように、頬《ほお》を染めた。

そんな妹を見ながら、ソフィアと呼ばれた少女は、

「こちらに来ても大丈夫なのですか？　今日は宮廷で儀式があるのでしょう？」

「儀式は終わりました。詳しいことは……言えないのですけど」

「構いません。わたくしはリアナが元気でいればいいのです。さぁ、お茶を淹《い》れましょうね」

ソフィアはメイドを呼び、リアナのためのティーカップを用意させる。

メイドを下がらせて、ティーポットを手に、ゆっくりとお茶を注いでいく。

「姉さま。そんなことはメイドにやらせれば」

「せっかく、リアナが来てくれたのですからね。できることは自分でしたいのです」

「もう……姉さまったら」

リアナは困ったように笑いながら、中庭の椅子についた。

カップにお茶を注ぐソフィアの——自分よりも細い腕を、心配そうに見つめる。

リアナとソフィアは双子の姉妹だ。

ふたりとも皇帝の血を引き、強力な光の魔力を持っている。

なのに、ソフィアが離宮に閉じ込められている理由は――

「お身体《からだ》が丈夫だったら……姉さまこそが『聖剣の姫君』になっていたはずなのに」

リアナは言った。

「私の持つ『光の魔力』は、ソフィア姉さまに敵《かな》いません。姉さまが聖剣を手にすれば、すごい強い力を使えますよね？　なのにお身体が弱いせいで……こんな離宮に閉じ込められて……」

「体力も強さのひとつでしょう？」

ソフィアはリアナの前にティーカップを置いた。

「それに、わたくしに剣を扱う力はありません。聖剣を手にしたところで宝の持ち腐れです」

「……姉さま」

「わたくしは、今の立場に満足していますよ。弱い身の上でありながら、こうして生かされているのですからね。わたくしが平民だったら戦場に送り出されていたでしょう。貴族だったら他国へ、人質に出されていたかもしれませんね」

「他国へ人質に？」

「噂《うわさ》は入ってきますよ。公爵家のご子息が、魔王領に人質に出されたことや、その公爵家の当主が失脚したことも」

優しい笑みを浮かべながら、つぶやくソフィア。

「そして、リアナがここに来ることができるのは、お役目を果たす前か果たした後です。となると、あなたはこれから――いえ、言葉にするのはやめておきましょう」

「やっぱり姉さまって……すごい」

「リアナ。わたくしからひとつ、忠告します」

不意に、ソフィアは呪文《じゅもん》の詠唱を始め——周囲に光る壁を生み出した。

薄い壁だった。ドーム状に、ソフィアとリアナを包み込んでいる。

「ね、姉さま⁉ こんなことに魔術を使っては……」

「これくらいなら平気ですよ。リアナ」

「無理しないで、姉さま。お熱は……ほら、やっぱり額が熱くなってる」

「いいの。それよりないしょ話をしましょう。この壁は声が外に漏れるのを防いでくれますから」

ソフィアは桜色の髪を揺らし、妹姫に語りかける。

リアナとソフィアの容姿は、ほとんど変わらない。

違うのは髪の長さくらいだ。リアナは背中まで伸びる長い髪だが、ソフィアは肩のあたりで切りそろえている。侍女や医師が、ソフィアの面倒を見るのが楽なように。

リアナには十数名の側仕《そばづか》えがいるが、ソフィアにはひとりしかいない。

その者の仕事が少しでも楽になるように、ソフィアは気を遣っているのだった。

「リアナ。よくお聞きなさい」

光の壁の中で、ソフィア皇女は言った。

「あなたと聖剣には強い力があります。けれど、世の中は広いのです。あなたの想像もつかないような、強力な相手もいるかもしれません」

「魔王——いえ、北の地のこと？」

「そうです。わたくしたちは彼らのことをよく知らないのです。そのことを自覚して、くれぐれも、油断しないようになさい」

「でも、姉さま。相手が強い者なら、なおさらこちらの力を示すべきでは？」

「力で威圧するより、理解する努力をするべきということです」

「申し訳ありません。私には姉さまがどうしてそこまで心配されているのかわかりません……」

リアナは頭を下げた。

「でも、姉さまのお言葉は覚えておきます」

「素直なのはあなたの美徳ですよ。リアナ」

ソフィアは双子の妹の手を取った。

「でも、気をつけなさい。素直なあなたを利用しようとする者がいるかもしれません」

「大丈夫です。私には、教育係のザグランがついていますから」

「……そうですね」

ソフィアは──妹に感情を気取られないように、目を伏せた。

それから手を振って、防音の魔力障壁を解除する。

半透明の障壁の向こうに、メイドの姿が見えたからだ。

「報告なさい。なにかあったのですか？」

「軍務大臣のザグランさまがおいでです。リアナ殿下をお迎えに来られたとのことで──」

「失礼いたします。リアナ殿下、ソフィア殿下」

案内もなく、軍務大臣のザグランがやってくる。

軍務大臣としての正装姿だ。手には短い杖《つえ》を持っている。ドルガリア帝国の紋章が刻まれたそれは、皇帝より正式に軍の指揮を任されたことを証明するものだ。

つまり、軍務大臣ザグランは公務として、この離宮にやってきたことを意味する。

「皇帝陛下より、追加のご命令です。リアナ殿下は至急、魔王領に向かうようにと。これより軍務省で兵をまとめ、すぐに出発することとなります。お急ぎを」

「い、今すぐにでしょうか？」

「殿下。皇帝陛下のご命令に言葉を返すのは正しいことですかな？」

ザグランは言った。

その言葉に殴られたように、リアナは慌てて席を立つ。

「──!?　承知しました！　すぐに出立します!!」

「表に馬車を待たせております。こちらへ」

ザグランは手を振り、リアナを促す。

ソフィアには、軽くうなずいただけだった。

「軍務ならば仕方ありませんね。リアナ、気をつけて。ザグランは……リアナをよく守ってくださるように」

「──今回の件はソフィア殿下には関係ございません」

ザグランは横目でリアナを見た。

「余計なことは考えず、殿下はその身でお役目を果たすときまで、ここで静養していただければ」

「ザグラン!?　姉さまに無礼なことを──」

「時間がありません。お急ぎください。リアナ殿下」

教育係であるザグランの言葉に、リアナは反射的にうなずく。
彼女は、最後に姉に向かって一礼してから、離宮を出た。
そしてリアナ皇女とその一行は、魔王領に向けて出発したのだった。

第8話「『魔獣ガルガロッサ』討伐作戦（1）『準備編』」

――トール視点――


プレゼンテーションが終わってしばらくは、魔獣討伐の準備が続いた。

鉱山地帯にいるという『魔獣ガルガロッサ』については、メイベルが教えてくれた。

あの魔獣は突然現れ、魔王領の山岳地帯に巣を作ったらしい。

話を聞いただけで脅威だってわかる、危険な魔獣だ。


『魔獣ガルガロッサ』

魔王領南方の山岳地帯に現れた魔獣。

超大型の蜘蛛《くも》で、脚を伸ばしたときのサイズは十数メートルにおよぶ。

身体は金属のように硬い。

身体から糸を飛ばしてくる。からめとられると動きを封じられるため、大変危険。

糸の排除には炎が有効だが、配下の小蜘蛛も糸を飛ばすため、焼き尽くせないことがある。

小蜘蛛は『ガルガロッサ』を攻撃する者を取り囲んで襲う習性がある。

『ガルガロッサ』と小蜘蛛に囲まれ、糸で拘束された者に待っているのは、死である。

なお、名前の由来は『ガルガロ』という鳴き声から。

岩を転がすような叫び声が聞こえたら、兵士以外の者は逃げるようにという通達が出ている。


魔獣とは、意思の疎通ができず、人間や亜人や魔族を襲う生き物を指す。

種類は獣だったり、巨大な虫だったり、トカゲだったり、様々だ。

中でもこいつは本当にやばい部類のものだ。

巨大蜘蛛っていうだけでも脅威だし、大量の配下を連れている時点で怖い。しかも、糸でこっちの動きを封じてくる。戦闘能力のない俺が遭遇したら、即死だ。

ルキエ自らが討伐しようとしてるのもわかる。

「魔王領からは陛下と宰相のケルヴさま。それと数十名の兵士が討伐に向かわれるそうです」

「帝国からも地位の高い人間がやってくるんだっけ？」

「はい。帝国からはリアナ皇女という方がいらっしゃるそうです」

「第3皇女か……」

「トールさまは、帝国の皇女さまにご興味はおありですか？」

「ないなぁ。あの人たちは帝国の『強さこそすべて』の中心人物だからね。むしろ会いたくないけど……他に帝国の情報はある？」

「帝国の皇女殿下は『聖剣』を持ってくるそうです。帝国からの書状には『魔王領の皆さまに、魔獣を打ち破る聖剣の光をお目にかけよう』と書かれていたらしいですよ？」

「聖剣か……」

聖剣といえば、異世界勇者が使っていた超絶レアなマジックアイテムだ。

話には聞いてるけど、実際に見たことはないんだよな……。

「あのさ、メイベル」

「はい。トールさま」

「やっぱり俺には錬金術師としての責任があると思うんだ」

「は、はい？」

「魔獣討伐のとき、魔王領は『レーザーポインター』と『魔織布』も持っていくよね。となると、うまく動作するか、錬金術師の俺が現場でチェックする必要があるんじゃないかな？」

帝国の皇女には興味がないけど、聖剣は別だ。

どんな力を持っているのか、ぜひともこの目で確認しておきたい。

「というわけで、一緒に行けるようにルキエさまにお願いしてみるよ。メイベルはどうする？」

「はい。トールさまとご一緒します」

メイベルは迷わずにうなずいた。

「トールさまは、聖剣に興味がおありなんですよね？」

「やっぱり……見抜かれてた？」

「はい」

メイベルは、優しいほほえみを浮かべた。

「私は、マジックアイテムに夢中になられているトールさまを見るのも、好きですから」

「……えっと」

「変な意味ではないですよ！　ただ、高みを目指してマジックアイテムを研究されているトールさまを見てると……いいなぁ、って思うのです。ずっとお側《そば》で、お手伝いしていたいって……」

照れたみたいに一礼するメイベル。

「そ、それでは、魔獣討伐に同行されるということで、手配してまいりますね！」

そのままメイベルは、部屋を出て行った。

……いつの間にか、メイベルには俺の考えてることを見抜かれるようになっちゃったな。

でも、メイベルと一緒にいると、すごく落ち着く。彼女が俺のお世話係で良かった。

メイベルにも、彼女をお世話係にしてくれたルキエにも感謝しないと。

「できればルキエには恩返しのために、魔剣を贈りたいんだけどな……」

普通に考えれば、ルキエが魔剣を取って戦うことはありえない。

彼女は強力な『闇《やみ》の魔術』の使い手だ。遠距離戦の方が向いている。となると、必要なのは『万が一の対策』と『離れた位置から攻撃する』武器だ。

剣にこだわるなら、巨大な闇の刃《やいば》が現れて、遠くから敵を斬るようなものが望ましい。

それと、ルキエに必要なのは自信だ。彼女は見た目が弱そうなことを苦にして、『認識《にんしき》阻害《そがい》』の仮面とローブを使っている。それを克服するには『強力な魔剣』という権威があればいい。

そのために必要な魔剣となると——

「『剣のようなレーザーポインター』にすればいいんじゃないかな?」

魔王城のエントランスにある初代魔王像のように、魔剣は魔王の強さの象徴だ。

だったら、剣の形をした『レーザーポインター』を作ればいいんだ。

『レーザーポインター』は魔術の飛距離を伸ばしてくれる。

剣の形にすれば、ただでさえかっこいいルキエが、よりかっこよくなる。魔王が剣先を敵に向けて、触れることなく倒すんだ。魔王の力を示すのにふさわしい。

「名前は『レーザーポインター剣』……いや『レーザーブレード』かな」

あとは……万一のことも考えて、剣の柄《つか》に『闇の魔石』を仕込んでおこう。ここにあらかじめルキエの『闇の魔力』をチャージしてもらえばいい。そうすれば、本人の魔力が足りなくなったときでも、魔術が発動できるはずだ。

まずはイメージを固めて、魔石を用意して――

そうして俺は、ルキエ用の魔剣『レーザーブレード』の開発を始めたのだった。


――数日後――


「お時間をいただきありがとうございます。陛下」

俺は、ルキエに向かって告げた。

ここは、玉座の間。目の前には魔王スタイルのルキエと、宰相ケルヴさんがいる。

「魔獣討伐に出発される当日だというのに申し訳ありません。陛下」

「構わぬ。まだ時間に余裕はあるゆえな」

玉座で、仮面の魔王ルキエがうなずいた。

「で、見せたいものとはなんじゃ？」

「魔剣です」

俺は床の上にある、布に包まれたものを指し示した。

衛兵さんを通して、宰相ケルヴさんに預けていたものだ。さすがに玉座の間に、許可なく剣を持ちこむわけにはいかないからな。本当は、サプライズにしたかったんだけど。

「確かに中身は剣でした。ですが、妙に軽いですね」

宰相ケルヴさんは首をかしげてる。

「その上、刃もなく、切っ先も潰《つぶ》してありました。これが魔剣とは……？」

「献上したのは、試作品の魔剣です」

膝《ひざ》をついたまま、俺は言った。

「威力も効果も小さいものとなります。まずは、陛下に効果を確認いただければと」

「よかろう。ケルヴよ。その剣を見せよ」

「承知いたしました」

ケルヴさんが布をほどくと、漆黒の剣が姿を現す。

長さは1メートル。鞘《さや》には魔王城の紋章が彫り込まれ、柄には『闇の魔石』が埋め込まれている。

「思ったより軽いな。これが……余のための魔剣か」

「はい。『レーザーブレード』と名付けました」

「『レーザーブレード』？　聞き慣れない名前じゃな」

そう言ってルキエは、魔剣を鞘から抜いた。

「ケルヴの言うとおり、刃はついていないようじゃな。切っ先も潰してある……いや、切っ先には丸い穴を空けてあるのか。これにはどういう意味が──」

「『レーザーブレード』とおっしゃいましたね。トールどの⁉」

不意に、ケルヴさんが目を見開いた。

「刃も、切っ先もない魔剣。そして名前に『レーザー』とついているということは……まさか『レーザーポインター』の光の線で敵を斬るのですか⁉」

「光の線で敵を、ですか？」

「そうです！　だからこそ刃も、切っ先もないのでは？　トールどのはそのように、剣そのものの概念を変えようとしているのでは⁉」

「落ち着いてください。宰相閣下」

俺はケルヴさんをじっと見て、告げる。

「『レーザーポインター』の光の線は、魔力と光で形作られたものです。そんなもので、敵を斬れるわけがないじゃないですか。常識的に考えてください」

「……トールどのに常識を教えられるとは思いませんでした」

「それは剣の形をした『レーザーポインター』です」

俺は言った。

「通常より少し細い『レーザーポインター』の外側に、剣のようなカバーをかぶせています。先端に空いた穴は『レーザー』の発射口です。他の『レーザーポインター』より長い分だけ、直進性にすぐれています。射程距離も、より長くなっているはずです」

通常版よりも強度を上げて、射程距離を長く。

『闇の魔石』を仕込むことで、魔力切れでも魔術が使えるように。

見た目もかっこよく。ルキエがこの剣を手に魔術を使うことで、兵の士気が上がるように。

そういうコンセプトで作ったのが、この魔剣『レーザーブレード』だ。

『レーザーブレード』（属性：光光光・闇闇闇闇・風風風）（レア度：★★★★）
剣の姿をした『レーザーポインター』

光の魔力により、光源を作り出す。

強い闇の魔力により、その光をぎゅーっと潰して伸ばして、無理矢理直進させる。

闇の魔力も、強い光の魔力でぎゅーっと潰して伸ばして、無理矢理直進させる。

風の魔力によって、光が当たった場所まで、魔力の流れを作り出す。

魔王ルキエ専用として、剣の姿をしている。また、通常よりも小型化・軽量化されている。

鞘があるため、光源部分にホコリや汚れがつきにくい。

また『レーザー』発生用の魔石が多くなっているので、通常のものより射程距離が長い。

柄についている魔石は、魔術のための魔力源。

あらかじめ魔力を溜《た》めておくことで、魔力切れの状態でも魔術を放つことができる。

光の魔石と、闇《やみ》の魔石が必要です。

魔石は消耗品のため、定期的に交換が必要（1ヶ月に一度、新品と交換してください）。

物理破壊耐性：★★★（魔術で強化された武器でないと破壊できない）

対人安全装置つき：人間や魔族、亜人相手には使えません。

耐用年数：15年。

1年間のユーザーサポートつき。


「今回のコンセプトは『畏怖《いふ》』『長距離』『安全』になります」

俺は説明を続ける。

「漆黒の魔剣を構えた魔王陛下の姿は、魔獣を畏怖させるでしょう。さらに『レーザーポインター』によって、遠距離から魔獣を倒すことも可能です。柄にある魔石は、緊急時の魔力源です。剣に刃はついていませんが、そこそこ硬いので鈍器としても使えます」

「これは……意表を突かれたのじゃ」

ルキエは目を輝かせながら、魔剣『レーザーブレード』を見つめている。

「魔剣は魔王の強さの象徴。じゃが、余が敵を斬る必要はない。魔剣の姿をした『レーザーポインター』で敵を倒せば、十分に強さを示すことができる……そう考えたのじゃな？　トールよ」

「仰せの通りです。陛下」

「余は剣術よりも魔術の方が得意じゃからな。トールは余を理解してくれているのじゃな……」

うれしいことを言ってくれるな。ルキエは。

相手を理解して、その人に必要なものを作るのが、錬金術師の本質だからね。

「確かに……これは良いものじゃ」

ルキエは両手で『レーザーブレード』を捧《ささ》げ持《も》つ。

表面をなでながら、その重さと感触を確かめているようだった。

「短くて軽く、持ちやすい。魔石に魔力を充填《じゅうてん》しておけば、魔力切れのときでも魔術が使える。『レーザーポインター』の使い方は知っておるから、説明もいらぬ。素晴らしいぞ。トールよ！」

「ありがとうございます。陛下」

「この『レーザーブレード』は、余を守る魔剣として使わせてもらう」

そう言ってルキエは『レーザーブレード』を腰に当ててみせた。

今の彼女は『認識阻害』の仮面とローブをつけているから、長身の魔王の姿をしてる。

でも、なんとなく、仮面の下で笑ってるルキエが見えるような気がした。

「それで、魔力保存用の魔石の使い方ですが」

俺は魔剣の握りの部分を指さした。

「ここを力いっぱい握ると、溜め込んだ魔力を解放するようになっています。あくまでこれは剣の形をした『レーザーポインター』ですから、剣は構えるだけにしてくださいね」

「わかったのじゃ」

「宰相閣下も、なにか感想をいただけませんか？」

俺はケルヴさんの方を見た。

さっきからケルヴさんは柱に額を押しつけて、なにかをつぶやいてるんだけど。

「もしかして宰相閣下は、このアイテムの欠点に気づかれたのですか？」

「自身の未熟さに気づいただけです。トールどのから見ても、常識外れのことを口にしてしまうとは。トールどのから見ても常識外れなことを……」

「俺の説明がまずかっただけです。お気になさらないでください」

「…………わかりました」

ケルヴさんはやっと、こっちを見た。

「『レーザーブレード』の欠点は……思いつきませんね。魔王陛下自らが剣を構えるお姿を見れば、兵士たちも奮い立つことでしょう。魔力補給のための魔石がついているのも素晴らしい。気になるのは、トールどのにしては常識的な発想で作られているということですね」

「なるほど。常識の枠に囚《とら》われてはいけないとおっしゃりたいわけですね」

「……違います。そもそも『レーザーポインター』そのものが非常識なアイテムなのですから」

「そうですね。宰相閣下のおっしゃる通りです」

今はまだ、非常識なアイテムってことか。

だったら、がんばって普及させないと。

いつか俺の作るものが、魔王領の当たり前のアイテムになるように。

「ケルヴよ。出発前に、余の剣帯を用意せよ。この魔剣に合うものを」

ルキエは言った。

声が弾んでる。やっぱり、うれしそうだ。

「この魔剣は魔獣討伐に持参することとする。それでよいな。トールよ」

「はい。陛下!」

「では、出立の準備をするとしよう。ふたりともついてくるがいい!」

ルキエは『認識阻害』のローブをひるがえし、歩き出す。

そうして俺たちは、魔獣討伐に出発したのだった。


『魔獣ガルガロッサ』討伐部隊は、街道を南に向かって進んでいた。

目指すは、魔王領南方にある山岳地帯だ。

部隊を構成しているのは歩兵のミノタウロス部隊、魔術兵のエルフ部隊。

それに食料や武器と防具を積んだ輜重《しちょう》部隊が続く。

食料を運ぶなら『小型物置』を使ってください、って言ったんだけど、ケルヴさんに却下された。
理由は――

『兵糧を運ぶのは、食料その他をきちんと用意していることを、兵士に示す意味もあるのです。荷馬車にぽつんと、「小型物置」だけを載せて行ったら兵士が不安になるでしょう？』

――ということだった。もっともだった。


魔王領の兵団は、数日かけて、ライゼンガ領に到着した。

ルキエたちはライゼンガ将軍と合流して、作戦の打ち合わせをした。

翌日、再び俺たちは出発。

魔王領の兵団は、帝国の兵団との合流地点に到着したのだった。


「ライゼンガ将軍の部隊より報告がありました。将軍は十数分前に『魔獣ガルガロッサ』の巣が見える位置に到着されたようです」

偵察兵の報告に、仮面の魔王ルキエがうなずく。

ここは、魔王領の南方にある山岳地帯。

その山のふもとに作られた天幕《テント》の中だ。

魔王領の『魔獣ガルガロッサ討伐部隊』は、現在この付近に集まっている。

天幕の中にいるのは、その代表者たちだ。

魔王ルキエと宰相ケルヴ。

ミノタウロス部隊、エルフ部隊、それぞれの隊長。

それと、俺とメイベルもいる。

ちなみにライゼンガ将軍の部隊は、『魔獣ガルガロッサ』の巣の偵察に向かっている。魔獣に動きがあったら、すぐに対応できるようにするためだ。

「帝国の兵団と合流するまで、しばらく休憩とする。皆、ご苦労だった」

天幕の中で、ルキエは言った。

彼女は椅子に腰掛けながら、安心したようにため息をつく。

「それにしても予想外じゃったな」

「はい。陛下。思ってもみませんでした」

「われわれも、同感、です」

ルキエと宰相ケルヴさん、ミノタウロスの隊長さんは、うっとりした顔で、

「「「……天幕の中にいるのに、涼しくて快適（なのじゃ）（ですねぇ）（……です）」」」

俺の方を見て、そんなことをつぶやいた。

そうだね。俺も『風の魔織布《ましょくふ》』の天幕が、こんなに快適だとは思わなかった。

天幕の布はまったく揺れていない。でも、気持ちいい風が入ってくる。

おまけにみんなは、同じく『風の魔織布』で作った服と下着を身につけてる。

だから、すぐに汗が蒸発して、清涼感を得られるらしい。

「『風の魔織布』の服は、兵士たちの評判も上々ですぞ。トールどの！」

「涼しい、蒸れない、いつもさわやか──こんな行軍は初めてです」

「エルフの魔術兵には体力がない者もいるので、このような装備は助かります。ありがとうございます！　トールどの！」

みんな喜んでくれてる。よかった。

「輜重部隊より申し上げます！　食料と武器、その他装備の点検をお願いいたします‼」

しばらくすると天幕の入り口が開いて、輜重部隊の兵士さんが現れた。

ルキエと宰相ケルヴさんはうなずいて、天幕を出た。俺とメイベルも一緒だ。

兵士さんの案内で、俺たちは大きな天幕の側《そば》へと移動する。

「で、では、内部をご確認くださいっ！」

輜重部隊の兵士さんが、補給物資を納めた天幕に触れた。

天幕が透明になった。

中の状態が、すごくよく見えた。

「こ、このように。必要なものはすべて揃《そろ》っております。魔獣討伐に数日かかったとしても、十分に兵をやしなう食料はございます……あの……宰相閣下」

「なにかな？」

「……この新型天幕《テント》についてなのですが」

「便利でしょう？」

「便利ですね」

「じゃあ、いいではないですか」

「……そ、そうですね」

ケルヴさんは押し切った。

「念のため、袋の中身も確認されますか？」

「そうだな。お願いしましょう」

「……承知いたしました」

兵士さんが天幕に入り、食料入りの袋に触れた。

袋が透明になった。

「こ、このように！　すべての袋がいっぱいになっているのを確認しましたぁ！」

「便利ですね」

「べんりですぅ！」

「と、いうことです。よろしいでしょうか、陛下」

「……うむ。よいのではないかな」

なんで俺の方を見るんですか。魔王陛下に宰相閣下。

『兵糧を準備してることを兵に示すのが大事』って言ったのは、宰相閣下じゃないですか。

「では、管理をよろしく頼むのじゃ」

「はっ！　了解いたしました‼」

兵士さんたちがルキエと宰相ケルヴに向かって一礼する。

そうして、俺たちは元の天幕に向かって歩き出す。

「『光の魔織布』が役に立って良かった」

「こんな使い方があるなんて思いませんでした……」

俺の言葉に、メイベルがうなずく。

『光の魔織布』は魔力を通すと透明になる。

服に使うと大変なことになる。着た瞬間、下着姿になっちゃうからだ。

だけど、それは逆に言うと、中身を簡単に確認できるという意味でもあるんだ。

水袋に使えば水の量がすぐにわかるし、倉庫に使えば、食料や武器の状態を確認できるんだ。

「このやり方を思いついたのはメイベルのおかげだよ。ありがとう」

俺はメイベルに向かって言った。

「『部下の体調を確認するために、「光の魔織布」で服を作るのはどうでしょう』って言ってくれたよね。あれで、こういう使い方もあるって思いついたんだ。すごいよ。メイベル」

「……た、ただの思いつきです。実行はしてないです。本当です」

「うん。わかってる。でも感謝してるから」

おかげで『光の魔織布』にも使い道ができた。

やっぱりいいな。自分の作った素材が役に立ってるのを見るのは。

そんなことを話しながら、俺たちは天幕に戻ったのだった。

「帝国の兵団と合流する前に、作戦内容の確認をする」

魔王ルキエは、周囲の者たちを見回した。

「作戦の目的は『魔獣ガルガロッサ』の討伐である。魔王領の者だけでも討伐は可能じゃが、今回は帝国との共同作戦を行うこととなった。これは魔王領と帝国の、友誼《ゆうぎ》のためでもある」

「両国が共同作戦を行うのは初めてのことです」

ルキエの言葉を、宰相ケルヴが引き継いだ。

「成功すれば、両国の友好も深まりましょう。鉱山を開発したあとの交易も、スムーズに進むかと思われます。皆さんは、それを心に留めておいてください」

「「「承知しました‼」」」

「では、具体的な作戦内容の説明をするとしよう。ケルヴよ、頼む」

「はい。陛下」

宰相のケルヴさんが前に出た。

テーブルの上の地図を指さして、説明を始める。

「偵察兵によると『魔獣ガルガロッサ』と小蜘蛛《こぐも》たちは、山の中腹にすみついております。奴《やつ》らが飛ばす糸は危険です。囲まれないように、近くの林までおびきだして戦うのがいいでしょう」

「蜘蛛どもの糸は、ライゼンガの部隊に焼き払ってもらうこととなる」

魔王ルキエはうなずく。

「ライゼンガ将軍たちには、最前線に出ていただきます」

宰相ケルヴは説明を続ける。

「なお、将軍の部隊にはトールどのが作られた『携帯用超小型物置』を持たせてあります。焼き尽くせなかった糸は、その中に収納することとなります」

「これで糸の対策は十分じゃと思う。なにか意見がある者はいるか？」

反応なし。

魔王ルキエは周囲を見回し、また、話し始める。

「糸を封じたあとはミノタウロス部隊が接近戦を行う。これについてはどうじゃ」

「ミノタウロス部隊には『健康増進ペンダント』を装備させております。彼らは『水の魔力』が使えます。それを変換することで、ライゼンガ将軍の部隊と同等の力を出せることは確認済みです」

「うむ……これについても意見は……ないようじゃな」

「ないようですね」

「そ、そうか。最後に、遠距離攻撃じゃが」

「エルフ部隊が担当します。普通は魔術攻撃を当てるため、魔獣に接近する必要がありますが……今回は『レーザーポインター』があります。射程距離が伸びるので安全に戦えるかと……」

「……そうじゃな」

「そ、それではまとめに入ります」

魔獣が飛ばす糸について。
対策：ライゼンガ将軍の部隊が焼き払い、残りを『携帯用超小型物置』に収納する。

接近戦部隊の戦力のばらつきについて。
対策：ミノタウロス部隊を『健康増進ペンダント』で強化する。

魔術攻撃部隊の安全性の問題について。
対策：『レーザーポインター』で魔術の射程距離を伸ばす。解決。

「……ここまで聞いて、なにか問題点に気づいた者はおるか？」

「「「…………」」」

だからなんで俺の方を見るんですか、魔王領軍の隊長さんたち。

「……『魔獣ガルガロッサ』と小蜘蛛の糸攻撃への対策、できちゃいましたね」

「……ミノタウロスと、将軍の部隊との、たたかう力のちがい……かいけつしてる」

「……我らエルフは安全なところから攻撃できる。陛下も安全でいられる。すごい……」

「皆の者。油断してはならぬぞ」

不意に、魔王ルキエが声をあげた。

「戦場ではなにが起きるかわからぬ。戦力が底上げされたとはいえ、油断は思わぬ敗北に繋《つな》がることもあるのじゃ。心せよ」

「「「は、はい‼」」」

「それで、ケルヴよ。帝国との連携はどうなっておる？」

「申し訳ございません。陛下」

宰相ケルヴが、重い口調でつぶやいた。

「いまだに帝国側からの連絡がないのです」

「まだじゃと？」

「使者のやりとりはしております。こちらの作戦も伝えました。ですが、帝国の兵団がどう動くのか、まったく言ってこないのです」

「なにを考えておるのじゃろうな」

ルキエは、苦々しい顔をしている。

帝国が信用できないということが、もう、彼女にもわかっているからだろう。

だから、ここに来る前に、ルキエはあちこちに偵察を放っている。表面上は帝国との共同作戦ということになっているけれど、ちゃんと警戒はしているんだ。

「帝国は、魔王領との連絡を絶っているのか……」

俺はふと、帝国の役所にいたときに読んだ歴史書を思い出していた。

帝国の兵団は速度を重視する。

最初に偵察を出し、相手の位置を確認する。相手が戦闘態勢を整えている場合は、少人数で攻撃して、敵をこちらに有利な場所へとおびき寄せる。相手が準備前なら、そのまま奇襲をかける。

相手より戦力を揃《そろ》えて、勝てると思ったら戦うのをためらわない。

それが超絶の力を持つ勇者から学んだ戦闘方法らしい。

魔王領まで来た帝国兵たちも、偵察は出しているだろう。

それで『魔獣ガルガロッサ』の様子を見て、勝てると思ったら——奇襲するんじゃないだろうか。

俺がそんなことを考えていると——


「偵察に出ていたライゼンガ将軍の部隊から連絡がありました。緊急事態です‼」


——天幕に、偵察兵が飛び込んできた。

「ドルガリア帝国の兵士たちは、すでに魔獣の配下と戦い始めています‼　帝国の兵士たちは『魔獣ガルガロッサ』と配下の小蜘蛛たちを挑発して、ふもとの岩場まで呼び寄せたようです。いかがいたしますか、魔王陛下‼」

偵察兵は慌てた口調で、そんなことを報告したのだった。

第9話「『魔獣ガルガロッサ』討伐作戦（2）『帝国側の出来事』」

――数十分前、帝国の兵団――


「作戦の目的は、魔王領の者たちに帝国の強さを示すことにある」

兵士たちを前に、軍務大臣ザグランは叫んだ。

ここは、魔王領山岳地帯の岩場だ。

なだらかな平地になっていて、南に下ると帝国との国境がある。

両軍の合流地点からは、かなり離れた場所だった。

「また、魔王領での魔獣討伐は得がたい経験であり、魔王領に恩を売る好機でもある。今回の戦術は敵を包囲しての各個撃破となる。油断せぬように願う」

「「はっ‼」」

「ではリアナ殿下。お言葉をお願いいたします」

軍務大臣ザグランに導かれ、第3皇女リアナ・ドルガリアが前に出る。

彼女が身にまとっている鎧《よろい》は、この戦いのために作らせた逸品だ。

だが、鎧の美しさも、彼女が両手で握りしめている大剣には敵《かな》わない。

リアナ皇女が手にしているのは『聖剣ドルガリア』。

かつて、異世界からやってきた勇者が使っていた剣だ。

「長き行軍。ご苦労でした」

聖剣を手に、リアナ皇女は声をあげる。

「火山からは距離がありますが、ここはかなり暑い場所です。皆、疲れてはおりませんか？」


「――否《いな》！」

「――我らは力に満ちている！」

「――皇女殿下は我らの力をお疑いか⁉」


戦意に満ちた兵士たちの声が返ってくる。

リアナも、その意気はうれしく思う。しかしこの地はとにかく暑い。彼女も鎧の下は汗だくだ。

だが、着替えをする時間はない。

「偵察兵から報告がありました。すでに『魔獣ガルガロッサ』は私たちの存在に気づき、こちらに向かってきているそうです」

リアナ皇女は、用意していた言葉を口にした。

「奴らを倒し、帝国の力を魔王領の者たちに示しましょう。魔族や亜人は、我らドルガリア帝国には勝てないのだと。悪の魔獣を倒すのは、勇者を崇《あが》める帝国の使命であることを」

リアナ皇女は兵たちに示すように、高々と聖剣を掲げる。

それを合図に、兵士たちは陣形を整え始める。

「こちらの兵数は300名。兵力としては十分です」

軍務大臣ザグランは髭《ひげ》をなでながら、つぶやいた。

「魔王領によれば『魔獣ガルガロッサ』の配下の小蜘蛛の数は30匹前後とのこと。小蜘蛛といえども人間サイズです。やつらには1匹につき、兵10人で当たることにします」

そう言って、軍務大臣ザグランはにやりと笑う。

「これで勝てるでしょう。もっとも、これは魔王領には不可能な戦術ですが」

「魔王領はそれだけの兵を出せないと？」

「あちらは人口が少ないですからな。それに、多種族の寄せ集めでもあります。統一した行動は取れないでしょう」

魔王領が連れてくる兵力は、おそらく100名にも満たないだろう。

こちらがその3倍の兵力で魔獣を圧倒すれば、帝国の強さも伝わるはずだ。

さらに、帝国は数名の兵士を使い、『魔獣ガルガロッサ』と小蜘蛛をおびき出そうとしている。

この広い岩場なら、大戦力が展開できるからだ。

有利な戦場を選び、大兵力で一気に勝利する。それが、帝国のやり方だった。

「殿下、今後の手順はおわかりですね？」

「兵士たちが小蜘蛛の動きを封じ、その隙に私が魔獣に聖剣の一撃を浴びせるのですね？」

「本体を倒せば、残るは小蜘蛛のみ。兵士たちが各個撃破できますからな」

ささやくような声で、軍務大臣ザグランは言った。

「殿下は、魔力残量にご注意を」

「わかっています。ザグラン」

「聖剣の発動には多くの魔力を必要とします。『聖剣の光刃《フォトン・ブレード》』を発動できるのは1度までとお考えください――」

「何度も言われずともわかります。魔王領の者の前で、無様な姿をさらしたりはいたしません」

桜色の髪をひるがえして、リアナ皇女は声をあげた。

「殿下。くどいようですが、御身《おんみ》を大切に――」

軍務大臣ザグランが話を続けようとしたとき――


「来たぞ‼　巨大魔獣と小蜘蛛《こぐも》の群れだ――――っ‼」


兵士たちの叫び声があがった。

反射的に、リアナ皇女と軍務大臣ザグランは、それぞれの武器を構える。

戦闘が始まれば話は終わり。ただ戦い、目的を果たす。それがドルガリア帝国のやり方だ。

「来ました。『先遣部隊《せんけんぶたい》』の者たちと、魔獣たちです！」

「――見えておりますよ。ザグラン」

山の方から帝国の陣地に向かって、歩兵と弓兵が走ってくる。魔獣をおびき出す役目を負った、先遣部隊の者たちだ。

それを追いかけて、大量の魔獣たちがやってくる。

最初に見えたのは人間サイズの蜘蛛だった。

銀色の手脚。甲羅のようなものに覆われた胴体。複数の、真《ま》っ赤《か》な目。

魔獣の配下の小蜘蛛たちだ。

その後ろから、小山のような影が、こちらに向かってくる。


『ガァルゥガロゥオオオオオ！　ガルガロゥアアアアアアア‼』


「あれが新種……『魔獣ガルガロッサ』」

リアナ皇女が目にしているのは、おそろしく巨大な魔獣だった。

胴体までの高さは数メートル。すべての脚を伸ばせば、長さは十数メートルを超えるだろう。

赤い目玉の直径は人の手足くらい。その口は岩をも砕くと言われている。

なによりおそろしいのは、奴《やつ》が飛ばしてくる糸だ。

『魔獣ガルガロッサ』は勢いよく発射した糸を、そのまま獲物に巻き付ける。

そうして動きを封じた上で、引き寄せて殺すのだ。

「先遣部隊を助けます。全軍、攻撃を開始なさい！」

リアナの合図で、帝国兵たちが動き出す。

作戦はシンプルだ。

最初に、後衛の魔術兵と弓兵が、遠距離から敵を攻撃する。

敵がひるんだ隙に、歩兵たちが小蜘蛛を集団で取り囲む。

その後、弓兵と魔術兵は『魔獣ガルガロッサ』本体に攻撃を集中させる。

『魔獣ガルガロッサ』の動きを止めたあとは、リアナ皇女と『聖剣ドルガリア』の出番だ。

「──防御。小蜘蛛の攻撃を防ぎました。支援をどうぞ」

「──凍結魔術で糸の封じ込めに成功。攻撃どうぞ」

「──包囲に成功。剣士部隊は攻撃を続行‼」

熟練《じゅくれん》の戦士たちは、淡々《たんたん》と戦闘を続けている。

小蜘蛛たちはすぐに包囲され、追い詰められていく。

奴らの数は20弱。1匹を10人で囲んでも、兵力には余裕があるのだ。

「小蜘蛛の動きが止まりました。魔獣本体への攻撃に向かいますぞ、殿下‼」

「参りましょう‼」

リアナ皇女は聖剣を手に走り出す。

『魔獣ガルガロッサ』に一撃を与えるには絶好のタイミングだ。

「────が、すでに戦闘を────」

「────共同作戦────で────なかったのか？」

不意に、声が聞こえた。

リアナが振り返ると、斜面に人影が立っているのが見えた。

「あれは……魔王の軍勢でしょうか」

「我々の動きに気づいたのですな。ですが、あの距離なら手出しできません。今のうちですぞ！」

「はい！　『聖剣ドルガリア』の力を、彼らに示すといたしましょう！」

リアナ皇女は、聖剣の鞘《さや》を払った。

「見るがいい。魔王領の者たちよ！　勇者が残した『聖剣ドルガリア』の力を‼」

金色の刀身が光を放つ。

さらに皇女が魔力を込めると──刀身を包み込むように、巨大な光の刃《やいば》が発生する。

「これが聖剣の真の力！　魔獣を滅ぼす正義の刃です‼」

『聖剣ドルガリア』は『光の魔力』で巨大な刃を作り出すことができる。

刃のサイズは所有者によって変化する。異世界勇者が使っていたころは、数十メートルにも達していたと言われている。

今、リアナ皇女が生み出せる光の刃は、十メートル前後。

それでも『魔獣ガルガロッサ』に大ダメージを与えるには十分だ。

「「「────おお！」」」

帝国兵たちが歓声をあげた。

リアナ皇女はその声を聞きながら、魔獣に向かって走り出す。

『グァルガ、ガルガロゥアアアアア‼』

『魔獣ガルガロッサ』が、叫んだ。

奴はリアナを敵と見定めたのか、巨大な脚を振り下ろす。

「魔獣の攻撃は我らが防ぎます‼」

「「殿下は、聖剣の力をお示しください‼」」

魔獣の攻撃を、ザグランと近衛《このえ》兵たちが、防いだ。

寄り集まった近衛兵は、盾で魔獣の脚を受け流す。力を逸《そ》らしきれず、数人が吹き飛ぶ。

その間にリアナ皇女は、魔獣の近くにたどり着く。

『ガルゴルゥアガァアアアア‼』

『魔獣ガルガロッサ』が、後脚で立ち上がる。

だが、なにをしてももう遅い。

既に魔獣は聖剣の間合いに入っている。あとは光の刃を叩《たた》き付けるだけだ。

「魔獣よ、喰《く》らいなさい‼　『聖剣の光刃《フォトン・ブレード》』‼」

リアナ皇女は下段から、聖剣を振り上げる。

この距離だ。逃れるすべはない。

リアナ皇女の『聖剣の光刃』は、まっすぐに『魔獣ガルガロッサ』に届いて――

「――え」

光の刃が敵に食い込む直前、リアナ皇女は目を見開いた。

『魔獣ガルガロッサ』の腹の下に、無数の小蜘蛛が隠れていた。

リアナは、魔王領から届いた資料のことを思い出す。

『魔獣ガルガロッサ』の強さは未知数。急いで討伐しなければいけない。

だが、奴はこれまで一度も現れたことのない新種の魔獣。討伐には慎重を期すべき。

資料には、そう書かれていなかっただろうか――

「まさか身体《からだ》の下に……伏兵を隠して!?」

『ギィアア！』『ギィア！』『ギギィ！』

腹の下にいた小蜘蛛たちが、一斉にリアナ皇女めがけて糸を飛ばす。

リアナは一瞬、迷った。

このまま剣を振り上げれば『魔獣ガルガロッサ』に大ダメージを与えられる。

けれど、致命傷は与えられない。

小蜘蛛の身体と、飛ばしてくる糸が聖剣の威力を削り取ってしまうからだ。さらに、生き残った小蜘蛛たちは帝国兵に不意打ちを仕掛けるだろう。

そうなったら――帝国の兵団は壊滅的な被害を受けてしまうのだ。

「――っ‼」

直後、リアナ皇女は聖剣の構えを変えた。

狙《ねら》いを『魔獣ガルガロッサ』本体から、小蜘蛛たちへ。

そのまま彼女は光の刃で、小蜘蛛たちを切り払う。

『ギギギ！』『ギィ――ァ』

悲鳴をあげて、小蜘蛛たちが蒸発していく。

さらに、光の刃が『魔獣ガルガロッサ』の胴体に食い込む。切り裂く。緑色の血が噴き出し、リアナ皇女に降り注ぐ。

そして――リアナの魔力が尽き、光の刃が消えた。

『ガルロゥォアアア！　ガルグァロォアアアアアアアア――‼』

激怒した『魔獣ガルガロッサ』が巨大な脚を振り上げる。

リアナは後ろに下がろうとするが――その動きは鈍い。

伏兵の小蜘蛛を倒すため、『聖剣の光刃』にすべての魔力を注ぎ込んでしまったからだ。

光の刃は、すでに消えている。

リアナの手の中にあるのは、魔力を失った金色の聖剣だ。

刀身の長さは1メートル弱。今はこれで『魔獣ガルガロッサ』と戦うしかない。

「――殿下！」

軍務大臣ザグランの声が聞こえた。

彼は皇女に向かって駆け出す。だが、遠い。

『魔獣のガルガロッサ』の巨大な目が、リアナを見ていた。口が開いて、牙《きば》が見えた。

その迫力に、皇女の身体が硬直する。

彼女はじっと魔獣の顔を見つめて――そして、不思議なものに気がついた。

「『魔獣ガルガロッサ』の頭に、あんな赤い光の点がありましたか……？」

リアナ皇女は振り返る。

彼女は赤い光がどこから来ているのかに気づいた。

光からは赤い線が伸びて、魔王領の兵団に繋《つな》がっていたのだ。

「ドルガリア帝国の兵団を援護《えんご》する！　あの光の点に向かって撃つのじゃ‼」

「……魔王領からの……援護？　でも……無理です。遠すぎます」

魔王領の軍団からここまでは、魔術の射程距離をはるかに超えている。

こんなに離れていては、攻撃魔術が届くわけが──


「放て────っ‼」

ずどどどどどっどどどっどごおおおおおおおおおおおおんっ‼


大量の攻撃魔術が、赤い光の点に着弾した。

『魔獣ガルガロッサ』の頭の一部が、吹っ飛んだ。

「……え」

リアナは、自分が見ているものが、信じられなかった。

魔王領の軍団がいる位置からここまでは、魔術の射程距離の数倍。

なのに、彼らが放った攻撃魔術はすべて、『魔獣ガルガロッサ』に命中したのだ。

すべての魔術が正確に、赤い光が示していた場所へと。

『ガルガォロァアアアア！　グガァアアアアアアアア‼』

『魔獣ガルガロッサ』が悲鳴をあげる。数十発の魔術を一点に喰らったのだから当然だ。

奴《やつ》の頭の一部が吹き飛び、そこから大量の血が噴き出ている。

「殿下！　一旦《いったん》、お退《ひ》きください‼」

気づくと、ザグランがリアナ皇女の腕を引いていた。

「距離を取って陣形を立て直します！　お立ちください、殿下‼」

「ザグラン爺《じい》……でも、ここで退くのは……」

「小蜘蛛《こぐも》どもが凶暴化しております。このままでは、戦線が維持できません……」

ザグランの言葉に、リアナ皇女は兵士たちの方を見た。

『各個撃破包囲陣』が、突破されようとしていた。

激怒した小蜘蛛たちが大量の糸を飛ばしているからだ。魔術兵たちは必死に対応しているが、兵士を守るのが精一杯だ。帝国兵たちの包囲陣は、突破されつつあった。

「……魔王領の者たちの前で……なんと無様な……」

リアナ皇女は聖剣を握りしめた。

「反撃を！　このようなことでは、お父さま──皇帝陛下に申し訳が！」

「無理です！　今は退くしかありません」

軍務大臣ザグランは叫んだ。

「兵士たちは混乱しております！　しかも、魔王領の兵団も現れたのですぞ‼　彼らはぬけがけした我々に怒っているでしょう。前面に魔獣、後方に魔王がいては戦えません！　ここは一旦退くべきでしょう。ご決断を！」

「……う、うぅ」

リアナ皇女にとって、こんな屈辱は初めてだった。

初陣だというのに、魔獣を倒すことに失敗した。

聖剣を使いこなせず、こともあろうに魔王領の者たちに助けられてしまったのだ。

「……包囲陣形から、密集陣形に変更を。『魔獣ガルガロッサ』から離れます」

「承知いたしました。それに、戦いはまだ終わったわけではありませんぞ。殿下」

軍務大臣ザグランは、リアナの耳元でささやいた。

「魔王領が『魔獣ガルガロッサ』を弱らせたあとで、我々がとどめを刺すという方法もあります。その際には、ふたたび殿下の聖剣が必要となりましょう」

「……そう……でしょうか」

「はい。『魔獣ガルガロッサ』は我々でも手こずる相手です。魔王領の者が倒せるはずが……」


ずどどどどどどどっどぉん！


魔王領軍の攻撃魔術が続けざまに『魔獣ガルガロッサ』の脚に命中した。

さらに2撃。3撃。

赤い光が示す一点に攻撃が集中し、魔獣の脚を吹き飛ばす。

「……わかりません。彼らの魔術は未知数です。とにかく今は撤退を」

「……は、はい。参りましょう。ザグラン」

兵士たちに守られながら、リアナ皇女は戦場から離れていったのだった。

第10話「『魔獣ガルガロッサ』討伐作戦（3）『魔王領兵団 対 巨大魔獣』」

――魔王ルキエ視点――


「おかしい。なんなのじゃ、この威力は……？」

魔王ルキエは目の前の光景に首をかしげていた。

『レーザーポインター』で魔獣を狙《ねら》って魔術を撃ったら、見事に命中した。

さらに、十数人分の攻撃魔術が一点に集中し、魔獣の脚を吹き飛ばしてしまったのだ。

「『レーザーポインター』とは、魔術の射程を伸ばすだけではなかったのか？」

「このケルヴには、全員の魔術が連続し、一点へと飛んでいったように見えましたが……」

「トール。説明をせよ。トール……？」

呼びかけてから、ルキエは彼がここにいないことを思い出す。

トールには、後方に下がってもらったのだ。

戦闘が近くなったため、ルキエの側《そば》にいるのは危険。そう考えての処置だった。

「陛下。トールどのは『レーザーポインター』について、どのように話しておられましたか？」

「光と闇《やみ》の魔力が一直線に、敵に向かって飛んでいくと言うておった。その魔力の流れに乗ることで、魔術の射程が伸びるのじゃと」

「では、多数の者が一斉に魔術を放ったら……？」

「そうじゃな……魔力の流れに乗った魔術が列を作り、一点へと収束して…………!?」

ルキエは――気づいてしまった。

この『レーザーポインター』は、魔術の射程を伸ばすだけではない。

複数の者が放った攻撃魔術を光の線――つまり魔力の流れに乗せて、収束させてしまうのだ。

それは、十数人分の攻撃魔術を、一点に叩《たた》き付けるのと同じだった。

「十数人分の攻撃魔術を一点に喰《く》らったら、いかなる魔獣でも耐えられるわけがありません！」

「トール！　お主は……なんというものを作ったのじゃ……！」

訓練中は、ひとり1台で『レーザーポインター』を使っていたから、気づかなかった。

このアイテムを集団で使うと、全員の魔術が連続して、一点に命中するのだ。

しかもその射程距離は、通常の3倍から4倍。

この『レーザーポインター』は攻撃支援アイテムなどではない。

魔術用に特化した『攻撃増幅用《ブーストアタック》マジックアイテム』だ。

「と、とにかく。『魔獣ガルガロッサ』を攻撃せよ！　帝国の兵団の撤退を支援するのじゃ！」

ルキエは兵士たちに向けて、宣言した。

「彼らが生き残ったあとで、大いに文句を言わせてもらうとしよう！」

「帝国兵は……自分たちだけで『魔獣ガルガロッサ』を倒すつもりだったのでしょうか」

ふと、宰相ケルヴがつぶやいた。

その言葉に、ルキエはうなずく。

「おそらくは聖剣使いの皇女に箔《はく》を付けようと思っていたのじゃろうよ。あるいは、魔王領に聖剣の力を見せつけようとしていたのかもしれぬな」

「陛下は、こうなることを予想していらしたのですか？」

「ある程度はな。帝国はトールを捨てた国であり、彼を利用する者がいる国じゃ。信を置きすぎるのは危険じゃと感じておった。魔獣討伐の際に、それを見極めるつもりだったのじゃ」

ルキエは国を導く王だ。

隣国が信頼できるか否《いな》か、自分の目で見極めなければいけない。

「トールを利用するようなやからは一部の貴族だけで、皇族たちは立派な人間であって欲しかったのじゃがな。まぁ、それも戦いの後、皇女と話して見極めるとしよう」

「陛下のそのお考えこそ、尊いものと思います」

「少なくとも帝国の戦術は見事じゃった。それが見られただけでも、幸いかもしれぬな」

「おそらく彼らは魔獣を挑発して、自分たちの陣地までおびき寄せたのでしょう」

宰相ケルヴは帝国兵の陣形を見ながら、そう言った。

「大兵力を展開するにはこの場所に敵を引き込むしかありません。小蜘蛛を包囲して、ボスである『魔獣ガルガロッサ』を聖剣で攻撃する。つまり、最大火力を最大効率で使おうとしたのですね」

「包囲殲滅《せんめつ》戦と、一点突破か。戦術としては有効じゃな」

「計算違いは『魔獣ガルガロッサ』が思った以上に強かったことでしょう」

「あの魔獣は魔王領の記録にもない。突然現れた、規格外の魔獣じゃからな……」

規格外の魔獣だから、魔王領では討伐に慎重を期した。

ルキエが大量の偵察兵を出したのも、そのためだ。

「帝国にも、あの魔獣は危険じゃと伝えたのじゃが……よもや単独行動を取るとは」

魔王領側は高台から戦場を見下ろしている。

眼下では、帝国軍が後退をはじめていた。

盾持ちの兵士たちが壁になり、他が逃げるのを助けている。

訓練された、あざやかな動きだったが、それでも小蜘蛛たちに押されている。

やはり、援護が必要だろう。

「こちらの作戦に変更はない。遠距離の魔術で敵を足止め。相手が動きを止めた時点で、ライゼンガの部隊と、ミノタウロスたちの部隊が突撃するのじゃ。よいな！」

ルキエは将軍と兵士たちに向かって告げた。

「ははっ！　このライゼンガの力を、陛下にお見せいたしましょう!!」

「ミノタウロス部隊……『健康増進ペンダント』、そうび、してます」

「エルフ部隊も魔力が尽きるまで魔術を放ってみせましょうぞ!!」

ライゼンガ将軍、ミノタウロスの隊長、エルフの隊長が声をあげる。

ルキエは指示を出す。

3個の『レーザーポインター』のうち、1個はすでに『魔獣ガルガロッサ』に向けられている。

2個目はエルフの隊長が構えている。照準は、小蜘蛛たちに向ける。

最後の1個は宰相ケルヴが持ち、ルキエの魔術のサポートをする。

「余の『闇の魔術』は威力が強い。ひとりでも、小蜘蛛くらいは倒せよう。ライゼンガとミノタウロス部隊は攻撃準備をせよ。小蜘蛛の数が減ったら『魔獣ガルガロッサ』本体に突撃じゃ！」

「「了解いたしました‼」」

「エルフ部隊は攻撃開始じゃ。魔術を放て！」

「「「おおおおおおっ‼」」」

エルフ部隊が一斉に攻撃魔術を発射する。

狙《ねら》いは『魔獣ガルガロッサ』の体表にある、赤い光の点だ。

遠距離だ。当てるのは難しい。

遠すぎて光が見えない者もいる。わずかに狙いが逸《そ》れた者もいる。


それでも『レーザーポインター』は、的《まと》を外すことを許さない。


目標に向かって伸びる魔力の流れは、大量の魔術を強引に巻き込んでいく。

狙いが逸れたものも、タイミングが遅れたものもまとめて、むりやり軌道を直していく。

さらにその魔力の流れが魔術の飛距離を伸ばして──


ズドドドオオオオオオオオン‼


『ギィアアアア！　ギャアアアアアアアアアアアアア！』

殺到する攻撃魔術は、『魔獣ガルガロッサ』の脚のひとつを、吹き飛ばした。

「おそるべきはトールどのですな……」

「この『レーザーポインター』は、戦の形を変えてしまうかもしれぬ」

「ですが、解せませぬ」

宰相ケルヴは首をかしげた。

「帝国にも錬金術師はいるはず。なのにどうして帝国の皇女は、同じようなマジックアイテムを使わなかったのでしょう」

「予想はつく」

「と、おっしゃいますと」

「今回の戦で、帝国は魔王領を出し抜いた。我々と話し合い、作戦を決めることを拒否したのじゃ。そんな頭の固い連中が、こんな『びっくりマジックアイテム』を、使いこなせると思うか？」

「……あ」

「余は先人が『人間から学べ』という言葉を残してくれたことに感謝しておる。さもなければ、余もトールの才能を見逃していたかもしれぬからな」

もしもトールの才能を活《い》かせずにいたら、あの『小型物置』でのお茶会もなかっただろう。

今のようにメイベルと話すこともできず、トールの友にもなれなかった。

そう考えて、ルキエは思わず寒気を感じる。

「さてと、余も働かねばならぬな。ケルヴよ、『レーザーポインター』を頼む」

「御意！」

宰相ケルヴが『レーザーポインター』を掲げる。

狙いは、一番手前にいる小蜘蛛《こぐも》だ。

「帝国の皇女は聖剣の力を見せつけてくれた。ならば余は『闇《やみ》の魔術』の力を見せねばなるまい」

帝国側が魔王領に無断で戦い、聖剣を使ったのは、自分たちの強さを見せるためだろう。

両国は和平の約束をしているとはいえ、友好国ではない。

相手が攻めてこないように、力を誇示しようとするのは理解できる。

（じゃが、約束を守らずしてなにが皇女か！）

それに、ルキエ個人としても、気になることがある。

さっき、トールは聖剣の光を見て、目を輝かせていた。

聖剣を参考にルキエの魔剣を作るため——と言っていたけれど、彼が皇女の姿をじっと見ているのは……なんとなく、嫌だった。

だから、彼女も自分の力を見せておくべきだと思ったのだ。

「『魔王ルキエ・エヴァーガルドの名において、煉獄《れんごく》の炎を呼び覚ます』」

ルキエは詠唱を始める。彼女の身体《からだ》から、闇の魔力があふれだす。

闇の魔力は『無』『空白』『なにもない空間』を意味する。

それを操る魔王ルキエの魔術は、敵の存在そのものを削り取る『漆黒の炎』を生み出すことができる。射程が短いという欠点があるが『レーザーポインター』はそれを補ってくれるはず。

「『現れよ！　闇の火炎！』」

畏怖《いふ》に震える兵たちの前で——ルキエの詠唱が終わる。

「受けよ！　我が漆黒の炎を！　『虚無の魔炎《ヴォイド・フレイム》』‼」

そして――魔王ルキエは、漆黒の炎を解き放った。

黒い炎は『レーザーポインター』の流れに乗り、そのまま小蜘蛛の身体に着弾する。

『キギィィィアアアアア‼』

人間サイズの蜘蛛が、絶叫した。

黒い炎に焼かれて、小蜘蛛の脚と胴体が消滅していく。まるで炎に噛《か》み砕《くだ》かれているかのように、脚と胴体が粉々に砕けていく。砕けた欠片《かけら》は黒い炎に灼《や》かれ消滅し、無に還《かえ》っていく。

これが魔王ルキエが操る『闇の魔術』の力だった。

『――ギィア……ァァ』

身体を削り取られた小蜘蛛は絶叫し、息絶えていく。

それを見た魔王ルキエは、隣にいるケルヴに指示を出す。

「奴《やつ》はもうよかろう。『レーザーポインター』を、次の敵に向けるとしよう」

「は、はい。陛下」

「しっかり支えておれ。余が狙いを定めてみせよう」

ルキエは手を伸ばし、『レーザーポインター』の光を、ひょい、と、次の小蜘蛛に向けた。

赤い光が、ひょい、と、次の小蜘蛛へと移動した。

つられて黒い炎も、ひょい、と、次の小蜘蛛へと移動した。

『ギィヤアアアアアアア‼』

『虚無の魔炎《ヴォイド・フレイム》』の直撃を受けた小蜘蛛が、絶叫した。

「――え？」

「「「おおおおおおおおっ‼」」」

魔王ルキエが、ぽかん、と口を開けた。

火炎将軍ライゼンガをはじめとする魔王領の兵団が、歓声をあげた。

ちなみに宰相ケルヴは、目が点になっていた。

「な、なぜ。なぜ『虚無の魔炎《ヴォイド・フレイム》』の炎までが移動するのじゃ⁉」

「わ、わかりません！『レーザーポインター』の力としか……」

「……え、えっと」

とにかく、魔獣にダメージを与えられたならそれでいい。炎はそのうち消えるはず。

そう考えて魔王ルキエは、ふたたび魔術の詠唱を始める。

準備を整えてから見ると……まだ最初の魔炎が燃えていた。

おまけに、ルキエがひょいひょいと照準を動かしたせいで、すでに3匹目を焼きはじめている。

2匹目はとっくに焼き尽くされて、脚しか残っていない状態だ。

「ゆ、ゆくぞ。『虚無の魔炎《ヴォイド・フレイム》』‼」

ルキエは2発目の『闇の魔術』を発動する。

黒い炎は当たり前のように3匹目の小蜘蛛に当たる。

消えかけの魔炎に次の魔炎が当たり、合体する。

『――――ギャ……ァ』

その結果、３匹目の小蜘蛛は燃えさかる黒い炎に包まれ、完全消滅した。

「この現象は……もしや『レーザーポインター』に、闇の魔力を使っておるせいか？」

ルキエはふと、つぶやいた。

「トールは言っておった。この『レーザーポインター』は、闇の魔力で光の魔力を押しつぶして、一緒に飛ばしておると。そして余の魔術は闇の魔術じゃ。つまり、『レーザーポインター』の魔力を通して、余と『虚無の魔炎《ヴォイド・フレイム》』は繋《つな》がっておることになるのでは……？」

だから、魔炎はいつまでも消えない。

『レーザーポインター』を通して、ルキエが闇の魔力を供給し続けているからだ。

「針やフォークに、『虚無の魔炎《ヴォイド・フレイム》』が繋がっていると想像してみよ。それを余がひょいひょい動かしたために、つられて炎が動いたと考えればわかるじゃろう」

「ということは、この『レーザーポインター』は、陛下がお使いになるときは……」

「一度放った闇の魔術を動かし放題ということになるな……」

ルキエが手元で『レーザーポインター』を動かすだけで、黒い炎は次々に移動し、小蜘蛛を消滅させていく。

すさまじい威力だった。

小蜘蛛が必死に逃げようと、『レーザーポインター』の向きを変える方が速い。

さらにエルフ魔術部隊の攻撃も合わさり、小蜘蛛はどんどん数を減らしていく。

「……我らは、どうすればよいのですかな。陛下」

「……とつげき準備……しているのですけれど」

ライゼンガ将軍とミノタウロスの隊長は、武器を手にしたまま止まっている。

突撃しようにも敵はどんどんいなくなっている。

『魔獣ガルガロッサ』もエルフの魔術部隊から、集中攻撃を受けている状態だ。


『グォイ！　ヒギィアアアアアア!!　ガルガロォアアアアアアアア』


不意に『魔獣ガルガロッサ』が、吠《ほ》えた。

同時に、周囲の小蜘蛛が集まり始める。

小蜘蛛たちは周囲に糸を張り巡らしながら、『魔獣ガルガロッサ』の前で壁となる。

『グォ────ア！　ガルガロォア────ア！』

壁の向こうで『魔獣ガルガロッサ』が叫んでいる。

その声を聞いて、ルキエの背筋に緊張が走る。

「周囲を警戒せよ！　奴は、まだ手の内を隠しておるやもしれぬ!!」

「伝令────っ!!」

数秒遅れて、偵察に出ていたリザードマンが声をあげた。

長い尻尾《しっぽ》でバランスを取りながら、走りにくい岩場を駆けてくる。

「直言を許す！　報告せよ！」

「魔獣の背後に後詰めの部隊あり！　こちらに向かってきております!!」

「わかった。ならば、それが到着する前に『魔獣ガルガロッサ』を倒す!!　エルフ部隊よ、小蜘蛛の壁に魔術を集中せよ！　同時攻撃をかけるのじゃ！」

「「「承知いたしました‼」」」

『レーザーポインター』の光が、小蜘蛛たちに向かって走る。

ルキエも再び『虚無の魔炎《ヴォイド・フレイム》』の詠唱に入る。

「敵は時間稼ぎに入っておる。小蜘蛛を盾にして身を守りながら、援軍を待つつもりじゃ」

「援軍が来たら、それに紛れて逃げるつもりでしょう」

「魔獣にしては知恵が回る！」

寄り集まった小蜘蛛たちは、互いに脚を絡め、一体化していく。

さらにお互いの身体《からだ》に糸を巻き付けて、文字通りひとつの壁になる。

互いに折り重ねた糸は、魔術の威力を減衰する。

小蜘蛛たちはルキエと魔王領の魔術兵の力を知り、対策をしているようだった。

ルキエは帝国兵の方を見た。

彼らは後方に下がっている。姫君の聖剣は——おそらくは使えない。負傷者も多い。

魔王領の支援ができる状態ではなかった。

「こちらで、あの壁を崩すしかないようじゃな」

後詰めの蜘蛛たちが来る前に、魔王領の力を結集し、小蜘蛛の防壁を破壊する。

ここが正念場——そう思ったとき、ルキエは無意識のうちに腰に手を伸ばしていた。

「おお！　見よ‼」

「陛下が剣を構えられた‼」

「今が勝負のときということか！　魔術兵たちよ、陛下に続け――っ‼」

漆黒の剣を構える魔王ルキエの姿に、兵士たちの士気が上がっていく。

（トールよ。お主がこの魔剣を作ったのは正しかったぞ‼）

ルキエは仮面の下で、不敵な笑みを浮かべた。

もちろん、これはただの『レーザーポインター』だ。兵士たちもそれは知っている。

だが、魔王自らが剣を構え、敵に立ち向かう姿。それこそが兵の士気を上げるものなのだ。

「余の敵を指し示すがよい。『レーザーブレード』よ！」

ルキエが魔力を込めると――剣先から赤い光が走った。

通常の『レーザーポインター』よりも、数倍の太さがある、赤い線。

それが小蜘蛛の壁まで、魔力の流れを作り出す。

「魔王ルキエ・エヴァーガルドの名において、領土を荒らす魔獣を誅滅《ちゅうめつ》する‼」

ルキエは詠唱を始める。放つのは先刻と同じ『虚無の魔炎《ヴォイド・フレイム》』だ。

「受けよ！　我が漆黒の炎を！　『虚無の魔炎《ヴォイド・フレイム》』‼」

詠唱が完了し――ルキエは『レーザーブレード』を握りしめた。

直後、トールから聞いた注意を思い出す。

『ここを力いっぱい握ると、溜《た》め込んだ魔力を解放するようになっています』

ルキエは思わず、柄《つか》にはめ込まれた魔石を見た。

『闇《やみ》の魔力』を充填《じゅうてん》しておいた魔石から、闇の色が消えていく。魔力を消費しているのだ。

当然、ルキエはすでに『虚無の魔炎《ヴォイド・フレイム》』に自身の魔力を使っている。となると――

（魔力の過剰投入――⁉）

魔術にどれくらいの魔力を投入するかは、個人の能力によって変化する。

魔力を注ぎ過ぎた魔術は不安定化する。具体的には狙《ねら》いが定まらず、別方向に飛んでいくこともあるのだが――

（……いや、別に問題はないのではないか？）

魔王ルキエは首をかしげた。

（『レーザーポインター』があれば、狙いを定める必要がないのじゃからな。『魔獣ガルガロッサ』本体に向かう魔力の流れは、すでに用意されておる。ということは――）

魔力を余分に注いでも、『レーザーポインター』がある限り、問題はない。

単に魔術の威力が増大するだけだ。


ボシュウウウウウウ‼


そして魔剣『レーザーブレード』の先端に、巨大な漆黒の炎が生まれた。

「行け、『虚無の魔炎《ヴォイド・フレイム》』よ‼　土地を荒らす魔獣を消し去るのじゃ‼」

通常の数倍のサイズがある、巨大な黒い炎。

それが『レーザーポインター』の光のラインに乗って飛んでいき――

『『『『ヒギィアアアアア…………ッ!?』』』』

小蜘蛛《こぐも》を数匹まとめて消し去った。

壁になった小蜘蛛たちが手脚を絡め、がっしりと組み合っていたのがあだとなった。黒い魔炎は小蜘蛛を数匹焼き尽くしたあと、次の蜘蛛へと燃え移る。通常の数倍サイズの魔炎だ。蜘蛛が燃え尽きるのは一瞬。仲間の状態に気づいた蜘蛛たちは、フォーメーションを解いて逃げ始める。

「――逃がさぬ！」

ルキエは魔剣を振った。

『レーザーブレード』の光に合わせて、魔炎が動いた。

右から左、左から右への薙《な》ぎ払《はら》い。

まるで、遠距離から黒い刃《やいば》を操っているかのようだった。

ルキエが魔剣を振るたびに、小蜘蛛たちが燃え尽きていく。小蜘蛛の壁が消え去り『魔獣ガルガロッサ』が姿を現す。小蜘蛛の壁に隠れていた本体は――

『――ヒ、ヒギィィィィ!!』

悲鳴をあげて、逃げ出した。

奴《やつ》は、賢い魔獣だったのだろう。

腹の下に伏兵を隠し、小蜘蛛を壁とし、後詰めを用意するほどの知恵があった。

だから、自分が絶体絶命のピンチにあることも、理解してしまったのだ。

『――ヒギィ！　ギィギィィィィ‼』

「逃がさぬと言ったであろう‼」

魔王ルキエは魔剣『レーザーブレード』を振った。

まだ残っていた魔炎が移動した。

『――ガルォア⁉　ギィアアアアアアアアアアア…………』

黒い炎が『魔獣ガルガロッサ』の脚を焼いた。

魔獣は残った脚を動かして、必死に逃げようとする。

ルキエはさらに剣を振る。

逃がさない。魔剣『レーザーブレード』は、通常の『レーザーポインター』よりも射程が長い。

もはやこの岩場全体が、ルキエの魔術の攻撃範囲だ。

『ギャア、ギィアアアアアア…………』

「諦《あきら》めよ。『魔獣ガルガロッサ』。お主はこの魔剣からは逃れられぬ！」

黒い魔剣を手にした、魔王ルキエ・エヴァーガルドの剣舞。

彼女が剣を振るたびに、巨大な蜘蛛『魔獣ガルガロッサ』の身体《からだ》が削れていく。

それは――聖剣の光さえも忘れさせるほどの、おそるべき光景だった。

「エルフ部隊は魔術を一斉射撃！　後詰めの小蜘蛛を近づけぬように‼」

魔王領部隊の先頭で、宰相ケルヴが叫んだ。

一瞬遅れて、エルフ部隊が魔術を放つ。

『レーザーポインター』の光は、すでに後詰めの蜘蛛たちを捉《とら》えている。

魔術が飛ぶ。小蜘蛛たちが吹き飛ぶ。『魔獣ガルガロッサ』の援軍が消える。

『魔獣ガルガロッサ』には、もう、逃げ場はなかった。

やがて――

『……ガァアアルォオォォォ！　アアァ…………』

岩壁に追い詰められた『魔獣ガルガロッサ』は、あがくのをやめた。

巨大な身体を地面に横たえ、自ら炎に焼かれていく。

魔獣の目は最後に、魔王領の兵団を見つめていた。

まるで好敵手に敬意を表すように、魔獣は残った前脚を上げる。

やがてそれが、ぱったりと落ちて――『魔獣ガルガロッサ』は、息絶えた。


「「「うおおおおおおおおおっ‼」」」

魔王領の兵団から歓声があがった。


「魔王陛下の魔剣が、『魔獣ガルガロッサ』を滅ぼしたぞ‼」

「魔剣とは陛下の『闇の魔術』と組み合わせて使うものだったのですね‼」

「すさまじい光景でした。『魔獣ガルガロッサ』と配下を、あれほど簡単に全滅させるなんて‼」


エルフもドワーフも、声をそろえて魔王ルキエをたたえている。

対照的にライゼンガ将軍とミノタウロスたちは、呆然《ぼうぜん》としていた。

突撃しようとした直後、敵がいなくなってしまったのだ。肩すかしもいいところだった。

「……我は……アグニスに、武勇を自慢したかったのですが」

「……することがないのは……いいこと。でも……」

「……すまぬ。余も、このような結果になるとは思わなかった」

魔王ルキエは、ぼんやりとつぶやいた。

ふと見れば、帝国の兵団は陣形を整えたまま、動きを止めている。

「……魔王の魔剣……なんという威力でしょう」

「……『魔獣ガルガロッサ』が……ああも簡単に……倒されるなんて」

皇女も兵士も、息絶えた『魔獣ガルガロッサ』を呆然と見つめている。

その姿を見て、ルキエは気持ちを切り替える。まずは彼らの独断専行に抗議をしなければ。

けれど、その前にするべきことがあった。


「『魔獣ガルガロッサ』は討伐された‼」


魔王ルキエは魔剣を掲げ、叫んだ。

それから彼女は魔剣『レーザーブレード』を鞘《さや》に収め、リアナ皇女たちを見て、

「帝国の方々も、ご苦労であった！　色々と言いたいことはあるが、リアナ皇女の武勇と、聖剣の力は見せていただいた！」

ルキエの視線の先で、リアナ皇女の表情がゆがんだ。

彼女はじっと、ルキエの腰にある黒い魔剣を見つめている。

皇女も、これが剣の形をした『レーザーポインター』とは思っていないじゃろう……そう思って、ルキエは思わず苦笑いする。

それから、気分を変えるように咳払《せきばら》いして、

「今回の作戦について話をしたい。時間をいただけるか？　皇女リアナどの！」

ルキエは再び、皇女リアナに向かって声をあげた。

彼女も、帝国側が勝手に動いたことはわかっている。

それでも、話ぐらいはしておかなければいけない。

決めたのだ。ルキエ自身で帝国の高位の者たちの器を見極める、と。

信用できる相手なら、交流して学ぶのもいいだろう。信用できない相手なら、最低限の接触を保ち、利害関係だけを維持して、国を守る。

ただ……できれば信用できる者がいて欲しいと思う。

(トールがおるのじゃ。同じように魔族や亜人と仲良くしたがる人間もおるかもしれぬ)

魔王ルキエは、帝国の兵団を見下ろしながら、じっと答えを待っていた。

帝国側は少し話し合っていたようだが──

「……お話を……いたしましょう」

やがて、リアナ皇女と老齢の男性が、ルキエたちのいる場所へと進み出てきたのだった。

第11話「魔王ルキエ、帝国の第3皇女と会談する」

その後、魔王領の兵団と帝国の兵団は、それぞれ離れた場所で休憩に入った。

今回の戦いで、魔王領側の怪我人はゼロ。

出番がなかったとライゼンガやミノタウロスたちが愚痴を言うほどだ。

帝国の兵団は、死者こそ出なかったものの、負傷者多数。

蜘蛛の糸に掛かって動けなくなったところを蹴《け》られた者もいれば、小蜘蛛に噛《か》まれた者もいる。

重傷者は『魔獣ガルガロッサ』本体と戦った者たちだ。

彼らは後方で治療を受けているそうだ。


魔王領と帝国の会談は、ふたつの陣地の中間地点で始まった。

魔王領側の出席者は、魔王ルキエと宰相ケルヴ、ライゼンガ将軍の3名。

帝国側は、第3皇女リアナと、軍務大臣のザグラン、そして護衛の兵士だった。


「……ドルガリア帝国の第3皇女、リアナ・ドルガリアです」

最初に口を開いたのは、リアナ皇女だった。

聖剣は持っていない。身につけている武装は鎧《よろい》だけだ。その鎧には、『魔獣ガルガロッサ』の血がこびりついている。短時間で拭《ぬぐ》い去《さ》ることはできなかったようだ。

「今回は、危機を救っていただき……ありがとうございました」

リアナ皇女は青ざめた顔で、ルキエたちに頭を下げた。

「魔王領の方々と、魔王さまの力は……はっきりと見せていただきました。驚きました。あのような剣があったなんて。聖剣を超える間合いを持ち……遠くから、魔獣を倒してしまうなんて……」

（……誤解を解いた方がいいのじゃろうか）

震えるリアナを見ながら、ルキエは思う。

けれど、どう説明したらいいのかわからない。

『あれは剣ではなく「レーザーポインター」』と言ったところで、通じるわけがないからだ。

（まぁ、魔剣のことがなくとも、帝国の皇女が怯《おび》えるのは無理ないか）

リアナは『魔獣ガルガロッサ』に殺されかけたところを、魔王領に救われた。

その後、ルキエの魔術が魔獣とその配下を、あっさりと全滅させる光景を目の当たりにしたのだ。

放心状態になるのも無理はなかった。

「ていねいなご挨拶《あいさつ》をいたみいる。余が魔王領の王、ルキエ・エヴァーガルドじゃ」

仮面をつけたまま、ルキエはあいさつを返した。

「敗北を恥じることはない。いかなる勇士であろうとも、おくれを取ることはあろう。リアナ殿下の身にこびりついた魔獣の血こそ、殿下が勇敢に戦った証《あかし》ではないじゃろうか」

「……あ、ありが、とう……ござ」

限界だったのだろう。

リアナ皇女は言葉に詰まり、口を押さえてしまった。

彼女は救いを求めるように、後ろを見た。

「魔王陛下。軍務大臣のザグランと申します。発言をお許しいただけますでしょうか」

リアナ皇女の後ろで、初老の男性が頭を下げた。

彼は長身の身体《からだ》を折って、ルキエと宰相ケルヴ、ライゼンガ将軍に一礼する。

ルキエは少し考えてから、宰相ケルヴにうなずきかける。

「帝国の軍務大臣どのですか。これはどうも」

するとルキエに代わり、宰相ケルヴが言葉を返した。

相手が皇女ではなく帝国の臣下であれば、魔王領側も臣下が答えるのが筋だからだ。

「私は魔王陛下にお仕えするケルヴと申す者。こちらは将軍のライゼンガでございます」

「『魔王陛下の知恵袋』たる宰相閣下と『豪炎のライゼンガ将軍』ですな。おうわさはかねがね」

軍務大臣ザグランは目を伏せて、続ける。

「今回はリアナ殿下の危機を救っていただき、ありがとうございます。また、魔獣を無事に討伐できたことをおよろこび申し上げます」

「……そうですな」

「帝国と魔王領がともに勝利したことは、大きな成果として皆が語り継ぐことでしょう」

軍務大臣ザグランは言い切った。

（帝国と魔王領がともに勝利した、か）

引っかかる言い方だった。

横を見るとライゼンガは怒りをあらわに、拳《こぶし》を握りしめている。

だが、宰相ケルヴは冷静な口調で、

「軍務大臣に訊《たず》ねます。今回の作戦は魔王領の兵団と、帝国の兵団が合流してから行われるはずでした。なのに帝国側は合流することもなく、『魔獣ガルガロッサ』に攻撃をしかけられた。その理由をお聞かせいただけますか」

――あらかじめ打ち合わせておいたセリフを口にした。

「控えよ。ケルヴ。戦闘のあとじゃぞ」

「おそれながら陛下、これは重要なことでございます。確認せねば兵士たちも納得できぬかと」

ルキエとライゼンガは予定通りの会話を交わす。

『この問いは魔王領の兵の総意である』と伝えるためだ。

「これまであの魔獣は、開けた岩場に下りてくることはありませんでした。なのに、奴《やつ》がここまで来たということは、帝国側がなんらかの動きをしたとしか考えられません。ならば、作戦を崩壊させてしまった方々には、説明をする責任があるはずです」

帝国のミスについて指摘するケルヴを前に、リアナ皇女は唇をかみしめている。

今回は、リアナにとっては負け戦だ。

その直後にこんな質問をされるのが、悔しくて仕方ないのだろう。

「こちらに被害がなかったのは、あの方のアイテムのおかげです。我々は帝国側の真意を確かめておく必要があると考えます」

「わかった。ならばルキエ・エヴァーガルドより、リアナ皇女に問う」

ルキエはリアナ皇女をまっすぐに見つめて、訊ねる。

「共同作戦を持ちかけながら、帝国側が先に戦闘を開始したのはなにゆえか？　『魔獣ガルガロッサ』が帝国の陣地まで群れごと移動したのは、帝国側の策によるものではないのか？」

「…………う」

「策だとすれば、帝国の兵は断りもなく、魔王領の内部で行動を起こしたことになる。近くに民がいたらどうするつもりだったのじゃ？　怒りに我を忘れた魔獣が山を降り、町を襲ったら？　被害を出さぬために魔獣討伐を計画したというのに、それでは意味がないではないか！」

「……魔王さま」

「お主を責めたいわけではないのだ。リアナ皇女殿下」

ルキエは口調をゆるめて、リアナ皇女に問いかける。

「余は、お主たちの真意を知りたい。魔王領の者にとって、帝国が信頼に値するか否かを」

「はい。魔王、ルキエ・エヴァーガルドさま」

リアナ皇女は姿勢を正し、ルキエを見た。

胸を押さえて、ゆっくりと深呼吸。

それから、彼女は──

「──実は」

「説明いたします。今回は功を焦った兵の暴走により、このようなことになってしまったのです」

不意に、軍務大臣ザグランが口を挟んだ。

「帝国では罪を犯した貴族や、その部下を戦に連れてくることがあります。それは功績を立てさせることで、彼らの罪を軽くするためですが……その者たちが功を焦り、魔獣の巣に攻撃を――」

「控えよ！　帝国の軍務大臣よ！　貴公には訊ねていない‼」

ルキエはローブの裾《すそ》をひるがえし、一喝した。

「これは魔王である余と、作戦の責任者であるリアナ・ドルガリア皇女との話じゃ。貴公が口を挟んでよいものではない！　控えよ‼」

「――失礼いたしました」

ザグランが真っ青になって、後ろに下がる。

彼の視線は、ルキエの手元を見据えていた。魔王の腰に剣はない。丸腰だ。

だが、先刻の魔剣の威力は、帝国の者たちすべての目に焼き付いている。その威力を思い出したザグランは、身を引くしかなかったのだ。

「では、リアナ殿下よ。考えを聞かせてくれぬか」

「……は、はい」

リアナは後ろを振り返る。ザグランと視線を合わせる。

それから彼女は――

「『魔獣ガルガロッサ』が岩場に来たのは、一部の兵の暴走によるものです」

軍務大臣ザグランと同じ言葉を、告げた。

「彼らは魔獣の巣に攻撃を仕掛け、そのまま逃げ戻ってきました。私たちはその報告を受けておりました。だからこそ、魔獣を迎え撃つことができたのです。魔王領の方々に連絡しなかったのは、帝国の恥をさらしたくなかったからです」

「……皇女殿下も、そう言うのか」

「魔王領の方々にご迷惑をおかけしたことを、お詫《わ》び申し上げます」

リアナは帝国の皇女としての正式の礼をした。

「しょ、詳細は……軍務大臣のザグランがお話しいたします」

「殿下のおっしゃる通り、魔獣を呼び寄せたのは一部の兵の暴走によるものです。しかし、慈悲深きリアナ皇女殿下は、彼らを救うことを決意されたのです。ごらんください！　魔獣の血にまみれて戦われた、殿下の勇姿を！」

軍務大臣ザグランは高らかに叫んだ。

同時に、リアナは『魔獣ガルガロッサ』の血に染まった姿のまま、胸を反らす。

魔獣の血をぬぐわずにここに来たのはそのためらしい。

（……卑劣なことを）

おそらくリアナ皇女は、さっき本当のことを言おうとした。

だが、軍務大臣ザグランがそれを止めたのだ。


──共同作戦を持ちかけながら、帝国が魔王領を出し抜いたという事実。

──そこまでしたのに魔獣討伐に失敗し、魔王領に救われたという事実。


それを帝国側は、決して認められないのだろう。

だから、一部の兵の暴走のせいで、帝国の兵団は魔獣に不意を突かれたということにしたのだ。

「……その『一部の兵』たちはどこにいるのですか？」

宰相ケルヴが訊ねると、軍務大臣ザグランは礼儀正しく、

「捕らえて、縛り上げてあります」

「話を聞くことは？」

「負傷者が多いのです。魔王領の皆さまにお見せできる状態ではございません」

「……仮に話を聞いて、彼らが軍務大臣どのと違う話をしたとしたら？」

「人は罪を逃れるためならどんな話でもするものですよ」

宰相ケルヴの言葉に、軍務大臣ザグランは素早く答えを返す。

「代わりというわけではありませんが、殿下と軍務大臣ザグランの連名で、感謝の意を記した書状を用意いたしました。のちに皇帝陛下からも正式に感謝を伝える書状と、謝礼が届くでしょう。どうぞ、お納めください」

軍務大臣ザグランが手を叩《たた》くと、護衛役の兵士が羊皮紙を差し出す。

そこには第3皇女リアナと軍務大臣ザグランの連名で、魔王ルキエ・エヴァーガルドへの感謝の言葉が記されていた。謝礼品の目録も同封されている。

彼らは兵糧の一部と、ザグランが所有する貴金属を、魔王領に差し出すつもりらしい。

書状には、帝国と魔王領の間の『不戦協定』の確認と、その儀式についても書かれている。

以前は書面でのみ取り交わしてきた『不戦協定』だったが、今後は正式に儀式をして、協定を交わすこととする。魔王領側は大臣が、帝国側は皇族が立ち会う。

リアナ皇女とザグランの両名で、以上のことを皇帝陛下に進言する。

――そのようなことが、書かれていた。

「魔王陛下のお力は、我々の想像を超えるものでした」

軍務大臣ザグランは緊張した口調で言った。

「ならば、『不戦協定』を、より強力なものにするのは当然でしょう。私と殿下は帝都に戻り次第、皇帝陛下に進言いたします。強者《つわもの》である魔王陛下には敬意を払うべきである、と」

（……この者たちは本気で、あの魔剣に怯えているようじゃな）

リアナ皇女も、軍務大臣ザグランも、ルキエの腰のあたりをちらちらと見ている。

さっきまでルキエが魔剣を差していた場所だ。

もちろん、今は魔剣を所持していない。なのに帝国のふたりは、今にもルキエが剣を取るのではないかと怯えているようだった。

（トールめ……帝国の者たちは、完全にあの魔剣について誤解しておるぞ……）

だから、『不戦協定』について持ち出してきたのだろう。

帝国が魔王領に敬意を払っていると見せるために。

「こちらで少し話し合いを行いたい」

魔王ルキエは、リアナに向けて告げた。

「貴公らの話についてどうするか、判断する時間をいただきたいのだ」

その言葉に、リアナ皇女はうなずいた。

ルキエたちは一旦《いったん》、その場を離れることにしたのだった。

「彼らの提案を受け入れるべきだと考えます。陛下」

宰相ケルヴは言った。

リアナ皇女たちからは距離を取り、ルキエ、ケルヴ、ライゼンガは話をしている。

帝国側の提案に対して、魔王領としての対応を決める必要があるからだ。

「彼らは決して、独断で魔獣に戦闘を仕掛けたことを認めぬでしょう。ならば実利を取るべきかと」

ケルヴは続ける。

魔王ルキエは仮面で表情を隠したまま、

「感謝状と贈り物を受け取って満足するべき、と？」

「『不戦協定』のこともあります。協定の更新に皇族が立ち会うのであれば、彼らが魔王領を人間の国と対等の存在と認めたことになります。その効果は大きいかと」

「帝国は『不戦協定』を破ることができなくなるな」

魔王ルキエはうなずいた。

「交渉次第では魔王領と人間の町や村との交易も可能となるじゃろう。帝国の皇族が、対等の交渉相手と認めたのじゃからな。その効果は大きい」

「御意」

「じゃが、それは軍務大臣がそう言っているだけじゃ。実現するとは限らぬぞ」

「書面を求めましょう。リアナ皇女と軍務大臣ザグランの名前で。そうすれば、少なくとも帝国からそのような提案があったことは証明できます」

「政治的に使える、か。そうじゃな。では、感謝状にその一文を加えさせよう」

「よきお考えと存じます。実利としては、十分かと」

「お待ちくださいっ‼」

不意に、ライゼンガ将軍が声をあげた。

「帝国が共同作戦の約束を破ったことを咎《とが》めぬのですか⁉　それでは筋が通りませぬ‼」

「将軍のお怒りはごもっともです」

宰相ケルヴは頭を下げた。

「私も今回のことで、帝国上層部のやり方を知りました。軍務大臣の言う『一部の兵士』とは──おそらくは処分しても良い者たちなのでしょう。我らが帝国を咎めた際に、罰を与えて切り捨てるための」

「……あり得る話じゃな」

ここで魔王領側が『一部の兵士』を差し出させれば、彼らは『魔王領の者に処分された』ことになる。帝国の者はこちらに恨みを持つだろう。

それもまた、帝国側の作戦かもしれないのだ。

「──卑劣な！」

「将軍のお怒りはわかります。ですが、帝国の策には乗らないのが良いかと」

宰相ケルヴはそう言って、話をまとめた。

「幸いにも『魔獣ガルガロッサ』は倒され、こちらの被害は一切ありませんでした。ならば実利のみを取り、この場は収めるべきかと」

「余も、ケルヴに賛成じゃ」

魔王ルキエはうなずいた。

「余は、今回の魔獣討伐で、帝国の高官たちが信頼できるかどうか見極めるつもりじゃった。結果は……言うまでもないな。残念じゃが、これが現実じゃ」

「陛下……」

「我も、愕然《がくぜん》としております。尊敬できる武人がいると期待しておりましたのに」

「じゃがな、帝国の民の中には魔王領と付き合いがある者もおるのじゃ」

魔王領と国境地帯の帝国民は、ひそかに商売を行っている。

それはお互いの土地で手に入りにくいものを、わずかに取り引きしているに過ぎないのだが。それでも魔王領と帝国の民との繋《つな》がりではあるのだ。

「民のためにも、それを途切れさせたくはない。今回、我らが魔獣を倒し、帝国の皇女を救ったという事実は、民にとっては大きなものとなろう」

「おっしゃる通り、民同士の繋がりを強めることができると考えます」

「国境地帯の民の警戒心をほぐすことになりましょうな」

「その利益を優先するべきと、余は考えるのじゃ」

ルキエはケルヴとライゼンガを見回し、力強くうなずいた。

「魔獣は倒した。帝国からは皇女を救ったという事実を記した書類と、感謝の品を受け取る。『不戦協定』も強化される。それをもって、今回の魔獣討伐の成果としよう」

「良策と思います。陛下」

「承知いたしました。我も、魔王陛下のご判断に従います」

宰相ケルヴは答え、ライゼンガ将軍もうなずいた。

「今回の戦で、我は後ろに立っていただけですからなぁ。意見を押し通そうとは思いませぬよ」

「すまぬな。ライゼンガよ」

「構いませぬ。トールどののマジックアイテムのおかげで、誰《だれ》も怪我《けが》をしなかったのですからな」

ライゼンガは豪快に笑ってみせた。

「それに、陛下が魔剣を振るお姿も見られました。炎を発し、遠くの敵を消滅させる、すさまじき魔剣でありました！　黒き炎で敵を斬る剣とは、まさに魔王陛下にふさわしいですな！」

「あれはただの『レーザーポインター』なのじゃがな……」

剣の姿をしているだけで、これほど士気が上がるものなのか。

トールが魔剣にこだわる理由が、わかるような気がした。

「まぁよい。話はまとまった。交渉に戻るとしよう」

そうして、ルキエたちは会談の場所に戻ったのだった。


その後、ルキエたちは皇女リアナと軍務大臣ザグランに、魔王領としての回答を伝えた。

皇女リアナは帝国の代表として、それを受け入れた。

魔王領は正式に、帝国から感謝状と、皇女を救った礼を受け取ることになった。

それは帝国が魔王領に感謝の意を示す公式の書状であり——魔王領と帝国の間で取り交わされる

友好の証《あかし》でもあり、今後の『不戦協定』のあり方を決めるものでもあったのだった。

「最後にひとつ、おうかがいしても、よろしいでしょうか？」

交渉が終わったあと、リアナ皇女は言った。

「魔王領の方々は、おそろしく射程の長い魔術を使われておりました。それに魔王ルキエ・エヴァーガルドさまは、漆黒の魔剣を使っておられたようですが……魔王領の方々は、いつの間に……あのようなお力を……？」

「……う、うむ」

ルキエは思わず言葉に詰まる。

まさか『帝国から来た錬金術師が作った「レーザーポインター」のおかげ』なんて言えない。

仕方がないので、ルキエは、

「とある錬金術師の知恵を借りただけのことじゃ」

とだけ答えた。

「錬金術師の、ですか⁉」

すると――リアナ皇女は目を見開いて、魔王ルキエたちを見た。

「もしかしてそれは、流れ者の錬金術師でしょうか？」

「流れ者？　まぁ、確かに、魔王領に流れ着いたようなものじゃが」

「その方の種族は⁉　もしや、帝国から来た人間では⁉」

「だとしたら？」

「紹介していただけませんか？　もしかしたらその錬金術師は、私の魔法剣を修復してくださった方かもしれません。それほどの技を持つ者が、他にいるとも思えませんから」

「……紹介して、どうするというのじゃ？」

「お礼を申し上げたいのです。可能なら、私の側《そば》に置きたいとも考えております」

リアナ皇女は気品にあふれた表情で、そう言った。

「錬金術師は身分の低い者ではありますが……使える者であれば、側に置くことを厭《いと》いません。皇帝の一族の命じるままにアイテムを作り、強化する――すなわち帝国のために生きる錬金術師として、その身を捧《ささ》げていただきたいのです」

「……その身を捧げる……じゃと」

「戦う力を持たぬ錬金術師が、帝国に貢献できるのです。この上ない名誉だと考えますが？」

そう言って、リアナ皇女は後ろを見た。

彼女の背後では軍務大臣ザグランが、満足そうにうなずいている。

だがルキエは、皇女の言葉を聞いて――心が、凍り付いたような気がした。

（今……なんと言ったのじゃ？　この皇女は）

（錬金術師は、皇帝一族が望むままにアイテムを作るために……身を捧げる者と、そう言ったのか？）

心が冷えたあと、炎のような怒りがわき上がる。

(……帝国などに、トールを渡すものか)

皇帝のために身を捧げる者になどさせない。

トールは魔王領で自由に……彼の望むように生きていくべきなのだ。

(なにが『流れ者の錬金術師』じゃ!)

それがトールのことだというなら、帝国にいるうちに調べておくべきだろう。

その程度のこともせず、『レーザーポインター』の能力を見て、思い出したように訊《たず》ねるなど、あまりにも彼をばかにしている。

皇女なら、トールが人質に出される前に、話くらいはできたはず。

そうすれば彼女も、トールが有能な錬金術師だと知る機会もあっただろう。

彼を帝国にとどめることだってできたのだ。

(なのにこの者は、帝国が人質として送り出した者のことを……なにも知らぬというのか!?)

トールがどんな思いで魔王領に来たのかも。

彼がどんなに魔王領の者たちのことを考えてくれているかも。

彼の能力が世界を変えるほどのもので、でも、彼自身は、役に立つアイテムを作ることしか考えていないことも。

彼がルキエの秘密を知ってすぐに——自分の秘密を打ち明けてくれるような人であることも。

ルキエが、彼のことを考えると胸が温かくなって——優しい気持ちになれることも。

帝国の皇女であるリアナは、なにひとつ知らないのだ。

「——申し訳ないが、お答えできぬ」

魔王ルキエは言った。

自分でも驚くほど、冷たい声だった。

「魔王領には様々な事情の者が住んでいる。帝国からやってきた者もいよう。じゃが、ひとたび余の配下となったからには、その者は余の民じゃ。他国に情報を漏らすわけにはいかぬ」

「そ、そんなことをおっしゃらずに……」

「その者はこの魔王ルキエ・エヴァーガルドが選んだ者じゃ。そして、ドルガリア帝国からは選ばれなかった者である。言えるのはこれだけじゃ。帝国はその者を選ばず、不要と断じたのじゃ。ならばその選択の責任を取るべきであろう‼」

ルキエは仮面越しに、リアナ皇女をにらみ付けた。

「仮にあの者がお主の求める錬金術師だったとしても、渡すことはできぬ」

「──ま、魔王ルキエ、さま」

「あの者はこの地で、余が幸せにする！　あの者がそうしてくれたように、余がその心を癒《い》やし、共に暮らすのじゃ。ずっと側におるのじゃ！　そなたには渡さぬ‼」

魔王ルキエは胸を押さえ、叫ぶ。

「今回の討伐は魔王領と帝国が共に勝利したということで構わぬ。だが、あの者は別じゃ。彼を帝国と分け合うつもりはない！　それを覚えておくがよい‼」

「……陛下」

「……魔王陛下」

ふと横を見ると、宰相ケルヴと火炎将軍のライゼンガが、ぽかん、とした顔をしていた。

魔王ルキエは自分が発した言葉に気づき——真っ赤《まっか》になる。

ふたたび魔王らしく、一言。

「魔獣討伐に協力いただいたこと、感謝する。今後も両国の間が平穏であることを望む。余はそれ以上のことを、お主には望まぬ。それでよいな。皇女リアナどの」

「……は、はい」

皇女リアナは、かすれた声で答えた。

彼女はルキエの剣幕に怯《おび》えたように、震える声で、

「魔王さまのご機嫌を損ねてしまったこと、お詫《わ》び申し上げます」

地面に視線を落としながら、そんなことをつぶやいた。

「——さまの言う通りでした。魔王領には、私の想像もつかないものが……ありました。強者《つわもの》である魔王さまには……私たちを怒る権利があると……そう考えております」

「いや、余は強者などではない」

ルキエは、首を横に振った。

「強いのは余の大切な——最も弱き者じゃ。その者に助けられ、学んだことから、余とその軍勢は魔獣をたやすく倒すことができたのじゃ」

「……最も弱き者が……強き者を助けてくれる……と」

「理解できぬならそれもよい。じゃが、学ぶことは大切じゃと思うぞ。リアナ皇女よ」

そう言って魔王ルキエは、にやりと笑った。

そのまま魔王ルキエとリアナ皇女は挨拶《あいさつ》を交わし、別れたのだった。

第12話「書状を公開する」

――トール視点――


ルキエから、魔獣討伐が終わったという連絡を受けてから、しばらく後。

俺とメイベル、それとアグニスが率いる部隊は、魔獣の巣があった場所の近くを移動していた。

生き残りの小蜘蛛《こぐも》がいないか探すためだ。

「トール・リーガスさまは、後方の本陣にいらしてもよかったの」

鎧《よろい》姿のアグニスが言った。

「お仕事は、アグニスたちがしますので」

「そういうわけにはいかないよ。俺だって、兵団の一員なんだから」

「でも……帝国の兵士と出会うかもしれません」

メイベルが、心配そうに声をかけてくる。

「あの国の方と出会うのは……トールさまは、あまり気が進まないのではないかと」

「大丈夫。新型のローブも着てるから」

俺はローブのフードを下ろしてみせた。

今着てるのは『風の魔織布《ましょくふ》ローブ』から着替えた、身を隠すためのローブだ。あちこちに木陰もあるし、隠れるくらいはできるはず。

「それにほら、調査中に錬金術の素材も見つかるかもしれないし」

「トールさまったら……」

「小蜘蛛の脚とかがあるといいんだけどな。あいつらの身体《からだ》の強度がわかれば、聖剣を超える魔剣を作るときの参考になるかもしれないから」

俺は『魔獣ガルガロッサ』との戦闘で、皇女が聖剣を振るうのを見た。

あの聖剣は光の刃《やいば》を伸ばして、伏兵の小蜘蛛たちを切り払っていた。そのせいで威力が減衰して、魔獣本体にはたいしたダメージを与えられなかった。

つまり、小蜘蛛の硬さがわかれば、聖剣の『光の刃』の威力もわかるんだ。

「そういう情報って重要だからね。聖剣を超える魔剣を作るためにも」

「……トールさま」

「……あの、トール・リーガスさま」

「どうしたのメイベル、アグニスさん」

「『あの魔剣よりも、さらに強い魔剣を作る必要があるのでしょうか……?』」

あれ？　なんでふたりともドン引きしてるの？

確かに魔剣『レーザーブレード』は小蜘蛛の壁を消滅させて、『魔獣ガルガロッサ』を倒したけど……あれはただの『レーザーポインター』だよ？　通常版より射程距離を伸ばして、柄《つか》の部分に『闇《やみ》の魔石』を仕込んだだけだよ？

「それに、陛下は魔剣をもらうより、トールさまがご無事であることを望まれると思います」

「アグニスもトール・リーガスさまが傷つくのは嫌なので……」

「わかった。じゃあ、もう少ししたら後方に戻るよ」

ふたりを心配させるわけにはいかないか。素材探しは切り上げて、早めに本陣に──


「帝国の兵士を発見しました‼」


そんなことを考えていたら──不意に、声が響いた。

「帝国の兵士⁉」「トール・リーガスさま。こちらへ！」

メイベルとアグニスが俺の手を引いて、木陰へと連れて行く。

俺は素直に、木の陰へと移動して、服に魔力を注ぐ。

今の俺が着ているのは『闇属性の魔織布』で作ったローブだ。魔力を注ぐと、光を吸収して真っ黒になる性質がある。

時刻はちょうど夕暮れ時。

これを着て、フードを下ろして物陰に隠れれば、俺の姿は闇に溶け込んでしまうんだ。

「……た、助けてくれ。小蜘蛛に追われて……逃げてるうちに……道に迷ってしまったのだ」

しばらく待つと、木々の向こうから帝国の兵士が姿を現した。

そういえば、さっきルキエからの連絡にあったな。帝国の『一部の兵士』が、戦闘前に魔獣の群れに攻撃をしかけてしまった、って。

それは帝国の作戦の一環だとルキエは言っていたし、俺も同感なんだけど。

「武装解除には応じる。だから……私を帝国の兵団に……」

「ご苦労をされたようですね」

アグニスが帝国の兵に声をかけた。

「私は火炎将軍ライゼンガ・フレイザッドの娘、アグニスです。あなたの身柄はちゃんと、帝国の兵団へと返してさしあげますので、ご安心を」

「おぉ！　あなたさまが、アグニスさまでしたか」

帝国の兵士が前に出た。その顔が、はっきりと見えた。

見覚えがあった。

あいつは……リーガス公爵家の衛兵隊長だ。

俺が追放されるとき、俺の罪と無能さを並べ立てた男でもある。なんであいつがここに……？

「嫌な予感がするな……」

俺は『携帯用超小型物置』からアイテムを取り出した。大型のクッションだ。

帝国兵がこっちに背中を向けてるのを確認して、俺はそれをメイベルに手渡す。

「メイベル……これをアグニスさんに渡して」

「アグニスさまに……って、これは、クッションですか？」

「帝国の兵士は疲れているようだからね。『誇り高き帝国兵を地面に座らせた』なんて文句を言われても困るだろ。あの岩の上に置けば、ちょうど椅子代わりになると思うよ」

「はい。了解しました」

メイベルは木陰から駆け出し、アグニスに、クッションを手渡した。

アグニスが岩の上にクッションを置くと、帝国の兵士は、素直にその上に腰を下ろした。

「……トールさまは、あの帝国兵をご存じなのですか？」

木陰に戻ってきたメイベルが、俺に訊《たず》ねる。

俺は少し考えてから、

「あれは……俺の実家だったリーガス公爵家の衛兵隊長だよ」

「──え？　もしかして、仲がよろしかったのですか？」

「ぜんぜん。むしろ帝国から追放されるとき、俺に戦闘スキルがないことをののしってた。『貴族の風上にも置けない』って言われたよ」

「攻撃魔術の使用許可をお願いいたします」

「待って」

飛び出そうとするメイベルの手をつかんで止める。

「それよりあいつの目的が気になる。普通に考えれば公爵家の衛兵隊長が、一人でこんなところにいるのはおかしいんだ」

「確かに……そうですね」

「小蜘蛛から逃げてたって言うけど、帝国の兵士がそんな統制を乱す行動を取るはずがないんだよ。あの国は軍事大国だ。必ず、部隊の人数をチェックしてるはずなんだ」

俺は帝国の兵団が意図的に、『魔獣ガルガロッサ』をおびき寄せたんだと思ってる。

あの衛兵隊長がそのひとりだとすると、それを帝国側が放置するなんてありえないんだ。

なにか、別の目的でもない限り。

「アグニス・フレイザッドさまにお願いがございます」

そんなことを考えていたら――不意に衛兵隊長が、懐から書状を取り出した。

「こちらを、わが主君、トール・リーガスさまにお渡しいただけないでしょうか」

『我が主君トール・リーガス』……？

いや、俺はあんたに主君と呼ばれる覚えはないけど。

「バルガ・リーガスさまは辺境伯の悪だくみによって、トール・リーガスさまに間違った行いをしてしまったのです。書状にはそのお詫びと、新たなる提案について書かれております」

「あなたは……あのお方の父君の……？」

「配下であり、トール・リーガスさまの腹心の部下でございます」

いやいや、俺に腹心の部下はいないぞ。少なくとも帝国には。

「メイベル、ちょっと相談があるんだ。聞いて」

俺はメイベルに小声で、これから俺がどうするか伝えた。

メイベルはうなずき、木陰から、みんなの方へと進み出る。

それから、兵士の方を、じっとにらんで――

「お話し中、申し訳ございません。私はトールさまの腹心、メイベル・リフレインと申します」

「――な!?」

リーガス家の衛兵隊長が目を見開く。

まさかここで、俺の関係者と出会うとは思わなかったんだろう。

「わ、私と同じくトール・リーガスさまにお仕えする方が……？」

「あなたは、さきほどトールさまの腹心の部下であるとおっしゃいましたね」

「い、いかにも」

「でしたら、トールさまがお好きなものについて教えていただけますか？」

「……え？」

「トールさまのご趣味は？　お好きな色は？　好きな食べ物は？」

「な、なにを……？」

「トールさまに信頼されているのであれば、それくらいはご存じでしょう？　私がトールさまによりよくお仕えするためにも、お答えいただけないでしょうか？」

「アグニスも……興味、あります」

鎧姿のアグニスが、前に出た。

「腹心の部下なら……あのお方が好む女性のタイプもご存じですよね？」

「う……あぁ」

衛兵隊長がうろたえてる。

そりゃそうだ。あいつは俺にまったく関心を持ってなかった。

俺のことなんか、なにひとつ知らないはずだ。

「しゅ、主人の秘密を、無断で口にするわけにはまいりませんな！」

衛兵隊長は横を向いた。

「そうですか。では、トールさまの許可があればよろしいのですね」

メイベルは俺の方を向いて、一礼した。

「許可をお願いいたします。トールさま」

「いいよ。俺について話すといい。公爵家の衛兵隊長さん」

俺は『闇の魔織布ローブ』を脱いで、木陰の外に出た。

「——な⁉　トール・リーガスどの……」

「公爵家に俺の腹心がいたとは知らなかったよ。あなたから俺がどう見えていたのか、ぜひとも聞かせて欲しいんだけど」

「い、いや……その」

「ん？」

「……トールどのは誤解されている。リーガス家は今は公爵家ではなく、伯爵家だ」

「そうなのか？」

ああ、そういえば、リーガス公爵家は皇帝から罰が下されたんだっけ。

それで公爵家が伯爵家になったのか。そっか。

「それだけの時が流れたのです。私の知っているトールさまと、今のトールさまは違うかもしれません。うかつなことを言って、無礼があってはいけませんからね」

「じゃあ、それはいいや」

「……ど、どうしてあなたが、こんな場所に」

「魔獣討伐についてきただけだけど？」

「そうではない！　どうしてあなたが、兵士たちに守られて……こんなところまで……どうしてそこまで、魔王領の者たちに信頼されている⁉　どうしてそんなことが‼」

「――やっぱり、あんたとは話が通じないな」

こいつはバルガ・リーガスの腹心の部下だ。

だから、あいつに性格が似てる。話が通じないのはたぶん、そのせいだ。

「父からの書状があると言ったな。渡してくれないか？」

「……ぐぬ」

「俺への書状なら、今、この場で渡してもいいだろう？」

衛兵隊長は俺をにらみ付けていたけれど……手にしていた書状を、こちらに渡した。

「リーガス伯爵さまからの書状です。お一人のときに、心して読まれるように」

「そっか。じゃあ、アグニスさま、メイベル」

俺は、書状をアグニスに手渡した。

「この書状の封を解いて、中身を読んでください。みんなにその内容がわかるように」

バルガ・リーガスからの書状なんて、ろくなもんじゃない。

魔王領を陥れる作戦について書かれている可能性もある。

だったら、この場で読んでもらった方がいい。

そうすれば、俺がそれに関わっていないって証明になるはずだ。

「ま、待ちなさい！　貴族のご子息ともあろうものが、お父上の書状を公開するなど、ありえません！　自室で姿勢を正して、そこに伯爵さまがいらっしゃるかのように読むべきだと――」

「読んでいいよ。この場で書状の内容を、みんなにも聞かせて欲しい」

俺は衛兵隊長を無視して、アグニスたちにうなずく。

「わ、わかりました」

「読ませていただきますね。トールさま」

メイベルとアグニスは、ゆっくりと書状を読んでいく。

その内容は――


我が息子、トールよ。

父は辺境伯の言葉にだまされ、大いなる過ちを犯してしまった。今はそれを、悔やむばかりだ。

つぐないとして、お前にいくつか提案をしたい。


まずは近況を伝えて欲しい。お前が魔王領でどのような生活をしているのか。

お世話になっている将軍閣下は、どのようなお方なのか。どれくらいの兵を率いているのか。

親子としてやりなおすためには、情報交換が必要だと思うのだ。

月に一度、新月の日に、魔王領との境界の森に、使いを出す。

その者に書状を渡してくれれば、安全に帝国へ届けることができよう。


時が満ちれば、お前を帝国に戻すことも叶《かな》うはず。その時は、親しい者を連れてくるがいい。

アグニス・フレイザッドどのなど、いかがだろうか。

それが叶えば、お前を再び、リーガス伯爵家へと迎え入れよう。

これが父、バルガ・リーガスの思いである。どうか、応《こた》えてくれるように。

「ど、ど、どうですか。バルガ・リーガスさまの思い、おわかりになりましたか」

「……ああ、わかったよ」

この書状が、かなりタチの悪いものだってことが。

言葉を飾っているけれど、言ってることはこうだ。

『魔王領の情報を伝えろ』

『帝国にもっとも近い場所に領土を持つ、ライゼンガ将軍の兵力を調べて、教えろ』

『新月の日に書状を受け取りに行く』

『お前が帝国に帰るときは、アグニスを連れて来い（人質にするということだろう）』

『その功績により、お前を伯爵家に戻してやる」

……しかも、これはたぶん、バルガ・リーガスが考えた文章じゃない。

筆跡はあの男のものだけど、言い回しや文脈は別人のものだ。

もしかしたら帝国の上層部が、この手紙を書かせたのかもしれないな。

「い、いかがでしょうか。トール・リーガスさま」

衛兵隊長の声が震えてる。

俺が、みんなの前で書状を公開するとは思ってなかったんだろう。

「よ、よろしければ、私がお返事をバルガ・リーガスさまにお伝えいたしますが……」

「わかった」

俺は衛兵隊長に背を向けた。

メイベルとアグニス、それにアグニスが率いる兵に向かって、叫ぶ。

「魔王領の方々に告げます！」

リーガス家のやり方には、もう、うんざりだ。

帝国だってそうだ。この手紙には、おそらくは帝国の上層部の意思が関係している。

でなければ、魔獣討伐に都合よく、リーガス伯爵家の衛兵隊長が来るわけがない。

だったら、いい機会だ。

実家が俺を捨てたように、俺はみんなの前で、家と国を捨てよう。

「我が父、バルガ・リーガスが送ってきた書状には、悪辣《あくらつ》な真意が隠されていました。言葉を飾ってはいるが、内容は魔王領の情報を流し、アグニスさまを帝国へ連れて来いというものでした。実の父からのこんな手紙、見たくはありませんでした……」

「……トールさま」

「……お気持ち、お察しします、ので」

メイベルもアグニスも、泣きそうな声だ。

あんな書状を読んだんだ。無理もないよな。悪いことした。ごめん。

「こんな手紙を送りつけてくる者を、俺は父だとは思わない。公爵家だろうと伯爵家だろうと、俺の大切な人を傷つけ、悲しませるような家の名前は、今日限り捨てます。これから俺は、亡き母の姓を名乗って生きていくことにします」

俺はメイベルやアグニス――将軍の兵士たちに向かって、宣言した。

「今日から俺の名前はトール・カナンです。リーガスの家名は二度と名乗らない。俺は帝国から魔王領に来た、ただの錬金術師トール・カナン。そう呼んでください」

今後、トール・リーガス宛ての手紙は、魔王城の人たちに開封してもらおう。

仮にトール・カナン宛てに手紙が来たら、それは公式に、俺がリーガス家の人間でないと認められたことになる。俺と実家との縁は、完全に切れる。

どうせ、帝国の公式記録には、俺は『人質で生《い》け贄《にえ》』と書かれてる。

その俺が、どんな家名を名乗ったところで、文句を言われる筋合いはないんだ。

「お気持ちはよくわかりました。これからは、トール・カナンさまとお呼びいたします」

メイベルが、俺の前に膝《ひざ》をついた。

「……私と陛下だけの秘密のお名前が、みんなのものになってしまったのは残念ですけど……」

「ごめんねメイベル」

「でも、好きなお名前をいつでも呼べるようになったのはうれしいです！　このメイベル・リフレインは、トール・カナンさまの部下として、これまで以上にお仕えいたします」

「アグニス・フレイザッドも同じです！」

アグニスが俺の手を取った。

「家名など関係ありません。トールさまは……アグニスの恩人で……ずっと、お仕えしたい方、なので。これからもよろしくお願いいたします。トール・カナンさま」

「──お気持ちはわかりますぞ。トール・カナンさま！」

「──帝国からどんな書状が来ようと、我らの信頼はゆらぎはしません！」

「──目の前で書状を公開してくださったのだ。その信頼に応えねば、火炎巨人《イフリート》の名がすたる!!」

兵士の人たちも、俺の新しい名前を受け入れてくれたみたいだ。よかった。

「ま、まさか、魔王領の者たちの前で、父君からの書状を公開するとは……‼」

衛兵隊長が叫んだ。

「その上、家名を捨てるですと！　あなたは帝国貴族としての誇りも忘れてしまったのか⁉」

「そんなもの欲しくないし、いらない」

俺は言った。

「俺は魔王領のトール・カナンだ。帰ったらあんたの主人に伝えろ。トール・リーガスはもういない。あんたが息子を不要と決めたように、俺もあんたを不要だと決めたと！」

「……ぐぬぬ！」

「それと……衛兵隊長、お前には聞きたいことがある」

口調を改めて、俺は訊《たず》ねる。

「この書状について、帝国の姫君はご存じなのか？　どうしてお前は帝国の兵団から抜け出して、ここに来ることができた？　ぜひ教えてくれ。魔王領の首脳部も興味があると思うから」

「……もうすっかり魔王領の者になったつもりですか」

衛兵隊長が唇をゆがめて、俺をにらんだ。

「どんな手段で取り入ったか知らないが、いずれ化けの皮が剥《は》がれるだろう。戦う力を持たない無能者が！　家名を捨て、国も捨て、それでどうなる⁉　あなたは魔王の気まぐれで生かされているだけだ！　あなたに本当の居場所など、どこにもないのだからな‼」

「……はぁ」

ため息しか出てこない。

やっぱりこいつは、なにもわかってない。

気まぐれで生かされてる？　そんなわけないだろ。

だって、ルキエは俺のために泣いてくれる主君なんだ。

彼女は言ってた。俺を陰謀に利用しようとしたバルガ・リーガスと辺境伯が許せないって。

メイベルだって怒ってくれた。ライゼンガ将軍もアグニスも。

そんな人たちが住む国だから、俺は家名を捨てることを選んだんだ。

帝国の貴族という立場を捨てて、魔王領に住む『人間』になりたいと思って。

だから──

「俺の主君を、侮辱するな」

俺はまっすぐ衛兵隊長を見て、告げた。

「魔王ルキエ・エヴァーガルド陛下は、気まぐれで人をどうこうするお方じゃない。あの方は部下のことを考え、理解してくださるお方だ。なにも知らない者が、我が主君を侮辱するな」

「──ひっ⁉」

……あれ？

伯爵家の衛兵隊長が、俺の言葉を聞いて、ひるんだ。

「あ……あなたは本当に、トール・リーガスなのか……？　帝都にいたころとは別人では……」

「それはあんたが、俺をまったく見ていなかったからじゃないかな？」

「あ……う。きゅ、急用を思い出した。私はこれで失礼する！」

衛兵隊長は剣をつかんで、立ち上がろうとする。

だけど、動けない。

彼が座っているのは、岩の上に置かれた、クッションだ。そこから立ち上がれずにいる。

「な、なんだこれは……わ、私が、立ち上がれないだと⁉」

あいつは足をばたばたさせる。

けれど、身体《からだ》はクッションに包まれたまま、動かない。

『抱きまくら』を参考に作った『トラップクッション』はうまく作動してる。

魔獣を生け捕りにするために作ったんだけど、人間にも使えるみたいだ。


『トラップクッション』（属性：地）（レア度：★★★）

地属性の『魔織布』と、地属性を付与した『スララ豆の殻《から》』で作られたクッション。

通常状態では、ただの『座り心地のいいクッション』である。

だが、人体や魔獣からの魔力を感知すると、中の『豆の殻』が寄り集まって硬くなり、人や魔獣の身体の一部を包み込んだ状態のまま、形状《けいじょう》が固定化される。

そのため、身体が抜けなくなる。

これを岩などの上に置くと、座面の裏側が岩にしっかりと食い込んだ状態で固定される。

そのため、クッションは岩からも抜けなくなる。

結果、座った人間と岩が、クッションを間に挟んだ状態でくっついてしまう。

抜け出すためには、刃物でクッションを破壊するしかない。

物理破壊耐性：★★★（火炎耐性を持つ）
耐用年数：1年。
備考：布に穴を空けて取り出せば、中の豆殻《まめがら》を再利用できます。

「馬鹿な！　リーガス家の衛兵隊長である私が、腰が抜けたのか⁉　こ、こんな……無様な‼」

クッションから抜け出そうと、じたばたする衛兵隊長。

身体に力が入らないせいで動けないと思ってるらしい。


「魔王陛下がいらっしゃったぞー！」


しばらくして、魔王領の兵団の本隊が現れる。

戦闘地域での後始末が終わって、魔獣の巣のチェックに来たみたいだ。

「お待ちしておりました。魔王陛下」

俺は地面に膝をついた。

メイベルとアグニス、他の兵士たちも同じようにする。

「皆の者。役目、ご苦労であった」

ルキエは俺たちを見回して、告げた。

「魔獣の残党はいなかったようで一安心じゃな。それと、帝国の兵士が迷い込んでいないか探すようにも命じておったのじゃが……なんじゃ、このじたばたしておる帝国兵は？　誰《だれ》の仕業じゃ？」

なんでまっすぐにこっちを見るんですか。

一日で俺の仕業だって見抜くのやめてください。陛下。

「この者は、道に迷った帝国兵です」

「どうして、じたばたしておるのじゃ？」

「クッションで岩にくっついているからです」

「どうしてクッションに……ああ、まぁいい。お主とはあとでゆっくり話をするのじゃ」

そう言ってルキエは、宰相ケルヴさんとライゼンガ将軍の方を見た。

「この帝国兵はこちらで保護しよう。詳しい事情を聞いてやるがよい」

「承知いたしました。陛下」

「その後は帝国側に引き渡すがよい。帝国兵を魔王領が処分したと言われても困るからな。丁重に扱うように」

「はい。では将軍と共に、この者から話を聞くといたしましょう」

「なにやら、もめておったようですからな。それについてもうかがうとしよう」

宰相さんがうなずき、将軍が俺の方を見て、不敵な笑みを浮かべてみせる。

そうしてふたりは、衛兵隊長を連れていった。

その後——

「魔獣討伐は終わりじゃ。皆の者、ご苦労じゃった」

ルキエは兵士たちに向かって、そう言った。

「これより平地まで降りて、野営を行う。酒もある。戦いのあとの宴《うたげ》を、存分に楽しむがよい！」

「「「おおおおおおおっ‼」」」

その言葉に、兵士たちが歓声をあげる。

それから、ルキエは俺を呼び止めて、

「トールには話がある。あとで、余の天幕まで来るがよい」

「はい。陛下」

「メイベルも同行せよ。お互いに色々あったようじゃからな。話をするとしよう」

第13話「情報交換をする」

「トールよ。聞いてもよいか？」

「はい。ルキエさま」

ここは岩山のふもとにある、魔王領兵団の本陣。

俺とルキエとメイベルは、一番大きな天幕《テント》の中にいた。

『魔獣ガルガロッサ』の討伐と、帝国兵とのできごとについて話すためだ。

「お主は帝国にいたころ、魔法剣の修復をしたことがあるか？」

「そうですね……役所のアイテム保管庫で、そんな仕事をしたような記憶があります」

依頼元不明で、古い魔法剣が回ってきたことがある。

細かい傷がある他に、刀身の中心部に至るまで亀裂が入ってた。当時はまだ『創造錬金術《オーバー・アルケミー》』に覚《かく》醒《せい》してなかったけど、傷を塞《ふさ》いで属性を付与するくらいはできた。

ただ、仕上げの前に公爵家に呼び戻されてしまったから、完全な修復ができていない。

中途半端な仕事になってしまったことは、今でも気になってるんだけど。

「……そうか」

話を聞いたルキエはしばらく無言で、仮面の向こうから俺を見ていた。

それから、空気を変えようとするみたいに、咳払《せきばら》いして、

「余は、お主の主君じゃ」

「はい。ルキエさま」

「余はお主に対して、恥ずかしくない主君でいたいと思っておる」

「ありがとうございます。もちろんルキエさまは、俺にとって尊敬できる主君です」

「その言葉、うれしく思うぞ。トールよ」

ルキエは、椅子の肘掛《ひじか》けを握りしめた。

「そんなお主じゃから、隠さずに話そうと思う。帝国の第3皇女が言っていたことを」

それからルキエは、ゆっくりと話し始めた。


第3皇女リアナが、自分の魔法剣を修復した『流れ者の錬金術師』を探していたこと。

彼女が、その者にお礼を言いたがっていたこと。

できればその錬金術師を自分の側《そば》に置いて、皇帝一族のためにアイテムを作り続けて欲しいと考えていること。


——落ち着いた口調で、ルキエはそんなことを教えてくれた。

「皇女の言う『流れ者の錬金術師』とはお主のことじゃろうか？」

「そうだと思います」

役所での俺の功績は、リーガス公爵家によって『なかったこと』にされていた。

だから『流れ者の錬金術師』がやったことにされたんだろうな。

「繰り返すが、余はお主に対して恥ずかしくない主君でいたいと思っておる。余はお主をだまして利用したり、思い通りに動かしたりはしたくない」

話をする間、ルキエはずっとうつむいていた。

メイベルが、心配そうな顔をするくらいに、緊張した様子で。

「だから、帝国の第3皇女が、お主を求めているという話を、隠さずに伝えることにしたのじゃ」

そう言ってから、ルキエは顔を上げて、長いため息をついた。

「余は魔王領を治める王じゃ。帝国の姫君がおおやけの場で述べたことを隠すわけにはいかぬ。なにより友として、お主に嘘《うそ》はつきたくない」

「はい。ルキエさま」

「……じゃ、じゃから……その……あの」

「次回その皇女に会ったら『ふざけんな』と言っておいてください」

俺は深呼吸してから、一言、

「『人になにか要求するなら、自分のところの貴族の手綱《たづな》をしっかりつかんで、よその国にいらん書状とか送らないようにしつけをしてからにしろ』──って」

「……は？」

「……トールさまったら」

ルキエが、ぽかん、と口を開けた。

メイベルは、口を押さえて、噴き出すのをこらえてるけど。

帝国の第3皇女の提案については、考えるまでもない。

回答はシンプルに『ふざけんな。つつしんでお断りさせていただく』だ。

「俺が修復した魔法剣を使ってくれたのはうれしいですけどね……」

あとはまったく理解できない。

『皇帝一族のためにアイテムを作り続けろ』って、なんだそれ。

「帝国にやとわれたって、どうせ皇帝の言いなりにアイテムを作るだけですよね？　ルキエさまみたいに『好きなもの作ってよし』とは言ってくれないですよね？　嫌ですよそんなの」

「……トール」

「そもそも、俺が色々なアイテムを作れるようになったのは、ルキエさまから仕事場をいただいて、そこで『通販カタログ』を見つけたからなんです。全部、ルキエさまのおかげなんですよ」

俺は魔王ルキエに向かって、告げる。

「居場所をくれて、好きなものを作るのを許してくれて、作ったものを喜んでくれる、そんな主君がいるから、俺は楽しく暮らしてるんです。だから、帝国の皇女の勧誘なんか断って――」

「……断った」

ルキエは、ぽつり、とつぶやいた。

「余は、その場で断っておる。お主を帝国にくれてやる気はないと」

「え？　じゃあ……なんで俺に聞いたんですか……？」

「断ったあとで不安になったからじゃ！　余が勝手に、トールのゆく道を狭めてしまったのではないかと。トールに悪いことをしたのではないかと。お主の友として、不安に……」

「そんなこと考える必要ないですよ」

俺はルキエの――仮面の向こうにある目を見て、言った。

「そもそも、俺が帝国に戻るわけないじゃないですか」

「わかっておる！　わかっておるけど……ちゃんとお主の気持ちも聞いておきたかったのじゃ」

そうして仮面に手を伸ばし、ルキエはそれを、少しだけずらした。

少しうるんだ赤い目で、じっと俺を見てる。

「第3皇女の提案は、ルキエ・エヴァーガルドの名において断った。もう、なにか言ってくることはあるまい。安心せよ。トール」

ルキエはそう言って、仮面を戻した。

そっか。帝国の第3皇女は、ルキエにそんなことを言っていたのか……。

変なこと言わないで欲しいな。俺はもう、帝国に戻る気はないんだから。

「第3皇女が俺を欲しがってるとなると、リーガス家の兵士が持ってきた書状も、その皇女と関係あるのかもしれませんね」

「あの書状の目的はトールを利用することじゃったな」

「あるいは、俺を魔王領に居づらくするためでしょうね」

「……意見を申し上げてもよろしいですか。陛下」

不意に、メイベルがつぶやいた。

「断らずともよいぞ、メイベル」

ルキエは口元だけで笑ってみせた。

「ここは余とトールとメイベルが情報交換をする場じゃ。遠慮はいらぬ」

「……私は、どうしてあの兵士が、あのような書状を携えてきたのか理解できないのです」

メイベルは真剣な顔で、うなずいた。

伯爵家の衛兵隊長のことと、奴《やつ》が持ってきた書状の内容については、移動中に話をした。

俺と一緒にいたミノタウロスさんたちが怒ってたし、ルキエも、俺と衛兵隊長のやりとりを聞いていたからだ。先に、説明した方がいいと思ったから。

ルキエはうんざりした顔をしたけど、俺がなだめたら、落ち着いてくれた。

でも、メイベルはまだ、衛兵隊長への怒りがおさまらないみたいだ。

「私はあの帝国兵のことが……どうしても許せないのです」

メイベルは震える声で言った。

「『魔王領の情報を伝えよ』『アグニスさまを帝都へ連れてこい』なんて依頼を、トールさまが引き受けるわけがないじゃないですか。なのに……トールさまの腹心の部下だなんて偽《いつわ》ってまで……あんな書状を届けに来るなんて……」

「メイベルなら、あの書状を見て、そう思うじゃろうな」

ルキエは仮面をかぶったまま、うなずいた。

「じゃが、他の者はどうじゃろう。たとえば、トールがあの書状を隠していることに気づいたとしたら。違う反応を示すのではないかな?」

うん。俺もそれを考えてた。

だからあのときメイベルとアグニスに頼んで、書状をみんなの前で公開してもらったんだ。

「違う反応、ですか」

「そうじゃな、たとえばライゼンガが最初にあの書状を読んだら……」

「トールさまを利用しようとしたと、怒って書状を燃やされると思います」

「そ、そうじゃな。じゃが、宰相のケルヴじゃったら……」

ルキエは少し考えてから、

「……いや、ケルヴも、トールの事情は知っておる。変な疑いをかけたりはせぬじゃろうな」

「ミノタウロスさんたちも、トールさまを疑ったりしないと思います」

「エルフ部隊の者たちも……同じじゃろうな」

「ですからあの書状で魔王領が動揺することはありません。あれはトールさまをご不快にするだけの、まったく無用なものなのです」

メイベルは拳《こぶし》を握りしめて、震えてる。

「でも、あの書状を書いた人には、それがわからない。つまりあの書状の送り主は、トールさまにも、魔王領にもまったく興味がないのです。そんな人が、トールさまを困らせようとしたことを……私は許せないのです……」

「……そっか」

魔王領のみんなは俺を疑ったりしないし、俺のこともちゃんとわかってくれてる。

あの書状は、単にメイベルを怒らせただけだったんだ。

「ごめんね。メイベル」

「トールさまは悪くないです……私は、トールさまのことをなんにも知らないくせに、一方的に利用しようとする人たちが……許せないだけなんです」

「それでも、ごめん」

「……うぅ」

「泣かないで。帝国のことは、俺はもう気にしてないんだから」

俺はメイベルの頭をなでた。

「俺にはルキエさまとメイベルがいるんだ。それだけで、帝国のことなんか、もうどうでもよくなってるんだから。ね」

「………………はい。トールさま」

メイベルはまだ目をうるませていたけど、俺が背中をなでると、安心したように息を吐いた。

「次に帝国から書状が来たら、ルキエさまか宰相閣下にチェックしてもらうよ」

「うむ。『トール・リーガス』宛てのものは、魔王城の方で内容を確認するとしよう。元の名前で送ってくるということは、トールのことを、なにもわかっていないということじゃからな」

ルキエはそう言って、にやりと笑ってみせた。

「皆の前でトール・カナンと名乗ってみせたのはいい作戦じゃったな。お主が魔王領の住人になったことがはっきりとわかる。皆も、喜んでおった」

「ありがとうございます。陛下」

「ともかく、作戦は終了じゃ」

ルキエが笑顔で、ぱん、と、膝《ひざ》を叩《たた》いた。

「余と兵団は明日、魔王城へと戻る。トールとメイベルはライゼンガの屋敷に、しばらく滞在するがよい。ライゼンガの領地に、トールの屋敷と工房を作ることになっておるからの。土地の下見と、あとは観光をするのもよかろう」

「観光、ですか」

「お主は魔王領に来てから、ほとんど城から出ておらぬじゃろ？　ライゼンガとアグニスの保護のもと、しばらくは魔王領を見てまわるとよい。まずは——」

そうして俺たちは、明日からの予定について話した。

ルキエは魔王城に戻り、今回の討伐の後処理をはじめるらしい。

『魔獣ガルガロッサ』と小蜘蛛《こぐも》の残骸《ざんがい》は、エルフの魔術部隊が研究するそうだ。

なにか面白そうなことがわかったら、俺にも教えてくれるって言っていた。

ライゼンガ将軍とアグニスは、火炎巨人《イフリート》の眷属《けんぞく》部隊を率いて、自宅へ。

俺とメイベルは、それに同行することになっている。

「お主はライゼンガ領に工房を——お主の居場所を作るがよい」

「『錬金術やってます』の看板を出して、仕事をすればいいのですね？」

「……ほどほどにな。あんまりやりすぎたら、魔王城より監視役を送るゆえ、注意せよ」

ルキエはそんなふうに苦笑いしてた。

こうして魔獣討伐は無事に完了して——

「とりあえず今夜はここで祝宴じゃな。魔獣討伐の成功を祝って皆で飲み食いすることとなろう。トールも顔を出すがいい。余……いや、皆が喜ぶじゃろうからな！」

そんな感じで祝宴の準備が始まったのだった。

――メイベル視点――


メイベルは天幕のひとつを借りてお茶を淹《い》れていた。

トールに飲んでもらうためだ。

魔獣討伐のあとだから、彼も疲れているはず。

そんなトールには、いつものお茶を淹れてあげたかった。

「……トールさまはおっしゃいました。『俺にはルキエさまとメイベルがいるんだ。それだけで、帝国のことなんか、もうどうでもよくなってる』――って」

つい数時間前に聞いた言葉を思い出す。

それだけで、メイベルの胸は温かくなる。

「私は……トールさまを、幸せにして差し上げたいです」

帝国はトールにひどいことをした。

追放したあとも陰謀をしかけて、書状で彼を追い詰めようとした。

その上『あなたに本当の居場所など、どこにもない』と、トールに罵声《ばせい》をぶつけた。

そうやって追い詰めれば、トールを自由にできると思っているかのように。

「トールさまの居場所は、ここにあります」

メイベルは両手で胸を押さえた。

衛兵隊長がトールをののしったとき——メイベルは、あの男を殴りたかった。

そして叫びたかった。『トールさまの居場所はここです』——と。

ルキエが来るのがもう少し遅かったら、本当にそうしていたかもしれない。

「……私がトールさまの……心地よい居場所になります」

トールが安らぐことのできる、居場所に。

帝国であった嫌なことを、トールがすべて、忘れてしまえるように。

「陛下とアグニスさまのこともありますから、できることは限られているのですが」

自分はトールの側《そば》にいる。

それはとても幸運なことで、うれしいこと。

だから——いつも側にはいられないルキエとアグニスのことも考えないと。

「……ちゃんと、歯止めがきけば良いのですが」

そんなことをつぶやきながら、お茶を淹れるメイベルなのだった。

第14話「幕間《まくあい》：帝国領での出来事（3）―失策と陰謀―」

――その後、帝都では――


「作戦は失敗した。あなたの仕事は終わりだ。バルガ・リーガス伯爵」

「――な⁉」

帝都にある屋敷で、ザグランはバルガ・リーガス伯爵と面会していた。

討伐作戦が終わったあと、部隊は部下に任せて、ザグランとリアナは早馬で帝都へと戻った。

皇帝への報告と、魔獣討伐の後始末をする必要があったからだ。

リーガス公爵と会っているのも、その後始末のひとつだった。

「貴公の書状はなんの役にも立たなかった。作戦は失敗だった。貴公はすみやかに、南方に向けて出発するがいい」

「ほ、本当にトールめは……わしの要求を断ったというのですか」

「なぜ驚く？」

「……なぜ、とは？」

「貴公は、ご子息が自分の意のままに動くと、本気で考えていたのか？」

「なにをおっしゃるのか、ザグランどの！」

バルガ・リーガスは叫んだ。

「そのために、わしは指示通りに書状を書いたのではないですか⁉　トールめを、帝国の間者《スパイ》にするために……」

「違う」

軍務大臣ザグランは、首を横に振った。

「あれは魔王領をかき乱すための策だ。ご子息が、あなたの意のままに動くなどあり得ない」

「――え」

「言ったはずだ。『今さらご子息を利用しようとは考えていないでしょうな？』と」

冷え切った声が、屋敷の応接室に響いた。

「ご子息があなたの意のままに動く可能性など、皆無なのだ。だが、彼は魔王領の者たちに信頼されており、帝国に悪感情を持っている。だから彼が、実は帝国の手先であると、魔王領の者たちに勘違いさせる必要があったのだ。ご子息を、魔王領に居づらくするために」

「で、では、あの書状は？」

「ご子息と魔王領の者たちを分断するためのものだ」

「だ、だが！　書状はトールの元に届いたのでしょう⁉　なぜ、失敗などと……」

「トール・リーガスがあの書状を、魔王領の者たちの前で読み上げさせたからだ」

「………なん……だと」

バルガ・リーガス伯爵が絶句した。

ザグランはうなずく。

彼も、トール・リーガスがそこまでするとは思っていなかったからだ。

「まったく予想外だ。彼は魔王領の者たちを信じて、書状を公開した。そして魔王領の者たちも、彼に信頼を返したのだからな」

ザグランは続ける。

「しかも彼は家の名を捨て、これからはトール・カナンと名乗ると宣言した。あれは決定的だった。家名を捨てて、魔王領の住人になると宣言されてしまったら、こちらからは手を出せなくなる。あなたのご子息は、なかなかの人物だな」

「……閣下」

「なにかな。バルガ・リーガスどの」

「わしは、どうなるのですか……」

「予定通りだ。あなたには南方の戦線に行っていただく」

「だが！　わしは閣下の指示通りに!!」

すがるように叫ぶリーガス伯爵。

だが、ザグランは淡々と、

「言ったはずだ。『この作戦がうまくいったら、あなたへの罰を軽減する』と。しかし、作戦は失敗したのだ。南方に行くのは当然では？」

「……それでは、我が伯爵家は？」

「リーガス伯爵家は残すことが決定している。魔王領にいるトール・リーガス……いや、トール・カナンを刺激しないためにも」

その言葉に、バルガ・リーガスが硬直した。

呼吸を止めて、信じられないものを見るように目を見開く。

「トールを、刺激しない、ため？」

「そうだ。帰る場所が完全になくなってしまったら、彼は魔王領のために全力を尽くすしかない。ならば、帝国に彼の戻る場所を残しておくことで、彼の敵意を削《そ》ぐのが得策だろう」

「し、しかし！　伯爵家の当主は、このバルガ・リーガスで……」

「あなたの役目は書状を書いた時点で終わっている。あとは、罪を償いなさい」

「わ、わしがなにをしたと――!?」

「貴公はご子息をののしって追放することで、魔王領内に帝国の敵を作った。『火炎将軍』に妙な陰謀を持ちかけることで、敵を増やした」

「…………う」

「強力な魔王領内に、帝国の敵を作った罪は大きい。本来ならリーガス伯爵家は、取りつぶしても構わないのだ。あなたが伯爵のままでいられるのは、ご子息のおかげと思うがいい」

「……あの者のおかげで……わしが……そんな」

「貴公は自分が追放したご子息のおかげで、名前だけでも伯爵でいられるのだ。それがわかったら、南方へと出発されるがいい。迎えの馬車は、もう来ている」

「あ、ああああああっ!!」

バルガ・リーガスは床を叩いて叫び出す。

その彼を、ザグランの配下が引きずり出していく。

これからバルガ・リーガスは、南方派遣部隊の集合場所へと送られることになるはずだ。

「……無駄な時間を過ごしてしまった。理解の遅い者を相手にするのは疲れるものだな」

ザグランは椅子に身体《からだ》を預け、ため息をついた。

それから目を閉じ、思考を巡らす。

今後の魔王領への対応——自分自身の、身の処し方。

そこまで考えたところで、ノックの音がした。

「入れ」

「失礼します、閣下。宮廷の高官会議より、出頭するようにとの連絡が入っております」

ドアが開き、ザグランの副官が現れる。

休憩時間は終わり——そう思いながら、ザグランは椅子から立ち上がる。

「わかった。すぐに用意する」

「閣下……バルガ・リーガス伯爵は大丈夫でしょうか？　なにか叫んでいらしたようですが」

「叫び出したくなるのはわかる。彼は、プライドの高い貴族だ」

ザグランは苦い笑みを浮かべた。

「自分が追放した息子のおかげで家が保たれるなどというのは、彼にとっては耐えがたい屈辱なのだろう。かといって、息子に怒りをぶつけるわけにもいかない。トール・カナンが帝国に矛先を向けたら、今度こそリーガス伯爵家は取りつぶされる。彼にできることは、もうなにもないのだ」

「……哀れなものですね」

「無能者の末路だ。仕方あるまい」

手早く着替えながら、ザグランは言った。

「バルガ・リーガスはトール・カナンという強力なカードを持っていた。だが、それを使いこなすことができなかった。そのカードを他国に渡してしまった。無能にもほどがある」

「そうですね。もしも閣下なら――」

「私ならトール・カナンに名ばかりの職を与え、錬金術師の統括をさせていただろう。それで能力を発揮すればよし。無能だったなら、改めて他国に送り出せばいい」

それからザグランは、唇をゆがめて、笑って、

「ああ、もちろん、その前にどこかの令嬢と政略結婚をさせて、子どもを作らせるのは忘れないがね。トール・カナンは先々代の剣聖の孫だ。戦闘面で優秀な子どもが生まれないとも限らない」

バルガ・リーガスは、その程度のことも考えなかった。

だからこそ、彼は自分の家を没落に導いてしまったのだろう。

「まぁいい。消えた貴族などいくらでもいる。リーガス伯爵家のことは忘れよう」

ザグランは頭《かぶり》を振って歩き出す。

「それより、重要なのは魔王領だ。今のところ帝国に敵対する気はないようだが、警戒をゆるめるわけにはいかない。向こうには強大な魔術があり、得体の知れない錬金術師がいるのだからな」

「はい。閣下」

「高官会議で次の作戦を提案する。魔王領に『不戦協定』の話を出したのはそのためだ」

ザグランと副官は屋敷を出る。

行く先は宮廷だ。そこで皇帝陛下と、帝国の高官たちが待っている。

今回の作戦についてねちっこく聞かれることを覚悟しながら、軍務大臣ザグランは策を考える。

「皇帝陛下の許可が得られ次第、『例の皇族』を使うことになる。用意をしておけ」

ザグランは、副官に告げた。

「魔王領には『不戦協定』の場に皇族を立ち会わせると言ってある。これから始めるのは、そのための措置。そう説明すれば、魔王領側も文句は言えぬだろう」

会話を終えた軍務大臣ザグランは目を閉じ、今後の対策について、思考を巡らせる。

やがて馬車が止まり、そのままザグランは宮廷の大会議室に入り――

数時間後、ドルガリア帝国の高官会議では、次のことが決定した。

・軍務大臣ザグランに対する減給《げんきゅう》処分。
・第3皇女リアナは10日間、帝都の外へ出ることを禁じる。
・魔王領を押さえ込む作戦の実行。担当は、軍務大臣ザグランとする。

「また、軍務大臣ザグランの策を採用する。『不戦協定』の準備として、あの皇女を動かす。手配はザグランとその部下が行うこと。迅速にな。兵は拙速を尊ぶ。これも勇者時代の教訓だ」

短い会議のあと、高官たちは結論を出した。

そうして、次の作戦が動き出したのだった。

第15話「幕間《まくあい》：帝国領での出来事（4）―皇女ソフィアの願い―」

――リアナ皇女視点――


「ソフィア姉さまのおっしゃる通り……魔王領には、私の想像を超える力がありました……」

帝都に着いた翌日、リアナ皇女は、ふたたび離宮を訪ねていた。

魔獣討伐の報告を行い、聖剣を返還したあとのことだった。

帝国は今回の遠征を「共同作戦の成功」と宣言し、「限定的成功」と評価した。

その結果、リアナは姉ソフィアと会うことを許可されたのだ。

「……魔王が、あんなおそろしい剣を使っていたなんて」

けれど、リアナは震えていた。

帝都に戻ったあとも、戦いの中で見たものが、目に焼き付いて消えなかったのだ。

「聖剣でも倒し切れなかった魔獣たちを、あんな簡単に。光の線が敵をなぎ払い……消滅させて……あんなものがあったなんて。なのに、私は魔王を怒らせたかもしれないのです……」

「落ち着きなさい。リアナ。戦いはもう、終わったのですから」

部屋着の上にガウンをまとったソフィアは、優しい目で妹姫を見ていた。

それから、彼女はテーブルにティーカップを置いて、

「反省するのはよいことです。あなたは今回、自分の想像もつかないことが世の中にあることを知りました。それを、良き経験となさい」

「………はい」

リアナはうなずき、ソフィアが淹《い》れたお茶に口をつけた。

「おいしいです。姉さま」

「落ち着きましたか？」

「はい。姉さまはいつも、私を助けてくれるのですね……」

「わたくしにできるのはこのくらいですからね」

「でも……私は姉さまのご助言をないがしろにしてしまいました。魔王領には注意するように、姉さまは忠告してくれていたのに……」

「なにがあったのですか？」

ソフィアはリアナの顔をのぞき込む。

リアナは硬い表情で、首を横に振った。

「……ごめんなさい。作戦内容に関わることは……ザグランに、口止めされているのです」

「話せることだけでいいですよ」

ソフィアは穏やかな笑みを浮かべている。病弱な姉だけれど、リアナが悩んでいるときには、いつも助言をくれる。リアナはそんな姉に申し訳ないと思う。離宮に閉じ込められている姉の方が、本当はつらいはずなのに。

「私は……あちらの王を、怒らせてしまったのです」

けれど、気づくとリアナは弱音を口にしていた。

「あちらの国には、凄腕《すごうで》の錬金術師がいるようなのです。それを知って、私は思わず……帝国の皇女として正しい言葉でお願いしたのです。その錬金術師が欲しい、と」

「それは、戦の場で願い出ることではないでしょう？」

「はい……浅はかでした。あちらの王はその者を大切にしているようで、私を怒鳴りつけたのです。すぐにザグランが取りなしてくれたのですが……あの王を怒らせたことが恐ろしくて……」

「どうしてそんなことをしたのですか？」

ソフィアはテーブルに手をつき、身を乗り出した。

妹姫の目をじっと見つめて、問いかける。

「他国の重臣を欲しがるような真似《まね》をすれば、相手が怒るのは当然でしょう？　あなたは帝国の皇女なのですよ？　なのに、どうしてそのような真似を？」

「……だって」

リアナは唇をかみしめた。

「だって凄腕の錬金術師なら、姉さまの身体《からだ》を癒《い》やしてくれるかもしれないじゃない‼」

離宮の客間に、リアナの叫び声が響いた。

まるで、小さな子どものように、リアナはぽろぽろと涙を流し、叫ぶ。

「私は、姉さまに広い世界に出て欲しいの！　姉さまは強い『光の魔力』と、知恵と知識をお持ちです。本当なら、帝国を支える人材にだってなれるのに……」

「……リアナ」

「あの錬金術師の力は戦局を変えるほどのものでした。あれを見たとき、私は感覚的にわかったのです。あの者の力なら、姉さまをお助けできると。姉さまのお身体をスッキリと癒やして、外をてくてくヒューンと歩けるようにしてくれるのでは――」

「リアナ。言葉使いが子どもに戻っていますよ」

「………………あ」

リアナは我に返ったように口を押さえた。

自分が駄々っ子のようになっていたことに気づいたのだろう。

彼女は両手で顔を覆って、うつむいてしまった。

「不器用ですね。あなたは」

ソフィアは手を伸ばし、妹姫の頬《ほお》をなでた。

「普段は立派な帝国の姫君なのに、私のことになると、子どもに戻ってしまうのですから」

「……問題ですよね。ザグラン爺《じい》に相談いたします」

「おやめなさい。あの者に頼り切ってはいけません」

「でも、ザグラン爺は私の教育係で……今回だって、爺が指導してくれたから、私は帝国の姫として正しい言葉で話すことができたのに」

「それでもです。あの者は利害でしかものを見ない。彼の考え方に染まってしまうのは危険です」

ソフィアは、リアナの頬を両手で挟んだ。

それは幼いころ――ソフィアがリアナにお説教をするときの癖だった。

当時に戻ったようで、ふたりの姫君が笑顔になる。

「あなたの子どもっぽいところと、感覚派なところは、いつかあなたを救うかもしれません。これからどのようにザグランの教育を受けたとしても、その部分は残しておきなさい。ただし、それを口に出すときは、帝国の言葉ではなく、あなた自身の言葉を使うのです」

妹姫の将来を案ずるように、ソフィアは告げた。

ソフィアはいずれ他国の人質となるか、国内の貴族と政略結婚をすることになる。

身体も弱く、戦う力も持たないソフィアを帝国が養っているのはそのためだ。

この離宮は、そういう者を飼い殺しにするためにあるのだから。

「リアナがそれほど気にする錬金術師のお方……わたくしも気になりますね」

帝国では錬金術師の地位は低い。

それは、国が錬金術師の育成に力を注いでこなかったことが原因だ。

帝国には勇者時代の聖剣や聖盾、魔法剣や魔術のスクロールがある。当時の錬金術師が作り上げたものや、勇者が特別な加護で授かったものだ。

魔王軍との戦いが終わったあと、勇者は元の世界に帰り、マジックアイテムが残された。それらは宝物《ほうもつ》となり、触れることも、研究することも禁じられた。

技術者たちは、劣化することの少ないそれらを、管理するためだけの者となった。

そうして人材育成が止まり、技術もすたれてしまったのだった。

「わたくしも会ってみたくなりました。その方となら、勇者時代の話ができるかもしれません」

「姉さまは歴史書がお好きですものね」

「他にすることもありませんからね。よければ、リアナに講義して差し上げましょうか？」

「わ、わかるように、噛《か》み砕《くだ》いて説明してくださるなら……」

「ふふっ。では、次回までに教科書を用意しておきましょう」

「……お手柔らかにお願いいたします」

観念したようなリアナと、いたずらっぽい笑顔のソフィア。

そうして双子の姫君が、短い時間を過ごしたあと――

――ソフィア皇女は、宮廷より至急の呼び出しを受けたのだった。

第16話「ライゼンガ将軍の屋敷を訪ねる」

――トール視点――


『魔獣ガルガロッサ』の討伐を終えた次の日。

深夜まで続いた祝宴のせいで、兵士さんたちが起き出したのは遅い時間だった。

それから後片付けをして、昼頃に、魔王領の兵団は、魔王城に帰還する準備を終えた。

そして、出発前に――

「トールよ。お主に『錬金術許可証』を渡しておく」

ルキエは俺に、彼女のサインが入った羊皮紙を差し出した。

羊皮紙には『魔王ルキエ・エヴァーガルドの名において、魔王領すべての場所で、錬金術師トール・カナンの錬金術の使用を許可する』――と、書いてある。

これは、俺が魔王領のどこでも、錬金術をやっていいという証明書だ。

「ありがとうございます。陛下！」

俺はルキエの前に膝《ひざ》をつき、一礼した。

「ただし許可証については、ケルヴからも話があるそうじゃ」

「錬金術で作ったアイテムを多くの人に広める場合は、前もって許可を取ってください」

ルキエの言葉に続いて、宰相ケルヴさんが前に出た。

「ひとりかふたりに渡すならば構いません。ただ、トールどののアイテムを多くの人に広めてしまうと、大きな影響が出る可能性がありますからね」

「わかりました。宰相閣下のご判断に従います」

むやみに勇者世界のマジックアイテムを普及させると、大変なことになりそうだからね。

「こちらに『マジックアイテム普及申請書』を用意いたしました」

宰相さんが合図すると、お付きの兵士が、羊皮紙の束を持ってくる。

羊皮紙の表面《おもてめん》にはマジックアイテムの名前と能力、どんな人に使って欲しいかを書く欄がある。

これが『マジックアイテム普及申請書』か。

「項目をすべて埋めて、魔王城に送ればいいのですね？」

「そうです。その後、私と陛下がチェックして、トールどのに送り返します」

俺が書類に記入して、ライゼンガ将軍に渡せばいいらしい。

そうしたら、魔王城に届けてくれる手はずになっているそうだ。

「とにかく、こまめに連絡を取っていただけると助かります。なにか確認することがあったら、私もトールどのの元にうかがいますので。とにかく、連絡と報告をしっかりと」

「わかりました。陛下。宰相さまも、ありがとうございます」

俺はルキエと宰相ケルヴさんに頭を下げた。

「色々とお気遣いをいただき、感謝しています。俺は将軍の領土でいろいろなものを見て、経験して、得られたものを魔王領のために活《い》かしたいと思います」

「真面目《まじめ》じゃな、トールは」

「そうですか？」

「今回のこれは、余がお主に与える休暇でもある。お主は魔獣討伐で大きな功績を残してくれた。できる限りの報酬をやらねば、余の名がすたるからの」

仮面をつけたまま、ルキエは口元だけで笑ってみせた。

「だから、ライゼンガ領での休暇と旅を、ぞんぶんに楽しむがいい」

「ありがとうございます。陛下」

俺はまた、ルキエに一礼した。

それから宰相ケルヴさんの方を向いて、

「宰相閣下も、申請書をありがとうございました。ご期待に添えるように精一杯、錬金術の研究を進めていきたいと思っております」

「書類は多めに渡したのですからね！　使い切らなくてもいいのですよ!?」

「……承知しております」

それから、しばらく話をしていると、出発の時刻になった。

魔王領の兵団が隊列を組みはじめ、ルキエが乗り込む馬車のドアが開く。

「それでは皆の者。達者でな」

「陛下も道中、お気を付けください」

俺とメイベル、アグニス、ライゼンガ将軍――それに将軍の配下の兵士たちが見守る中で、ルキエを乗せた馬車と魔王領の兵団は出発した。

その隊列が見えなくなるまで、俺たちは見送っていたのだった。


「将軍のお知り合いに、光属性の攻撃スキルを持つ方はいらっしゃいますか？」

ここは、ライゼンガ将軍の屋敷。

夕食の席で、俺はライゼンガ将軍に訊《たず》ねていた。

テーブルの上には、土地の名物料理が並んでいる。

焼き肉や、ぐつぐつと音を立てるスープなど、火炎巨人《イフリート》の血を引く将軍の屋敷だけあって、熱い料理が多い。食べてると結構汗がでるけど、本当に美味《おい》しい。

将軍やアグニス、屋敷の人たちが歓迎してくれているのがよくわかる。

だから、俺も自分のスキルを活《い》かして、恩返しをしないとね。

「これから始める研究には、光属性の攻撃が関係してくるんです。だから、光属性の攻撃魔術を使える方がいらっしゃったら、研究を手伝ってもらえないかと」

「光属性による攻撃魔術か……」

将軍は腕組みをして、難しい顔になってる。

「いるかもしれぬが……トールどの、どうして光属性なのだ？」

「帝国の聖剣について研究するためです。将軍もご覧になりましたよね？　帝国の皇女が使った、聖剣と『光の刃《やいば》』を」

「うむ。あれはすごいものだった。聖剣は巨大な光の刃を生み出し、『魔獣ガルガロッサ』の配下の小蜘蛛《こぐも》を、次々に消滅させていた。正直、あの聖剣とは戦いたくないと思ったよ」

「お気持ちはわかります」

「だが、もっとすごかったのは、陛下の魔剣『レーザーブレード』だな」

ライゼンガ将軍はうなずいた。

「あれは聖剣の数倍の射程を持ち、さらには小蜘蛛の壁を一撃で粉砕していたのだから」

「あの魔剣は試作品です。改良の余地は山ほどありますよ」

そもそも、柄《つか》に『闇《やみ》の魔石』を仕込んだのがまずかった。

ルキエがうっかり握りしめたら、『虚無の魔炎《ヴオイド・フレイム》』に過剰な魔力を注いじゃったんだから。

『レーザーポインター』の光がなかったら、魔術があさっての方向に飛んでいったかもしれない。

できれば作り直したいんだけど……ルキエってば、返してくれないんだもんな。

「俺はちゃんとした魔剣を作りたいんです。そのためには聖剣のことも研究する必要があります」

俺は言った。

「その一環として『光の刃』を防ぐためのアイテムが作れるかどうか、試してみたいんです。そうすれば、そこから聖剣の威力を計算できるかもしれませんから」

「そのために光属性の攻撃が必要ということか」

「はい。まずはそれを防ぐことから始めようかと」

「研究熱心なのだな。トールどのは」

ライゼンガ将軍は苦笑いした。

「陛下は貴公に休暇を与えたのだぞ？　もっとのんびりすればよいのに」

「わかってます。でも、聖剣のイメージが頭に残ってるうちに、研究をはじめたくて……」

「構わぬよ。貴公のそういうところを、我は評価しているのだから。なぁ、アグニス」

「は、はい。お父さま⁉」

俺の隣で食事をしていたアグニスが、緊張した声をあげる。

もちろん、鎧《よろい》は着ていない。

彼女が着ているのは、赤を基調にしたドレスだ。よく似合ってる。かわいい。

「は、はい。聞いております。光属性の攻撃についてですよね？」

「そうなんです。アグニスさんは、光の攻撃魔術を使える人に心当たりはないですか？」

「そうですね……領地には珍しい種族の者もおります。光属性の魔術を使える者も、いるかもしれません」

「すいません。聞いてみてもらえますか？」

「もちろんです」

そう言ってアグニスは目を閉じて、胸元の『健康増進ペンダント』を握りしめた。

ペンダントの光が、彼女の指の隙間《すきま》からあふれ出してる。

「『健康増進ペンダント』は問題なく作動してるみたいで、よかったです」

「トール・カナンさまのおかげで、かわいい服も着られるようになりました」

アグニスはドレスのスカートを、軽くつまんでみせた。

「もう、アグニスの意思に反して炎が出ることはないので、安心して服を着ていられます」

それから、アグニスは壁際に立っている給仕の人や、メイドさんを見て、

「……でも、まわりの人たちは、まだ心配してるみたいなので」

「鎧を着ていないアグニスを見ると、落ち着かぬ者もいるようなのだ」

アグニスの言葉を、ライゼンガ将軍が引き継いだ。

「我もアグニスも、トールどのの『健康増進ペンダント』の効果を疑ってはおらぬ。だが、他の者はそうではない。アグニスが普通の服を着ていると、とまどう者もおるのだよ」

「……アグニスが子どものころは、着ている服を燃やしてしまうことがありましたので。屋敷のみんなは……そのときのことを覚えているのだと思います」

「わかりました。それじゃメイベル、例のおみやげを出して」

「はい。トールさま」

俺の隣の席でメイベルが、メイド服のポケットから『携帯用超小型物置』を取り出した。

「トールさま。これは個人的な譲渡になるのですか？　それとも普及に？」

「大丈夫。どっちでもいいように、宰相さんに『マジックアイテム普及申請書』をもらったその場で、『地の魔織布』について書き込んで、サインをもらっておいたから」

俺は宰相さんのサインが入った申請書を取り出した。

これをライゼンガ将軍の領土に広めることについては、すでに許可をもらってるんだ。

「承知いたしました。それでは──」

しゅるん、と、メイベルは『収納』しておいたアイテムを取り出した。

現れたのは幾重にも折りたたんだ、真っ白な布。

こんなこともあろうかと用意しておいた『地の魔織布』だ。

「トールさま……？」「トールどの、これは？」

「最近作った新素材の『魔織布』です」

「『魔織布』？　天幕に使われていたあれか？」

「あれは通気性重視の『風の魔織布』と、中身が確認できる『光の魔織布』でした。これは耐火性がある『地の魔織布』です」

「トールさまからのおみやげです。どうぞ」

メイベルは捧《ささ》げ持《も》った『魔織布』を、アグニスに差し出す。

これは、将軍の領土に滞在することが決まったときに準備しておいたものだ。

燃えにくい『地の魔織布』はアグニスの服にぴったりだから。

「あとで屋敷の皆さんに、『地の魔織布』に耐火性があることを確認してもらってください。そのあとに、これでアグニスさんの服を作れば、みんな安心すると思います」

「トール・カナンさま……そこまでしてくださるのですか……」

「これも『ユーザーサポート』のうちですから」

アグニスに『健康増進ペンダント』をあげたのは俺だ。

だから、彼女が安心して生活ができるようにサポートをするべきだと、そう思ってる。

「……ありがとうございます」

いきなりだった。

アグニスが席を立ち、床に膝をついた。

「このご恩は忘れません。アグニス・フレイザッドは……トール・カナンさまのお役に立つように、精一杯努力させていただきますので……」

「我からも礼を言わせていただくぞ。トールどの」

「アグニスさんに将軍まで……いいですよ。これはただのおみやげなんですから」

俺はしばらくライゼンガ将軍の屋敷で、お世話になるんだから。

それに、ライゼンガ領に作る工房のこともあるし。

「俺の方が、将軍にたくさんお世話になるんです。だから、これくらいさせてください」

「わかった。貴公のご厚意、ありがたく頂戴《ちょうだい》しよう」

「よかったです」

「代わりに、領内では好きに過ごしてくれ。貴公の部屋は用意してある。2階の隅の、一番広い部屋だ。屋敷の者には話をしてあるから、大きな音を立てても大丈夫だ。存分にされるがよい」

「ありがとうございます。将軍閣下」

「メイベルはどうするのだ？　アグニスの隣の部屋も空いておるが？」

「私はトールさまのメイドとしてここにおります」

メイベルは立ち上がり、メイド服のスカートをつまんで一礼した。

「可能なら、トールさまのお部屋に、一番近い部屋をお借りしたいのですが」

「承知した」

話がまとまると、ライゼンガ将軍が手を叩《たた》いた。

給仕の者がやってきて、将軍のグラスに酒を注ぐ。

俺とメイベルとアグニスはお茶だ。

それから、ライゼンガ将軍はグラスを掲げて、

「我が友、トール・カナンどのと、そのメイドであるメイベルどのの来訪を祝って、乾杯！」

「「「乾杯‼」」」

それからしばらくの間、４人で雑談を楽しんで――

ほどよく時間が過ぎたころ、俺とメイベルは自室へと向かったのだった。


――トールたちが、部屋に戻ったあと――


「アグニス。父はお前に謝らねばならぬ」

不意にグラスを置いて、ライゼンガがつぶやいた。

「父はお前の恋を応援することができぬかもしれない」

「い、いきなり、なにをおっしゃるのですか。お父さま！」

父が発した言葉に、アグニスは思わず声をあげた。

けれど、ライゼンガは辛《つら》そうな顔で、

「詳しいことは言えぬがな。我は、一方的にお前の恋路だけを応援するわけにはいかなくなったのだ。我は……魔王陛下に忠誠を誓ってしまったゆえな」

「陛下が？」

「だから詳しいことは言えぬのだ」

「もしかして……魔王陛下もトールさまを？」

「確信はないがそのように感じ……いや、だから言えぬと言っておるだろう？」

それは言っているのと同じじゃないかとアグニスは思う。

父が魔王陛下に『原初の炎の名にかけて』忠誠を誓ったことは、アグニスも知っている。

ということは、魔王陛下とトールの間に、なにかあったのだろう。

そしてアグニスもトールに『原初の炎の名にかけて』忠誠を誓っている。

もっとも、父の忠誠と、アグニスの忠誠は少し違うのだけれど。

「お父さまが気に病むことでは……ないのです」

「……アグニス」

「アグニスはトールさまに、この身と魂を捧げてお仕えしたいと思っているだけなので」

「それは、トールどのをお慕いするのとは違うのか？」

ライゼンガは不思議そうにつぶやいた。

「お前は食事中も、トールどのの方をちらちらと見ていたではないか」

「それは……自分でもよくわからない……ので」

顔が赤くなる。

胸元につけた『健康増進ペンダント』が反応しているのがわかる。

「アグニスはずっと鎧を着て、兜《かぶと》の隙間《すきま》から世界をながめてきました。だから、この想《おも》いが、普通の女の子が誰《だれ》かをお慕いする想いと同じものなのか……よく……わからないので」

「そうなのか……？」

「たぶん……ですけど」

「すまぬな、アグニス……」

ライゼンガはため息をついた。

「お前の母が生きていれば、もっとちゃんと、お前の気持ちを理解してやれただろうに」

「お父さまは十分にアグニスを助けてくださっています」

アグニスは父をたしなめるように、

「それに、お母さまが生きていたら、トール・カナンさまをさらおうとしたお父さまを許さないと思います。5年は口をきいてくれなくなっていたはずなので」

「それは困る！　あやつが口をきいてくれなくなったら、我は生きていけぬ！」

「だから……これでいいのです」

「し、しかし、お前はトールどのに『原初の炎の名にかけて』誓いを」

「は、はい。その想いに、いつわりはないの。でも、アグニスはトール・カナンさまから、色々なものをいただいてばかりなので……」

アグニスは、ぽつり、とつぶやいた。

「恋とか……そういうことを考えるのは、いただいた以上のものをお返ししてからにしたいの」

「……そうか」

「だから、今は、トールさまが領土にいらっしゃる間に、精一杯お手伝いしたいのです」

アグニスはトールたちが置いていった『地の魔織布』を抱きしめた。

耐火性を持つ布だ。トールはこんなものまで、あっさりと作ってしまう。

でも、トールはもっと先の世界を見ている。

アグニスは、それについていきたいと思う。

トールと同じものを見て、トールの手助けができるようになりたいのだ。

「だからアグニスは……まずはトールさまをお助けして……トールさまが目指しているものを、自分でも見てみたいのです。それが今の、アグニスの目標なので……」

「成長したな、アグニス」

「はい。鎧を脱げるようになってから……色々なことを、考えるようになったので」

「アグニスがそこまで考えているのであれば、我はなにも言わぬよ」

ライゼンガはそう言って、グラスの酒を飲み干した。

「我にできるのは……好みの女性について聞くくらいか。闇夜《やみよ》のような穏やかな女性と、炎のように情熱的な女性とどちらが好──む？　アグニス、なんで我をにらむのだ？　え？　余計なことはしないで欲しい？　いや、でもなぁ。父親として娘の心配をするのは当たり前で……こら、なんで我の腕をつかむのだ!?

お前は『健康増進ペンダント』で身体強化しているのだ。父は抵抗ができ……あれ？　どこにつれて行く？　ど、どうしてそんな怖い顔をしているのだ。待て、アグニス、お、落ち着いて──」

トールが来てはじめての夜、ライゼンガの屋敷に、親子ゲンカの声が響き渡ったのだった。

第17話「光属性攻撃を防ぐアイテムを探す」

食事が終わったあと、俺は用意された部屋に向かった。

場所は2階の隅にある大部屋だ。ここがこれから、俺の住居と作業場になる。

「将軍はずいぶんと広い部屋を用意してくれたんだな」

部屋の広さは、一般的な寝室の2倍くらい。

そこに大きなベッドがひとつと、テーブルや書棚が置かれている。

窓際には、俺が魔王城から持ってきた『小型物置』がある。中には錬金術に必要なものが全部入ってる。すぐに作業を始められる。

「でも……まずは『光属性』に対抗するためのアイテムを探さないと」

俺は『携帯用超小型物置』から『通販カタログ』を取り出した。

この中に『光属性』の攻撃を防ぐためのアイテムがあればいいんだけど。

「トールさま。入ってもよろしいですか」

「いいよ。どうぞ」

そんなことを考えていたら、ノックの音と、メイベルの声がした。

「失礼します」

ドアが開いて、メイド服のメイベルが入ってくる。

手には、お茶のカップと果物が載ったトレーがある。

「ハチミツ入りのお茶と、甘い果物をもらってきました」

「ありがとう、メイベル」

「お疲れではないですか？　よければ、マッサージしてさしあげますよ」

「それは魅力的だけど……今はいいかな」

「……そうですか」

「それに、これから光属性の攻撃を防ぐためのアイテムを探すつもりだから」

「無理はなさらないでくださいね。まだ、将軍の領地に来たばかりなのですから」

メイベルは俺の前にティーカップを置いて、

「陛下も心配されていましたよ？　トールさまのことだから、夜通しで研究を続けてしまわれるんじゃないかって」

「ルキエさまが？」

「はい。ですから、私にお目付役を命じてゆかれました」

えっへん、という感じで胸を張るメイベル。

「私は陛下より、トールさまに無理はさせないようにと言われております。健康管理はお任せください」

「無理はしないよ。今日だって、きりのいいところで止《や》めるつもりだったし」

「きりのいいところですか？」

「うん。アイテムが出来上がったら──」

「え？」

メイベルが首をかしげた。

笑顔だけど、目は笑ってなかった。

「——出来上がったらどんな気分になるかなぁと想像しながら、作りたいアイテムを探そうと思ってた。で、作りたいものが見つかったら止めようかと」

俺は慌てて言い直した。

メイベルは納得したのか、静かにうなずいて、

「そうだったんですか」

「そうだったんだよ」

「…………」

「…………」

メイベルはじーっと俺を見てから、こほん、と咳払《せきばら》いして、

「トールさま」

「はい」

「魔王城に帰ったとき、トールさまが衰弱されてしまっていたら、陛下が悲しまれます。トールさまは、私たちにとって大切なお方なのです。どうか、それを自覚なさってください」

「……うん。わかった」

メイベルやルキエを心配させるわけにもいかないか。

今考えると、ふたりが時間を決めて『お茶会』をやってたのは、俺に規則正しい生活を送らせる

ためだったのかもしれない。さすがだ。

「今日は作るアイテムを探すだけにするよ。メイベルも一緒に『通販カタログ』を見てくれる？」

「承知いたしました」

そう言って、メイベルは俺の隣の椅子に座った。

ふたりで並んでお茶を飲み、それから『通販カタログ』のページをめくっていく。

「食事中にお話をうかがったときに感じたのですが……もしかしてトールさまは、この『通販カタログ』に光属性の攻撃を防ぐアイテムがあると、確信されていらっしゃいませんか？」

「すごいなメイベル。その通りだよ」

俺はうなずいた。

「俺は『通販カタログ』に、光属性の攻撃を防ぐためのアイテムがあると思ってる」

「理由をうかがってもいいですか？」

「大昔に異世界から来た勇者が、光属性の攻撃魔術や剣技を使いまくってたから」

勇者には、光の魔力を使う者がやたらと多かった。

無数の光の弾を飛ばす魔術や、光の波動を飛ばす剣技などだ。

そもそも聖剣の技に『フォトン・ブレード』って名前をつけたのも彼らだ。勇者は技名を叫んだり、書き残すのが好きだったらしい。そのせいで書物に『フォトン・ブレード』や『Photon Blade』といった名前が、いろいろな言葉で残されてる。

「あれだけ光属性の技を使ってたってことは、勇者は光の魔力に対する適性が高いということになる。となると、彼らがいた世界の人たちも、光属性の技を使っていたと考えるのが自然だよね」

「確かに、そうですね」

「おそらく勇者の世界では光属性の技がポンポン飛び交っていたんじゃないかな」

「勇者は超絶の力を持つ存在ですからね」

「あいさつ代わりに光属性の技や、魔術を使ってたんじゃないかな」

「『おはようございます。フォトン・ブレード』『おやすみなさい。アルティメット・ヴィヴィッドライト』という感じでしょうか」

「でなければ勇者が、強力な光属性の技を使いまくってたことの説明がつかないからね」

「勇者の世界とは……おそるべき場所なのですね」

「……だよね」

この世界に住む俺たちにとって、勇者の力は計り知れないものだ。

たぶん、この『通販カタログ』のアイテムも、彼らの力の一部でしかないんだろうな。

「とにかく、勇者は当たり前のように光属性の技を使っていた。ということは──」

「わかりました。勇者世界には、それを防ぐアイテムも当たり前に存在するということですね」

「そういうこと。でないと、危なくてまともに生活できないからね」

だから、元の世界の常識に慣れていた異世界勇者は、光の魔術を使いまくってたんだろうな。

彼らにとっては、味方側に対抗手段があるのが当たり前だったから。

「魔王領にも勇者の光属性の技の記録って残ってる？」

「はい。特に、初代魔王さまの結界を破壊した究極奥義『アルティメット・ヴィヴィッドライト』のことは、今でも語り継がれています」

「あれかー」

『アルティメット・ヴィヴィッドライト』は『光の魔力』を凝縮して放つ、光属性の最強魔術だ。

異世界勇者はその魔術で、魔王の防御結界を破壊したと言われている。

『アルティメット・ヴィヴィッドライト』のことは、帝国貴族なら誰《だれ》でも知ってる。

というか、子どものころから教わる。

俺も名前の書き取りをさせられてたもんな。『Ultimate Vivid-light』――って。

「そういう魔術を防ぐアイテムが欲しいんだ。だから『通販カタログ』で探してみようよ」

「わかりました」

「俺がカタログの文章を読み上げるから、メイベルは『光の魔力』に関わりがありそうな単語に注意して聞いててて」

「どんな単語に注意すればよろしいですか？」

「『光』……特に『強い光』かな。あとは『防ぐ』という単語。あとは……勇者が使っていた光の魔術や技に関わる言葉が出てきたら要注意だ」

「『フォトン・ブレード』や『アルティメット・ヴィヴィッドライト』ですね」

「うん。それと、勇者は剣技や魔術の名前を省略したりしてたよね」

「そうですね。頭文字だけの場合もありました」

「面倒かもしれないけど、そこも注意しておいて」

「承知いたしました！」

それから、俺は『通販カタログ』を読み始めた。

すると――

「こんなにすぐ見つかるとは……」

見つけたアイテムは、ふたつ。

両方とも光の魔術『アルティメット・ヴィヴィッドライト』に関わるものだ。

「『アルティメット・ヴィヴィッドライト』の、勇者世界での正しい書き方は『Ultimate Vivid-light』だよね」

「このカタログでは、その頭文字が使われていたわけですね……」

「そうだな。『強い光』『防ぐ』――そして『アルティメット・ヴィヴィッドライト』の頭文字――『U』と『V』。このふたつのアイテムには、そのすべてが含まれてる」

俺たちは、同じページに掲載されたアイテムを、じっと見つめていた。

そこには、こんなことが書かれていたのだった。


太陽に負けない素肌へ！

当社の商品は、ついに太陽を克服しました！

危険なUVをカットできる、魅惑のアイテムをご紹介します。

太陽の力を、甘く見てはいけません。

光が当たるたびに、身体《からだ》のダメージは蓄積していくものです。

しかし、ご安心ください。おそるべきＵＶに対する秘密兵器がここにあります！

ＵＶカットパラソルは、危険なＵＶを90パーセント、カットしてくれます。

ＵＶカットローションは、低刺激なので小さなお子様にも安心です。なのにＵＶカット率はパラソルと同じ！　真夏のような光の中でも、外遊びをお楽しみいただけます。


「……光の魔力の根源って、太陽だったよね？」

自分の声が震えているのがわかった。

『太陽に負けない素肌』――それは鎧《よろい》もローブも無しで、光の魔力を防ぐという意味に等しい。

勇者の世界の人間は、裸で光の魔術を防げるとでもいうのだろうか……？

「トールさまのおっしゃる通りです。太陽こそが……光の魔力の源だと言われています」

メイベルの声も震えてる。気持ちはわかる。

勇者の『光属性の力』に敗北した魔王領の者だからこそ、この商品の凄《すご》さもわかるんだろう。

「この世界ができて、はじめて太陽が世界を照らしたときに、昼と夜ができました。そのときに、太陽は大いなる光の魔力を、この世界に与えたのです」

「その光の魔力の源に、勇者の世界の人たちは勝利してるってことか」

だから異世界から来た勇者は、光属性の技をポンポン使っていたのだろう。

それを素肌で受け止めて平然と立っている。それが異世界の人間なのか……。

「そして、このカタログにあるのが、光の魔力を防ぐパラソルとローションか」

カタログには、ふたつの商品が掲載されている。

ひとつは傘の形をした『ＵＶカットパラソル』。

もうひとつは身体に塗るタイプの『ＵＶカットローション』だ。

パラソルはかざすだけで、光の魔力を防いでくれるらしい。

ローションは身体に塗って使うようだ。

「メイベル……この『ＵＶ《ユーヴィ》』だけど」

「トールさまの予想通りだと思います」

「やっぱりメイベルも『ＵＶ』が、勇者が使う最強の光魔術『アルティメット・ヴィヴィッドライト』の略称だと思う？」

「あの魔術の頭文字以外に考えられません」

「『Ultimate Vivid-light』の頭文字で『ＵＶ』か」

「究極の鮮烈なる光《アルティメット・ヴィヴィッドライト》。あの魔術こそが『危険なＵＶ』に違いありません」

勇者は、通称や略称を好んで使っていた。

『ガーキャン割り込み無詠唱』『魔力溜《た》めキャンＵＶ』なんてのがそれだ。

もちろん、俺やメイベルが言ってることは、すべてが推測だ。魔王の結界を破った究極魔術を、パラソルやローションで防げるなんて、すぐには信じられない。

「それでも、作ってみる価値はあるよね」

「はい。トールさま」

「とりあえず素材を用意して、必要な属性を考えて……って、今日は無理か……」

もう、夜の遅い時間だ。

今から将軍やアグニスに『素材をください』なんて言えないよな。

「続きは明日にしよう。お疲れさま、メイベル」

「はい。お疲れさまでした。トールさま」

メイベルはティーセットとトレーを持って立ち上がった。

「それでは、着替えをお持ちします。それと、お休みになる前に身体を拭《ふ》かれますか？　よろしければ、お湯を用意いたしますが」

「そうだね。お願いしてもいいかな」

今日は色々と移動したせいで、汗をかいてる。

人の家に来てるんだから、身だしなみは整えておいた方がいいな。

「はい。お願いされました」

そうして、メイベルは部屋を出ていった。

しばらくして、お湯の入った桶《おけ》と布を持って戻ってくる。

「それでは、お身体を拭いて差し上げます。ばんざーいしてくださいませ、トールさま」

「待って」

すごく魅力的な提案なんだけど……やっぱり、断った。

もう少し『ＵＶカット』のアイテムについて考えたかったからだ。

「わかりました。では、あとでお湯を回収に参りますね」

そう言うと、メイベルは部屋を出ていった。

それから俺は『UVカット』のアイテムについて考えはじめた。

問題は『UVカットパラソル』と『UVカットローション』のどっちを先に作るかだ。

強さでいえば『UVカットローション』の方が上だ。

パラソルを持つと片手がふさがってしまう。

でも、ローションを身体に塗っておけば両手が空く。光属性への防御をしながら、剣と盾を持つことができる。

――そんなことを考えながら、背中を拭こうとしたら――気づいた。

「ローションだと、塗り残した部分に魔術を喰《く》らう可能性があるな……」

一人だと、背中に手が届かない場所がある。パーティで活動する場合にはいいけれど、単独で動く場合は、ローションの塗り残しが起こりやすい。だとするとパラソルの方が優れているのか？

メリットとデメリットを書き出して比べてみよう。えっと――


「トールさま。お湯を回収にまいりました」

「メイベル。ちょうどよかった。入って入って」

「失礼いたします。トールさま」

ドアを開けて、メイベルが入ってくる。

さすがメイベル、いいタイミングだ。

「今気づいたんだけど、やっぱり最初に作るべきは『UVカットパラソル』の方だと思うんだ。ローションを塗れば両手が空くというメリットがあるけど。塗り残しの危険性があるからね」

「――？　は、はい」

「だから、明日はパラソルを作ってみようと思う。メイベルも協力してくれる？」

「もちろんです。それはいいのですが……」

「どしたのメイベル」

「お湯をお持ちしてからずいぶんと経《た》ちましたが、どうしてトールさまは……まだ上半身裸でいらっしゃるのですか……？」

メイベルは真《ま》っ赤《か》になって目を伏せてる。

……しまった。

身体《からだ》を拭いてる途中で考えに沈んでしまって、手が止まってた。

「……ごめん」

「いえ、お気になさらないでください。新しいお湯をもらってきますね」

「お願いするよ」

「お任せください」

メイベルは真剣な表情でうなずいた。

「それと、トールさまの背中は私が拭きますから」

「え？」

「私は陛下から、トールさまの健康管理をするように言われております。それに……こ、こんなこともあろうかと、専用のアイテムを用意しておりますので」

「専用のアイテム？」

「み……『水の魔織布《ましょくふ》』で作った、濡《ぬ》れても平気な服です」

そう言って、メイベルはメイド服のボタンを外して――襟元《えりもと》を広げた。

その下には……真っ白な服があった。

「『水の魔織布』で作った水着です。トールさまの健康管理のために、陛下から、ここまではお許しをいただいたのです」

メイベルはそう言って、俺に向かってお辞儀をした。

「トールさまに風邪を引かせるわけにはまいりません。汗を拭くくらいはさせてください」

降参だった。

俺がうなずくと、メイベルは部屋を出て、新しいお湯をもらってきてくれた。

それから彼女は後ろを向き――メイド服を脱いだ。

真っ白な水着が姿を現す。メイベルらしい、飾りのないワンピースタイプだ。

恥ずかしいのか、白い肌が上気してる。

というか、こっちも恥ずかしい。

だから俺は椅子に座って、メイベルに背中を向けた。

「そ、それでは……始めますね」

ちゃぷ、と、メイベルが布を濡らす気配。

それから、ゆっくりとメイベルが背中を拭いていく。

「トールさまの健康を維持するのは、私の役目ですから」

ふわり、と、メイベルの吐息が、背中に触れた。

「して欲しいことがあったら、なんでもおっしゃってくださいね。トールさま」

「……うん」

「私は……トールさまがお側《そば》で安らいでくださるのが、一番うれしいのですから」

ライゼンガ将軍の屋敷での夜。

将軍とアグニスが戻ってきたばかりだからか、廊下を人が行き交う声がする。

アグニスたちの親子ゲンカの声は聞こえなくなっていて、ふたりが部屋を訪ねてきそうな、そんな緊張感の中、俺とメイベルは薄着のまま、側にいる。

なのにゆったりと落ち着いてる。不思議な気分だった。

そうして、時間をかけて、俺はメイベルに背中を拭いてもらい――

「そ、それでは、おやすみなさい。トールさま」

それが終わって振り返ると、真っ赤になったメイベルがいた。

肩がふるふると震えてる。冷静に見えて、本当はむちゃくちゃ恥ずかしかったんだね……。

「ありがとう。おやすみ。メイベル」

「お、おやすみなさい」

メイド服を身につけて、メイベルが部屋を出ていく。

……すごいな。メイベル。

身体を拭いてもらってる間、マジックアイテムのことが頭から飛んじゃってた。

「……メイベルに心配かけないようにしないとな」

とりあえず今日の作業はここまでにして、素直に眠ることにしよう。

第18話「光属性攻撃を防ぐパラソルを作る」

「究極魔術『アルティメット・ヴィヴィッドライト』を防ぐアイテムとは面白い！　必要な素材は用意しよう。ぜひ作ってくだされ、トールどの‼」

次の日。俺はライゼンガ将軍に『UVカットパラソル』の説明をした。

パラソルの能力について詳しく伝えると、将軍は、喜んで素材を提供してくれた。

将軍の厚意だ。ありがたく受け取ろう。

「錬金術師トール・カナン。将軍のご期待に添えるよう、勇者世界に負けないくらいの『UVカットパラソル』を完成させてみせます。魔王領のUV対策のためにも」

「うむ。期待しておるよ。トールどの」

「そういえば、アグニスさんはどうしてますか？　今朝《けさ》は見かけませんけど……」

将軍の執務室に来れば会えるかと思ったんだけど、いないな。

お世話になってるんだから、あいさつしたかったんだけど。

「もしかして、外出されてるんですか？」

「アグニスは近隣まで出かけておる。『光属性』の使い手を探すためだ」

……そういえばお願いしてたっけ。

もう動いてくれたのか。すごいな。

「すいません。面倒なことをお願いしてしまったようです」

「気にすることはないよ。それに、今のアグニスは普通の服を着て出かけるのが楽しいようだ」

将軍は、愉快そうに笑った。

「町の者はまだ、鎧《よろい》ではなく服を着ているアグニスにとまどっているようだが、いずれ慣れるだろう。トールどのの依頼は、アグニスにとっては出歩くのにちょうどいい口実なのだ」

「そう言っていただけるとうれしいです」

本当にいい人だな。ライゼンガ将軍。

いいお父さんがいてうらやましいな……アグニス。

「それじゃ、俺は作業に入りますね」

「うむ。成果を楽しみにしておるよ。トールどの」

そうして、俺は将軍の執務室を後にしたのだった。


「お待ちしておりました。トールさま」

部屋に戻ると、メイベルが待っていた。

長時間の作業を想定してるのか、お茶と焼き菓子を用意してくれてる。

「さすがメイベル。気が利くな」

「トールさまがお仕事に集中できる環境を整えるのも、私の役目ですので」

「ありがとう。メイベル。それじゃ錬金術をはじめるよ」

「はい。トールさま！」

メイベルは緊張した様子だ。

これから作るのが、勇者の最強魔術を防ぐアイテムだからだろう。

光属性の究極魔術『アルティメット・ヴィヴィッドライト』——通称『UV』。

俺たちは、それに挑戦しようとしてるんだから。

「発動『創造錬金術《オーバー・アルケミー》』」

俺はスキルを起動した。

まずは『通販カタログ』に載っている『UVカットパラソル』の構造の確認からだ。

パラソルの表面《おもてめん》は白、裏面は黒だ。

解説文には『当社開発の新キラキラ素材が、降り注ぐ光を散乱させて防ぎます』と書いてある。

光を乱反射させることで、光の属性攻撃を防ぐらしい。

裏面が黒になってるのは、地面に反射する光を受け止めるためだそうだ。さすが、考えられてる。

でも……光を散乱させて防ぐというのが、ちょっとわかりにくいな。

「メイベル。ちょっと『通販カタログ』を開いて持ってみて」

「こうですか？」

「うん。よく見ると、ページの隅に、絵のようなものがあるよね」

「そうですね。パラソルと矢印と、なにかキラキラするものが描かれていますね」

「『新キラキラ素材の仕組み』……？」

これだ。

『UVカットパラソル』がどうやって光の魔力を弾《はじ》いているのか図解されてる。

図の中央には、パラソルの絵があり、降り注ぐ光が矢印で表現されてる。

パラソルの表面には、キラキラした粒が描かれている。

図の中で降り注ぐ光は、そのキラキラしたもので弾かれて、バラバラな方向に拡散している。

横に文字もある。『新キラキラ素材の力でUVカット』──って。

なるほど。

パラソルは光の粒子のようなものを発生させて、光の魔力を防いでいるのか。

魔術は、魔力の流れを妨害すると効果が消える。つまりこの『UVカットパラソル』は、魔力を乱反射させて、拡散してその流れを乱してしまうもののようだ。

「それなら、この『新キラキラ素材』に似た素材を作ってみよう」

作業としては、『魔織布』を作るのと変わらない。

パラソルの布地に属性を付加して、光の魔力をかき乱すようにすればいいな。

『通販カタログ』のパラソルは、薄い一枚布で『アルティメット・ヴィヴィッドライト』をブロックできるようだけど、俺には……そこまでの技術はない。

布を2枚……いや、3枚使わないと、ブロックしきれないようだ。

3層構造で、それぞれに光の魔力を捕らえて、防いで、乱反射させるように設定すれば──

「実行！　『創造錬金術《オーバー・アルケミー》』‼」

ぽんっ！


机の上に、純白のパラソルが出現した。

本体の長さは、約90センチ。柄が透明なのは、中にからっぽの魔石が埋め込んであるからだ。

開いたパラソルの直径は約１６０センチ。かなり大きい。

布地の表面は白。裏は黒。３層構造の布地。

これが光属性攻撃を防ぐアイテム『ＵＶカットパラソル』だ。


『ＵＶカットパラソル』

（属性：光・闇《やみ》・水水水水・風）（レア度：★★★★★★★★★★★★★★）

光属性と強い水属性を付加した第1層で、光の魔力を捕らえる。

光属性と水属性、それに風属性を付加した第2層で、光の魔力を乱反射させる。魔力の流れを乱すことで、魔術を妨害・無効化する。

闇属性を付加した第3層で、光の魔力を吸収する。

吸収した魔力は、柄の部分にある魔石に蓄積される。

『ＵＶカットパラソル』は光属性の攻撃、および魔術攻撃をブロックできる。

光の魔力を源とする攻撃であれば、物理・魔術を問わず防御する。
防御できない場合は、威力を90パーセント減衰させる。
物理破壊耐性：★★★（魔術で強化された武器でしか破壊できない）
耐用年数：３年。
１年間のユーザーサポートつき。

「表面は真っ白なのですね……きれいです」

メイベルは興味深そうに、パラソルを見てる。

「これでどのように光の属性攻撃をブロックするのですか？　トールさま」

「魔力を込めると変化するんだ。ほら」

俺は『UVカットパラソル』の柄を握って、魔力を込めた。

すると──

「わわっ。表面が鏡になりました！　しかも……動いてます」

「銀を埋め込むことで鏡になるようにしてるんだ。うねうね動くのは水属性のせいだよ。これで光の魔力を捕らえて、乱反射させて、バラバラにできるはずだけど……」

まるでスライムみたいに動いてるな。

勇者世界の人たちって、どんなセンスをしてるんだろう。こんなのを持って歩いたら、落ち着かないと思うんだけどな……。

「まぁいいや。それより、光の魔術を防げるかどうか試してみよう」

ベッドサイドに魔力ランプがある。あれを使おう。

「メイベル、そこのランプを点《つ》けてみて」

魔力ランプは、この世界で一般的に使われる灯《あか》りだ。

初歩的な『ライト』の魔術を再現したもので、光の魔石を動力にしている。

「それじゃ、点けますね」

メイベルが魔力ランプに触れた。

光の魔石が反応して、ランプがほのかな光を放って――


ふぃぃん！


『UVカットパラソル』が反応した!?

魔力ランプの光が当たった部分から、光る粒子のようなものが浮かび上がる。

それがうねうねと動いて――光を捕らえる。乱反射させる。

まるで粒子が光を分解しているようだ。

「……これが『新キラキラ素材』の力なのか」

「見てくださいトールさま。魔力ランプの光が……消えていきます」

パラソルの表面では、銀色の粒が飛び回ってる。

そして――魔力ランプの光が徐々に弱くなり……ふっ、と消えた。

「ランプの魔術まで解除するのか……このパラソルは」

「魔力をバラバラに解体することで、魔術を解呪《ディスペル》しているようですね」

メイベルは信じられないものを見るように、『UVカットパラソル』を見つめてる。

「光属性を与えられた新キラキラ素材が、同じ光属性の魔力に干渉して、妨害をしてるんです。だから、光の魔力は乱反射して、バラバラになってしまうんですね」

「結界や障壁で防ぐんじゃなくて、魔術そのものを解除できるのか。すごいな」

「でも、おかしいです」

「というと?」

「この『UVカットパラソル』は『アルティメット・ヴィヴィッドライト』の威力を90パーセント減らすんですよね? なのに、光の魔術を解除しちゃってます」

「それは『勇者の最強魔術は90パーセントカット。それ以下のレベルのものは打ち消す』って意味じゃないかな? 最強魔術を防ぐアイテムだからね。それくらいできてもおかしくないよ」

今まで色々な異世界アイテムを作ってきたけれど、これは桁違《けたちが》いにすごい。

触れた光の魔術をほどいて、問答無用で解呪《ディスペル》しちゃうんだもんな。

「……トールさま」

「どしたのメイベル。難しい顔をして」

「たとえ話ですけど……魔王領に他国の軍隊が攻めてきて、野営したとしますよね」

「うん。野営したとして」

「当然、夜なので灯りを点けますね」

「当然、魔術の灯りだろうね」

「そこに、夜目が利く魔王領の人たちが近づいて、このパラソルを使ったら……？」

「パラソルに魔術の光が触れた瞬間に解呪《ディスペル》されて、野営地が真っ暗になるね……」

おかしいな。

光の攻撃魔術を防ぐアイテムを作ったはずが、闇をもたらすアイテムになっちゃってる。

「でも、魔王領が他国と敵対することはないだろうから、気にしなくていいと思うよ」

「そ、そうですね」

「これはあくまで聖剣を研究するための、光属性対策アイテムだし」

「実験用ですものね」

「実戦に使うのなんて、帝国が聖剣使いか光の魔術使いを連れて来たときくらいだからね」

「そういう機会は滅多にないですよね」

「というわけで、お茶にしようよ」

「はい。トールさま。お菓子もありますよ？」

「もらうよ。うん。おいしいね」

「おいしいですね」

とりあえず、俺とメイベルは落ち着くことにした。

パラソルで『アルティメット・ヴィヴィッドライト』を消せるかどうかは、まだわからない。

実際に光属性の魔術使いにお願いして、実験してみないと。

それも、しばらく先の話だろう。魔王領に光の魔術使いは少ないらしいから。

と、思っていたら——

「トール・カナンさま、いらっしゃいますか⁉　アグニスです！」

ノックの音と、アグニスの声がした。

メイベルがドアを開けると、荒い息をついたアグニスが駆け込んでくる。

「ひ、光属性の魔術使いが見つかりました！」

「本当？　すごいよアグニスさん！」

「こんなに早く見つかるなんて……」

「い、いえ。トール・カナンさまなら、すぐにアイテムを作る準備をされると思いましたので。それに間に合うようにと……」

アグニスが、テーブルの上にある『UVカットパラソル』を見た。

「——思っていたのですが、すでに出来上がっているのですね……」

「……ごめん。つい、やっちゃった」

俺は思わず視線を逸《そ》らして、つぶやいた。

アグニスは『健康増進ペンダント』を握りしめて、笑ってる。

「光属性の魔術使いなのですが……西の森にひっそりと住んでいる種族の中に、そういう者がいるそうなのです」

「西の森……聞いたことがありますね」

「魔王陛下から自治区をいただいている、少数の種族が住む森なので」

少数の種族か。

魔王領はいろいろな種族がいるからね。森を住処《すみか》にしている人たちもいるんだろうな。

「そこに住む羽妖精《ピクシー》の中に、光の魔術が使える者がいるようなのです」

ドレス姿のアグニスは、そんなことを言ったのだった。

第19話「小さくて義理堅い種族と出会う」

「トール・カナンさまのお話をうかがってから、アグニスは屋敷のみんなに話を聞いたのです。でも、知ってる人がいなかったので、今朝《けさ》は……町の方に行っていたので」

ドレスを着てるアグニスを見て、町の人たちはびっくりしてたそうだ。

でも、アグニスが発火能力を抑えることができるようになったと聞いて、喜んだらしい。

そうしてアグニスが『光属性の魔術使い』について訊《たず》ねるうちに、町にいた兵士の一人が、光の魔術が使える羽妖精《ピクシー》のことを教えてくれたそうだ。

「羽妖精って、身長数十センチで、背中に羽が生えている亜人のことだっけ」

羽妖精は、帝国ではほとんど伝説の存在だ。

わかっているのは生息数が少なくて、なぜか女性しかいないこと。

魔力や人の気配に敏感なので、目にすることさえも難しいらしい。

「魔王領には、普通に羽妖精が住んでるんですね」

「はい。あの方たちは魔力に敏感なので、魔王領内の魔力の調査などを担当してるので」

お茶を飲みながら、アグニスは言った。

「土地の魔力の流れなどもわかるので、畑や牧草地を選ぶお手伝いもしてくれます。鉱山を見つけることができたのも、羽妖精のおかげです。でも……」

「でも？」

「あの方たちは、すごく人見知りで、あまり人前には出てこないので」

「頼み事は難しいかな」

「いいえ。実は羽妖精の方から、トール・カナンさまにお目にかかりたいと言ってきているので」

アグニスは言った。

俺とメイベルの目が点になった。

「もしかして、もう連絡を取ったんですか？」

「はい。今回の件とは、別の件なのですけど」

「別の件？」

「羽妖精のいる西の森の近くが……トール・カナンさまの工房と住居の候補地なので、その件で、連絡を取っていたので……」

忘れてた。

俺が将軍の領地に来たのは、工房を作るためでもあるんだっけ。

「お父さまは工房の候補地として、鉱山と町の近くの場所を選ばれました。そこが、西の森の近くなの。でも、西の森は、羽妖精たちの自治区なので――」

「羽妖精たちに『近所に錬金術師の工房を作りたい』って、連絡したんですね」

「それで羽妖精の方から『その錬金術師さまにお会いしたい』という返事が来ていたので」

なるほど。工房のご近所さんになるなら、あいさつしておいた方がいいな。

相手が人見知りなら、ちゃんと話を通しておかないと。

「わかりました。そういうことなら、羽妖精と会ってみることにします。来てもらうのは悪いですから、こちらから出向くようにしたいんですけど、いいですか？」

「大丈夫だと思います。羽妖精も……その方が安心すると思うので」

「ちなみに、羽妖精とはどうやって連絡を取ってるんですか？」

「森の近くに、連絡用の切り株があるので」

アグニスは少し考えてから、そう言った。

「そこに書状を置いておくと、いつの間にか彼女たちが持って行くのです。そうして、気づくと返事が置いてある、というパターンなので」

「……本当に人見知りなんですね」

というよりも、神秘的な存在って感じがする。

まさか魔王領に来て、伝説の種族に出会えるとは思わなかった。

「メイベルは羽妖精について知ってる？」

「エルフの村にいたとき、一度だけ姿を見たことがあります」

メイベルはなにかを思い出そうとするように、自分の耳を突っついてから、言った。

「服の代わりに葉っぱを身体《からだ》に巻き付けて、木々の間を縫うように飛んでいました。でも、詳しいことは存じません。彼女たちは魔王領でも、謎の多い種族なんです」

「お仕事のやりとりも……ほとんど『切り株通信』で済ませているので。お願いしたいことを書いた書状を切り株に置くと、依頼を受けるかどうかの返事が来る……という感じです」

メイベルの言葉を、アグニスが引き継いだ。

「仕事が終わると、羽妖精が調査結果を書いた羊皮紙を切り株に置いて、こちらが報酬を置くという流れになってるので」

「本当に人見知りの種族なんです」

「先方から会いたいと言ってくるのは、本当に珍しいことなので……」

アグニスもメイベルも、びっくりしたのか、早口になってる。

羽妖精が自分から誰《だれ》かに会いたがるのは、本当に異例中の異例みたいだ。

「それじゃ、羽妖精と会うための手配をお願いします」

「承知いたしました。トール・カナンさま」

面会の手配は、アグニスに任せておけば大丈夫そうだ。

ただ、羽妖精が俺——つまり錬金術師に会いたがってるというのが、少し気になる。

もしかしたら、依頼したいことがあるのかもしれない。

となると、羽妖精が使いそうなものを準備しておいた方がいいな。

依頼内容から客の希望を読み取り、それを完璧《かんぺき》に叶《かな》えるアイテムを作るのが一流。

依頼を予測してアイテムを準備しておくのが、勇者世界の超一流だ。だから勇者世界の『通販カタログ』には、あらかじめ用意されたアイテムが並んでるわけだから。

そんなことを考えながら、俺は準備を始めたのだった。

「間もなく西の森に到着いたしますので！」

翌日。俺たちは馬車で、羽妖精が住む西の森へと向かっていた。

『UVカットパラソル』の実験に協力してもらうためだ。

窓から外を見ると、道の先に大きな森が見えた。

あれが羽妖精の自治区、西の森だ。

街道は森の手前で途切れていて、行き止まりのところに大きな切り株がある。

切り口は水平に整えられて、物が置きやすくなってる。

隣には大きな石がある。書状が飛ばないように押さえる文鎮みたいなものかな。

「ここが『切り株通信』の場所？」

「はい。ここに、トール・カナンさまが今日いらっしゃるという書状を置いたのですが……」

アグニスは切り株の上をながめて、不思議そうに、

「書状はなくなっていますが、返事がないので……」

羽妖精は書状を受け取ると、返事を載せてくれるらしい。

でも、切り株の上にはなにもない。待ってると迎えが来るのかな？

そんなことを考えていると──


「お待ちしておりました」

切り株の後ろから、小さな人影が顔を出した。

白い肌。黒い髪。身体には服の代わりに、大きな葉っぱを巻き付けている。

背中には半透明の、きれいな羽がある。

「は、はじめまして。あたくしは、羽妖精のルネでございます……そ、その……」

切り株に隠れながら、小さな羽妖精が、俺たちを見ていた。

「はじめまして。魔王陛下直属の錬金術師トール・カナンです」

俺は地面に座って、羽妖精と目線の高さを合わせた。

大きな相手から見下ろされるとプレッシャーになるというのは、帝国でさんざん学んだ。

うちの父親や貴族の戦士は、みんなガタイがよくて、声のでかい人ばっかりだったし。

「俺は魔王ルキエ・エヴァーガルド陛下のご厚意により、ライゼンガ将軍の領地に工房と屋敷をいただくこととなりました。場所が羽妖精のみなさんのご近所なので、あいさつに来たんです」

「トールさまのメイドで、メイベル・リフレインと申します」

「トール・カナンさまの護衛、アグニス・フレイザッド……です」

メイベルも俺の隣に腰を下ろす。アグニスも同じだ。

俺たちは三人並んで座り、小さな羽妖精と向かい合う。

「伝説の羽妖精さんと出会えてうれしいです。ルネさん」

「ご、ごていねいにありがとうございます」

羽妖精のルネは、ぺこり、と頭を下げた。

「人間の方と話をするのは初めてですけれど……こんなにやさしい種族だなんて……驚きました」

「そうなんですか？」

「はい。伝説によれば、人間とは魔族以上に巨大な力を持ち、大魔術をふるって世界を変えるのが大好き、と、うかがっておりますから……」

それはたぶん、異世界の勇者のことだ。

小さな羽妖精たちにとって、大魔術を乱発する勇者はかなり怖かっただろうな……。

「……錬金術師さまがこんなに優しいお方なら……安心して、話ができます」

羽妖精のルネはゆっくりと、俺の膝《ひざ》のあたりに近づいてくる。

「お手に乗せていただいて、よろしいでしょうか？」

「手に？」

「その方が話しやすいと、思います。よろしければ、ですが」

「いいですよ。どうぞ」

俺は手を差し出した。

羽妖精のルネは、半透明の羽を動かして飛び上がり、俺の手の平に着地する。

小さい。そして軽い。うかつに触れたら壊してしまいそうだ。

「信じられません……羽妖精が、誰かの手に乗るなんて……」

「アグニスもそんなお話……聞いたことない……ので」

「羽妖精が人や亜人、魔族の手に乗るのは……信頼の証《あかし》でございます」

俺が手を握るだけで、小さな羽妖精の身体《からだ》はこわれてしまう。

だから手の平に乗るのが『相手を信頼している』という意味だというのはわかるんだけど……。

「でも俺は、そこまで信頼されるようなことをしてないですけど……」

「羽妖精《ピクシー》がこのように相手を信頼するのは……お願いをしたいときで、ございます」

羽妖精のルネは広げていた羽を閉じた。

これでもう、すぐに飛び立つことはできない。

完全にこっちに生命を委ねた状態で、羽妖精ルネは顔を上げて、俺を見た。

「これは『あたくしはあなたを信頼します。だから、あたくしたちを助けてください』という意思表示でございます。錬金術師さま」

「そこまでしなくてもいいです。俺は魔王陛下直属の錬金術師です。依頼があれば聞きますよ」

「そういうわけにはまいりません」

でも、羽妖精のルネは首を横に振った。

「羽妖精は魔王領で自治区をいただいておりますが、それに見合うほどの成果を挙げておりません。そんな羽妖精が、一方的に頼み事をするなどというのは、許されないのでございます」

真面目《まじめ》だった。

「そもそも羽妖精は、このように葉っぱを利用した服しか着ることができないのです。そのような姿で人前に出ることこそ失礼。なのに頼み事をするのですから、あなたさまに生殺与奪の権をゆだねるのは当然のことかと」

深刻だった。

「あたくしが応接役に選ばれたのも、魔王陛下と同じく闇属性を持ち、闇の魔力を操れるからなのです。そのような者が命を差し出すならば、願い事を聞いていただいても構わないだろうと」

重すぎた。

「……あの、メイベル、アグニスさん」

俺はふたりに訊《たず》ねた。

「羽妖精さんって、こんなに生真面目《きまじめ》で重い性格の種族なの？」

「いえ、私も……初めて知りました」

「依頼を確実にこなしてくださっているのは知っていますが……性格までは」

メイベルとアグニスもびっくりしてる。

ふたりも羽妖精がこんな性格だってのは、知らなかったらしい。

というか、羽妖精が人前に姿を現さなかった理由が、さりげなく告白されてるんだけど。

――羽妖精は葉っぱの服しか着られない。

――そんな姿で人前に出るのは失礼。

羽妖精がめったに人前に姿を現さなかったのは、そんな理由だったのか。

「仲間の羽妖精？」

「あたくしは、仲間の羽妖精のことで、錬金術師さまにお願いをしたかったのでございます」

「はい。錬金術師さまに、光属性の持ち主であるあの子を助けていただきたいと……」

羽妖精ルネは俺の人差し指を抱きしめて、そう言った。

「強力な光の魔力を持ち……そのために身体が弱く、すぐに寝込んでしまうあの子――光の羽妖精ソレーユを……どうか助けていただけませんか」

「わかりました。話を聞かせてくださない」

「――え⁉　そ、そんなにあっさり⁉」

「俺は魔王陛下直属の錬金術師ですからね。魔王領の人たちの依頼を聞くのは当然のことです」

ずっと憧《あこが》れだったからね。工房を開いて、錬金術師として依頼を受けるのって。

それに、魔力関連なら力になれるかもしれない。

「事情を聞かせてもらえますか。ルネさん」

「は、はい」

ルネはうなずいて、話を始めた。

「――羽妖精は、光・闇・地・水・火・風のうち、ひとつの属性を持って生まれてまいります。魔力の流れに敏感なので、土地ごとの魔力の調査や、狭い場所などを調べたりといったお仕事をいたしております」

魔族と亜人たちが北の地にやってきたとき、畑に向いた土地や、放牧に向いた土地を見つけ出したのも羽妖精たちらしい。

そのお礼として、当時の魔王は羽妖精に自治区を与えたそうだ。

「森の中で、羽妖精は暮らしてまいりました。そうして『光属性の羽妖精』であるソレーユと、『闇属性の羽妖精』である、あたくし――ルネが生まれたのです。ですが、ソレーユは……」

ルネの妹のソレーユは、生まれつき身体が弱かった。

ちょっと動いただけですぐに熱が出てしまう。

強い光の魔術が使えるけれど、使ったあとは3日は寝込むということだった。

「おそらく、強すぎる光の魔力が、身体に悪影響を与えているのでございましょう」

羽妖精ルネは言った。

「光の魔力は『有』『存在の力』を意味いたします。それが身体をスムーズに流れている間は、強力な力となりますが、少しでも滞ってしまうと……重荷となってしまうのでございます」

「滞った光の魔力が、身体に負担をかけてしまうってことですか」

「そうです。羽妖精は身体が小さい分だけ、魔力の影響を受けやすいのです」

「解決法はないんですか？」

「川で水浴びすることで、一時的に症状をやわらげることができます」

ルネは森の向こうを指さした。

「そうすることで、羽妖精は魔力の循環をよくすることができるのです。ですが……ソレーユは魔力が滞ることが多いため、１日に何度も水浴びしなければいけないのです」

「なるほど」

「それに、あの子は流れがゆるやかな場所でも、流されてしまうことがあります。安全で、身体に負担がかからず、１日で何度も水浴びできるものがあればいいのですが……」

「わかりました。では、これを使ってください」

俺は『携帯用超小型物置』から『フットバス』を取り出した。

「え？　あれ？　な、なんでございますか、これは！」

「魔力の循環を改善させる『フットバス』――お風呂《ふろ》のようなものです」

「え、ええええええっ⁉」

「とりあえず試しに、使ってみてください」

おみやげとして、予備を作っておいてよかった。

羽妖精なら全身が『フットバス』に入る。水浴び場やお風呂として使えるはずだ。

「前にこれで、メイベルの魔力循環を改善したことがあったよね」

「はい。トールさま……今でも、２日に１回は使わせていただいています」

メイベルは照れくさそうに、そう言った。

「おかげで私の魔力の流れはすっかりよくなりました。羽妖精にも効果はあると思います」

「……『フットバス』はアグニスも使わせて……いただきました」

アグニスが、ぽつり、とつぶやいた。

「すごく、気持ちよかったのです。大型の『フットバス』があったら、みんな欲しがると思います。しゅわしゅわのお風呂で……大事な人の、お背中を流してさしあげたいです……」

大型の『フットバス』？

つまり『流水振動機能付き』のお風呂か。

……………うん。いいな。すごくいい。

羽妖精なら『フットバス』をお風呂にできるけど、普通の人は足しか入れられないもんな。全身をしゅわしゅわされながらお風呂に入ったら、すごく気持ちいいよね。

でも、お風呂そのものを作るのは難しいな。

となると、振動を発生させるマジックアイテムを風呂桶《ふろおけ》に入れればいいいな。魔王城のお風呂に設置したら、みんな喜んでくれそうだ。帰ったらすぐに設計して──

「トールさまトールさま」

「しっかりしてください。トール・カナンさま」

「――はっ」

気づくと、メイベルとアグニスが俺の背中を突っついてた。

羽妖精のルネも、ぽかん、としてる。

いけない。アイテムの説明中だったっけ。

「すいません。ちょっとぼーっとしてました」

「い、いいえ、お気になさらず」

羽妖精のルネは、うなずいた。

「『フットバス』は、火の魔石で水を温めて、風の魔石で水の流れと泡を生み出すアイテムです」

俺は切り株の上に『フットバス』を置いた。

羽妖精のルネはおそるおそる中に入る。

水が入ってない『フットバス』の中でルネは両脚を抱いて、勇者世界で言う『体育座り』のポーズになる。その状態で『フットバス』から頭が出てる。お風呂にするにはちょうどよさそうだ。

俺はルネに使い方を説明する。

火の魔石で水を温めて、風の魔石で泡と水流を作るだけだから、すぐに使いこなせるはずだ。

「風の魔力には『循環』の意味があります。その力が溶け込んだお湯に浸《つ》かることで、魔力循環を改善することができるんです。まずは、使ってみてください」

「……か、感謝いたします。錬金術師さま」

そう言って、ルネは『フットバス』から出た。

「ありがたく使わせていただきます。このご恩は忘れません……」

ルネは『フットバス』に触れながら、俺に向かってお辞儀をした。

でもまだ、深刻そうな顔をしてるな。

「もしかして、他にもなにか問題があるんですか？」

「……錬金術師さまにはお見通しなのですね」

羽妖精のルネは、困ったような顔で、ため息をついた。

「ソレーユは服を着ていると飛ぶことができないのです」

「服を着てると……飛べない？」

「羽妖精は空を飛ぶとき、服に魔力を通して自分の身体《からだ》と一体化させるのです。服を通して空気の流れを感じ取り、風に乗って飛ぶために」

そう言ってルネは、木の葉の服をつまんだ。

「だから、羽妖精が飛ぶためには魔力の通りやすい服を着る必要があるのです。そして、生きている木の葉は、とても魔力を通しやすい素材です」

「羽妖精さんが木の葉の服を着ているのは、そういう理由だったんですね」

「もっとも、数日着ていると枯れてしまうので、仕立て直さなければいけないのですが」

だから羽妖精は、他の種族と一緒に過ごすのが難しいそうだ。

木の葉の服が枯れはじめたら、すぐに次の服を探さなきゃいけないから。

飛ぶのって意外と大変だったんだね……。

「でも、ソレーユは木の葉にうまく魔力を通せないのです。おそらく光の魔力の特性だと──」

「わかりました。じゃあ、これをどうぞ」

俺は『携帯用超小型物置』から『光の魔織布《ましょくふ》』を取り出した。

「こっちは光属性の布です。同じ属性なら、光の羽妖精《ピクシー》さんの魔力も通るはずです」

「ひ、ひ、光属性の布⁉　そんなものがあるのでございますか⁉」

「そうです。これなら服に使えますよね？」

できれば、この場で簡単な服にして渡したいんだけど……。

ここは、メイベルとアグニスの力を借りよう。

「メイベル。ここで妖精さんサイズの服を作ることはできる？」

「大丈夫です。メイドのたしなみとして、裁縫道具を常備しております」

メイベルは、ぽん、と胸を叩《たた》いた。

さすがメイベル、頼りになるな。

「それじゃ『光の魔織布』を使って、光の羽妖精さん用の服を作ってくれないかな」

「わかりました。簡単なものならすぐに作れると思います。でも、『光の魔織布』で作ると、服が透明になってしまいますが……」

「布を重ねたり、間に空気を入れるようにしたらどうかな」

前に『光の魔織布』で天幕を作ったとき、布が重なったところは透明度が落ちていた。

何枚か重ねたり、間に空気を入れたりすると、光が通りにくくなるみたいだ。

「なるほど……布を折りたたんでひだを作ったり、布を何枚か重ねたりすればよいのですね！」

「あとは、シワのある部分も、光が通りにくいと思うよ」

そう言ってから俺はアグニスの方を見た。

彼女が目を輝かせて、すごく、なにか言いたそうな顔をしてたから。

「アグニスさんはどう思いますか？」

「帯をつけるのも良いと思います！　あとは襟《えり》をつけたり、スカート部分を折りたたんでたくさんプリーツを作るのもいいので。厚みが増えますので」

「じゃあ、お願いしてもいいですか？」

「わかりました。アグニスも、人形の服を作ったことがありますので！」

「一緒に作りましょう。アグニスさま」

「うん。メイベル」

そう言って、メイベルとアグニスは馬車に戻っていった。

「……光の属性を持つ布があったなんて……」

気づくと、羽妖精《ピクシー》のルネが切り株の上で、震えてた。

「現在の魔王陛下……ルキエ・エヴァーガルドさまのもとで、魔王領はこれほどの進歩をとげていたのでございますね……」

「そうですね。ルキエさまのもとだと、俺も働きがいがあります」

「あたくしも、森を出て……世界を見てみたくなりました」

「世界を？」

「はい。錬金術師さまが変えていく世界を見て、変わっていく世界に関わりたいのです」

「じゃあ、他の羽妖精さんたちに光・闇《やみ》・地・水・火・風の『魔織布』を──」

いや、待てよ。

そういえばケルヴさんに言われてたな。マジックアイテムを個人的に渡すのはいいけど、たくさんの相手にマジックアイテムを渡すときは、許可を取るようにって。

「少し時間をもらえますか？　たくさんの『魔織布』をあげるには、宰相閣下の許可が必要なんで」

「い、いただけるのですか⁉」

「許可が取れたら、ですけどね」

「………………あ、ありがとうございます」

羽妖精のルネはそう言って、ふわり、と飛び上がる。

俺の目の前までやってきて……そのまま彼女は、俺の額に口づけした。

「羽妖精を代表してお礼を申し上げます。羽妖精の生き方を変えてくださる方に、最大限の敬意と忠誠を。羽妖精の力が必要なときは、いつでもおっしゃってください。あなたの羽として、大陸のどこへでも飛びます」

「それは、光の羽妖精さんの問題が解決してからでいいですよ」

「はい。錬金術師さま」

真面目《まじめ》な顔で、何度もうなずく羽妖精のルネ。

距離が近すぎて、俺の額に頭突きをする感じになってる。痛くないけど。

それがなんとなくおかしくて、思わず笑みがこぼれてくる。

本当に生真面目《きまじめ》で義理堅い種族なんだな。羽妖精って。

それからしばらくして、メイベルとアグニスが馬車から出てきた。

ふたりが作った『それほど透けない「光の魔織布」の服』は完璧《かんぺき》だった。

手の平に載せて透かしてみても、ぼんやりと手の形がわかるだけ。

これなら、着ても恥ずかしくない……と、思う。たぶん。

「ありがとうございました。錬金術師さま。皆さま」

『それほど透けない服』を手にしたルネは、笑ってた。

「このご恩は忘れません。ソレーユの具合がよくなったら、一緒にあいさつにうかがいます」

「待ってます」

俺は言った。

「これから俺たちは工房の下見に行くんですけど……もしかしたら、羽妖精さんたちのご近所さんになるかもしれません。場所が決まったら連絡しますから、いつでも遊びに来てください」

「錬金術師さまも森にいらしてくださいね。大歓迎いたします」

羽妖精のルネは宙を舞い、俺の正面に来て、そう言った。

「あたくしたち羽妖精は、錬金術師さまの命に従うでしょう。羽妖精は義理堅く、恩を返すのをよろこびとする種族でございますから……」

空中を飛び回りながら、ぶんぶん、と手を振るルネに、別れを告げて――

俺とメイベルとアグニスは馬車に乗り、次の場所へと向かったのだった。

第20話「工房に向いた場所の下見に行く」

西の森を離れてから、数時間後。

俺とメイベルとアグニスは、とある町に立ち寄っていた。

今日はここで、ライゼンガ将軍の部下と合流することになっているからだ。


「お待ちしておりました。将軍の執事をしております、ローンダルと申します」

町の入り口では、ガタイのいい老人が待っていた。

短めの髪と、長いヒゲを生やしている。

「将軍の命により、錬金術師トール・カナンどのの工房の候補地にご案内させていただきます。どうか、よろしくお願いいたしますぞ！」

ローンダルさんはそう言って、一礼した。

俺がライゼンガ将軍の領地に来たのは、工房の場所の下見をするためでもある。

そのために将軍は、案内役を手配してくれたんだ。

「お手数をおかけしてすいません。ローンダルさん」

「いやいや、礼など必要ありませんぞ、トール・カナンどの！」

ローンダルさんはヒゲをなでながら、笑った。

「あなたさまのおかげで、アグニスお嬢さまは鎧《よろい》を脱げるようになったのですからな。そのような方のお役に立てるのなら、自分も仕事のしがいがあるというものです！　ふはは！」

「ローンダル。大声を出したら、トール・カナンさまがびっくりするので」

「これは失礼！」

ローンダルさんは俺の手を取り、一礼した。

「ではさっそく、私どもが厳選した場所にご案内いたしましょう！　工房の場所は町に近く、水の豊富な場所がよろしいのでしたな？」

「はい。あとは採取ができそうな山や森が近くにあると助かります」

「承知しております。ですが申請していただければ、必要な素材をこっちで採取してまいりますよ」

「いや、そこまでしていただくわけには……」

「気にせんでください。将軍からは可能な限り、トール・カナンどのに便宜をはかるように言われておりますのですからな！」

片目を閉じて、にやりと笑うローンダルさん。

……ライゼンガ将軍、いい人すぎるよ。

「工房の候補地として、以前に商人や魔術師が使っていた場所を選んでおきました」

ローンダルさんは話を続ける。

「そういう場所は町からも近いですからな。建物が残っておれば、それを改築するだけで済みましょう。工房ができるのも早くなりますからな」

「確かに……そうですね」

土地から探すより、すでにある建物を改築した方が早い。

誰《だれ》かが住んでいたなら、そこは住むのに適した場所ということになるからだ。

あとはその土地が、魔力に満ちた場所だと助かるんだけど。

光・闇《やみ》・地・水・火・風の各属性の魔力がある場所なら、『創造錬金術《オーバー・アルケミー》』が使いやすい。魔石の魔力だって、すぐに溜《た》まる。錬金術をやるには最適だ。

でも、魔力の多い場所には、もう誰か住んでるだろうし、あんまりぜいたくも言えないな。

──そんなことを考えながら、俺たちは馬車で目的地に向かったのだった。


「ここは、以前に食堂だった建物になりますぞ」

ローンダルさんは言った。

俺たちがいるのは、町を見下ろせる小高い丘。

将軍の屋敷も見える。行き来するにはちょうどよさそうだ。

「3カ所ある候補地のうち、ここが一番、町に近いですぞ。ごらんください」

「大きな建物ですね……」

メイベルは目の前の屋敷を見て、目を丸くしている。

俺もびっくりだ。俺とメイベルのふたりで住むには、この屋敷は立派すぎる。

目の前にあるのは広い、2階建ての建物だ。

ここは昔、評判のいい食堂だったけど、料理人が齢《とし》を取って引退したそうだ。その人がやめて料理の味が落ちたとかで、やがて閉店した。その後は使われていないとか。

「場所は悪くないな。ここなら、すぐに工房にできるんじゃないかな」

屋敷のまわりには菜園の跡がある。

たぶん、ハーブなんかを作っていたんだろうな。今は荒れ果てて、なにも生えてないけど。

庭には井戸もある。板でフタをしてあるのは、土や砂が入らないための処置だ。

「建物は、トール・カナンさまのご希望通りに改築すると、お父さまはおっしゃっていました」

アグニスが俺に資料を渡してくれる。

資料には、屋敷の間取りが描かれてる。部屋の広さと数は、まったく問題なし。

菜園があったのなら、地の魔力は十分なはずだ。井戸があるなら水の魔力も流れてると思う。

いい風が吹いてるから、風の魔力も大丈夫。

火は……ちょっとわからないか。

「いい場所を紹介していただき、ありがとうございます。ローンダルさん」

まさか1カ所目で、こんなにいい場所に出会うとは思わなかった。

あちこち回る必要もないかな。ここに決めれば──

ぱたぱた、ぱたぱた。

「──ん?」

変な音がした。子どもが手を叩《たた》くような音だ。なんだろう。

アグニスでもローンダルさんでもない。

メイベルは、家のまわりの柵《さく》をチェックしてる。彼女でもない。


ぱたぱた。ぱたたたたっ！


音がしてるのは、建物の屋根のあたりからだ。鳥かな？

そう思って見てみると──


「「「じ────っ」」」


屋根の上から、小さな人影が顔を出してた。

俺の注意を引こうとしてるみたいに、一生懸命、屋根を叩いてる。

4人とも、身長は数十センチくらい。背中には透明な羽が生えてる。羽妖精《ピクシー》だ。

「……どうしてこんなところに……？」

「どうされたのですか？　トールさま」

「いや、屋根の上に……」

「屋根の上、ですか？」

さっ。


メイベルが視線を向けた瞬間、羽妖精たちは屋根の後ろに隠れた。

「しーっ」って、かすかな声がする。ないしょにして欲しいらしい。

そういえば羽妖精って、人見知りなんだっけ。

「……なにもいないようですね」

「なにもいないようだね」

メイベルの視線が逸《そ》れると、ふたたび羽妖精たちが屋根の上に顔を出す。

数は4人。髪の毛の色は、黄色と青、赤と緑。

それぞれ地・水・火・風属性の色だ。

ということは彼女たちは、それぞれの属性の羽妖精ってことか。

でも、どうしてこんなところにいるんだろう?


ぱたぱた。ぱたぱた。


ふたたび、羽妖精たちが俺の注意を引くように、屋根を叩く。

それから彼女たちのうち2人がゆらゆらと身体《からだ》を揺らしながら……屋根の向こう側に隠れた。

残る2人は両手を振ってる。

髪の色は赤と緑。と、思ったら緑がもうひとり出てきた。

え？　なにこれ？　なにかのメッセージ？

恥ずかしがり屋の羽妖精が、意味もなくこんなことをするとは思えない。

となると……俺になにかを教えようとしてるのかな。

俺にわからなくて、羽妖精にわかるものといえば……魔力だろうか。

羽妖精は魔力に敏感だ。魔力の流れがわかるから、魔王が土地を選ぶときにも手助けしてる。

最初に姿を見せた4人は、髪の色が違ってた。

それぞれ地・水・火・風4属性の色だった。

それが引っ込んで、火属性の子が1人、風属性の子が2人出てきた。

ということは……。

「この場所には4属性の魔力はそろっていない。強い風の魔力と火の魔力があるけど、水と地の魔力が弱い……とか？」

俺がつぶやくと、羽妖精たちが手を叩く動作をした。正解らしい。

「どうされたのですか？　トールさま」

「えっと……土地の魔力について考えてたの……かな？」

「土地の魔力ですか？」

「菜園になにも生えてないのは、地の魔力が弱いせいじゃないかって思って」

「……あ」

メイベルが、はっとした顔になる。

「そ、そうですね。普通だったら雑草くらいは生えているはずです。それがないということは……

土の力が足りないのかもしれません。地の魔力が弱ってることは、十分考えられます！」

「やっぱり」

それから俺は、ローンダルさんの方を見た。

「あの……ローンダルさん。もしかしてこの土地の井戸って、涸《か》れてませんか？」

「え？　いやいや、そんなはずは……」

「トール・カナンさまのおっしゃる通りです。井戸が涸れてます……」

井戸を覆っていた板と重しの石を、ひょい、と持ち上げて、アグニスが叫んだ。

「カラカラです。湿り気さえないので……」

「そんなばかな……定期的にメンテナンスをしているはずが……」

ローンダルさんが井戸をのぞき込む。

俺とメイベルも一緒に下を見ると——

「カラカラですな」

「涸れてますね」

「水の気配もありませんね」

すごいな。羽妖精たち。

一瞬で、この場所にどんな魔力があるのか見抜いたのか……。

さっき見たとき、水属性の羽妖精は完全に姿を消してた。

ということは、ここの水の魔力は本当に弱いということだ。

この店を使っていた人が引退してから、地下水の流れが変わったのかもしれないな。

「どうしてわかったのですか⁉　トール・カナンどの‼」

ローンダルさんが、興奮した顔で俺を見てる。

「一目で井戸の状態を見抜いてしまうなんて……。ここは自分が月に一度は見回りをしていたのですぞ。その自分でも井戸が涸れたことに気づかなかったのに……どうして」

「……えっと」

俺は建物の屋根に視線を向けた。

羽妖精たちが屋根から腕だけ出して、バツ印を作ってた。

つまり……黙ってて、ってことかな。

「井戸のことに気づいたのは、直感です」

「錬金術師さまのお力はすさまじいのですな‼」

「井戸の中を見なくてもわかるなんて……すごいです」

ローンダルさんもアグニスも感心してる。

メイベルは――

「さすがトールさまです。お優しいです」

彼女は横目で屋根の方を見ながら、言った。

なにがあったのか気づいたらしい。

「とりあえずこの場所は保留ということにして、次の場所に案内してもらえますか」

「承知いたしました！　トール・カナンどの！」

「ちなみに次の場所はどのあたりですか？」

「ここからやや南に下った、街道沿いです。近くには温泉がありますからな。おすすめですぞ」

「ここからやや南に下った、街道沿いで、近くには温泉があるんですね？」

「どうして復唱されるのですかな？」

「……なんとなくです」

建物の方を見ると……羽妖精たちが屋根の上に、ぐっ、と親指を突き出してた。

二度言ったおかげで、ちゃんと伝わったらしい。

「トールさまのお側《そば》にいると、不思議なことが起こりますね……」

俺の手を取って、メイベルは言った。

やっぱり横目で屋根の方を見ながら、うれしそうに、

「こんなに楽しい旅ははじめてです。次の場所に参りましょう、トールさま」

「うん。一緒に行こう」

「はい。トールさま」

笑顔で宣言するメイベルと、屋根をぱたぱた叩く羽妖精さんたち。

俺とメイベルが馬車に入ると……天井から、なにかが着地したような音がした。

羽妖精さんたちが馬車の屋根に乗ったのかな。

そういえば西の森で闇《やみ》の羽妖精のルネに話したっけ。これから工房の下見に行くって。

それを聞きつけてついてきたのかな。

……まぁいいか。

お礼はあとですることにして、今は工房の候補地めぐりを続けよう。

第21話「お手伝いへのお礼について考える」

2カ所目の家がある場所は、土地の魔力がすごく偏ってた。

ぱたぱた。ぱたぱた。ぱたぱたぱたぱた！

屋根の上にいたのは、火属性の羽妖精だった。しかも3人。
真《ま》っ赤《か》な髪の羽妖精たちは、両腕を空に向かって伸ばして、ゆらゆらと揺れてる。
もしかしたら、炎をイメージしてるのかもしれない。
隣に黄色い髪――地属性の羽妖精もいる。
1人だけ。控えめに頭を出してる。他の羽妖精は姿を見せない。
つまりこの場所は、火の魔力がすごく強い。地の魔力も少しある。
でも、他の魔力は感じ取れないくらい弱いということらしい。
ここの建物はまだ新しい。温泉も町も近いから、場所は最高なんだけど……。
「ここはとりあえず保留にして、次の場所に案内してもらえますか？」
魔力が偏りすぎてる場所は、錬金術の工房には向かない。
というわけで、俺たちはそのまま、最後の候補地に向かったのだった。

「ここが、最後の場所になりますぞ」

ローンダルさんはヒゲをなでながら、そう言った。

俺たちの目の前には2階建ての屋敷がある。

大きさは十分。庭も広いし、井戸も完備してる。水もたっぷりだ。

「ここは古い屋敷で……以前に誰《だれ》が使っていたか記録に残っていないのです。定期的にメンテナンスはしているのですが、由来のわからない場所をおすすめするのは気が進まぬのですよ」

でも、建物そのものは悪くない。

工房にできそうな広間もある。屋敷内の水場も多い。これなら料理も洗濯も楽にできる。

お風呂場《ふろば》が広いのもいいな。

『フットバス』を応用した『浴槽しゅわしゅわ作戦』の実験もできそうだ。

「うん。悪くないな」

気になるのは、町から少し遠いことか。

ただ、森や鉱山がすごく近いから、採取をするのにはちょうどいい。

西の森も見える。羽妖精たちにも会いに行ける。

「で、その羽妖精たちの意見は……」

俺は建物の屋根を見た。

ぱたぱた、ぱたぱた。

ひょこひょこ、ひょこひょこ。


相変わらず屋根の上から顔を出している。

今度は地属性と水属性と風属性が２人ずつ。火属性が１人。合計７人。

その中に、黒い花を持ってる子が２人いる。なんだろう。あれ。

「もしかして、闇の魔力を表してるの？」


こくこく、こくこく。


花を持ってる羽妖精《ピクシー》たちがうなずく。

闇の羽妖精はルネだけ。だけど、彼女はソレーユの面倒を見てる。

だから花で代用してるんだろうな。

「つまり……この土地に宿る魔力は、強めの地と水と風と闇、あとは火ってこと？」


こくこく。こく。うんうん。こくこく、こくこくっ！

横一列で順番にうなずく羽妖精さんたち。

となると、工房の候補地のうちで一番魔力が豊富なのはここってことか。

1カ所目はアクセスはいいけど、水と地の魔力が弱い。

2カ所目は火属性が強すぎる。

そして、ここはバランスよく5属性がそろってるから、工房にはちょうどいいわけだ。

「羽妖精さんたちって、すごいですね」

メイベルが俺の耳元でささやいた。

「エルフでも、土地の魔力を調べるのは大変なのですけど……羽妖精さんたちは、感覚的にわかっちゃうんですね……」

「俺は、羽妖精さんたちに気づいたメイベルの方がすごいと思うけど」

「いえ……私が見ていたのは、トールさまの方で……」

照れたようにつぶやくメイベル。

「トールさまがご覧になっているものを、私も見たいなって思ったら……羽妖精さんがいるのに気づいたんです」

「そ、そうなんだ……」

「そうなんです……」

「…………」

「…………」

「そ、それより、羽妖精さんの話だけど」

「は、はい。羽妖精さんの話ですね」

「魔力を調べてくれたことへの、お礼をしたいと思うんだ」

人見知りなのに、がんばってついてきてくれてる。

今だって屋根の向こうに隠れてる。服がエントツに引っかかって、脱げかけてる子もいるけど。

「ルネさんが言ってたよね。羽妖精さんたちが人前に出ないのは、木の葉の服が恥ずかしいからだって。それと服がすぐに枯れて、新しい木の葉で仕立て直さなきゃいけないからって」

「そうですね。本当はみなさんも、魔王領の人たちと一緒に生活したいのかもしれません」

「……だよね」

でも『魔織布《ましょくふ》』なら、羽妖精たちの服にできる。

ストックはたくさんあるから、プレゼントしたいんだけどな。

「俺のアイテムを大勢に渡すときは、宰相ケルヴさんの許可を得なきゃいけない。でも……数人の知り合いに渡すくらいなら、問題ないかな？」

「ぎりぎりですね……」

「ぎりぎりかー」

「でも、トールさまらしいと思いますよ」

そう言って、メイベルは笑ってくれた。

「地・水・火・風・闇《やみ》の羽妖精さんに、1着ずつですよね？」

「洗濯することも考えて2着ずつ。そうすれば羽妖精さんたちも人前に出られるようになるよね。自由に、魔王領の人たちと一緒に暮らすこともできるようになると思うんだ」

「……ですね」

メイベルは首をかしげてる。

許可が必要かどうか、ぎりぎりのライン、ってことか。

羽妖精たちにはもう、光属性の服と『フットバス』を渡してる。

これ以上アイテムをあげるためには、許可を取った方がいいんだろうな。

「申請書を魔王城に届けるまで、少し時間がかかるよね」

「はい。大急ぎで届けてもお城までは1日。往復で2日くらいでしょう」


ぱたぱた。ぱたぱた。


「将軍にお願いすれば早馬を出してくれると思うけど……そこまで迷惑をかけたくないな」

「将軍の領地からは、お城へ定期便が出ていると思います。それを利用されるのはどうですか？」

「時間はかかるけど、それが無難かな」


ぱたぱたぱた！　ぱたぱた！

「帰って申請書を書いて、定期便を出す場所を調べて……それで送るって流れかな。俺専用の、手紙を届けてくれる通信兵がいるわけでもないんだから──」

「「「「「とどけますーっ‼」」」」」

いきなりだった。

屋根の後ろに隠れていた羽妖精さんたちが、一斉に姿を現した。

「羽妖精さんたちが、どうしてここに⁉」

「ぴ、羽妖精がこんなにたくさん⁉　はじめて見ましたぞ……」

いきなり現れた羽妖精たちに、アグニスもローンダルさんもびっくりしてる。

でも、羽妖精たちはふたりを気にしてない。

というか、ふたりと目を合わせようとしてない。恥ずかしいんだね……。

それぞれ地地、水水、火、風風――各属性の羽妖精たちは、俺のまわりを飛び回ってる。

「錬金術師さまは、ソレーユの恩人なのでございます」

「おこまりのときは、無条件でお助けいたします」

――落ち着いて礼儀正しいのは、地属性の羽妖精たち。


「……手紙、とどける」

「……無理じゃない。やりたい」

――クールなのは、水属性の羽妖精たち。

「それが羽妖精に関わるものなら望むところ！　わーたーしーてー」

——熱心に服の袖《そで》を引っ張ってるのは、火属性の羽妖精。

「手紙をポイしてください運びます！　お城までひゅーんします！」

「ひ、人前に姿を現すのは恥ずかし……あ、ふ、服がほどけそうに……」

——フィーリングでしゃべってるのは、風属性の羽妖精たちだ。

「——待って」

俺は言った。

羽妖精さんたちは、ぴたり、と沈黙した。

それから、俺の隣にいるメイベルを見た。

アグニスを見て、ローンダルさんを見た。

自分たちが姿を隠していないことに気づいて、そして——

「「「「「それーっ！」」」」」

羽妖精さんたちは、一斉に俺の上着の裏に隠れた。

いや、無理だろ——と思ったけど、4人は上着の内側に鈴なりに、残りの3人はみんなの死角になるように、俺の背中にくっついてる。どうしよう……。

「とりあえず、お礼から……かな」

俺は羽妖精さんたちに頭を下げた。

「土地の魔力についてアドバイスをくれて、ありがとうございました」

「「「「「いえいえー」」」」」

「おかげで魔力に満ちた土地がわかりました。工房を開くならこの場所が最適だと思います。お礼も兼ねて、俺はこれから、もう一度西の森に行くつもりです」

俺は羽妖精さんたちに『魔織布』の服をあげたいと思ってる。

木の葉の服が何度もはだけるのを見ちゃったし、土地の魔力のことで助けられたから。

「だけど、まずは光の羽妖精ソレーユさんにお会いしたいんです」

俺は上着をめくって、しがみついてる羽妖精さんたちに、言った。

「『魔織布』の服を着た感じとか、変な影響が出てないか、確認したいので。だから、ソレーユさんと直接お話ができるか、先に森に戻って確認してください」


「「承知でございますー！」」

「……わかったの」「……おまかせー」

「炎の矢のごとき速度で参ります！」

「ららー」「わ、わわっ。待って待ってー！」

羽妖精さんたちは一斉に、西の森の方へと飛んでいった。

あとには俺とメイベル、呆然《ぼうぜん》とするアグニスとローンダルさんが残された。

メイベルはともかく、アグニスとローンダルさんは放心状態だ。

いきなり羽妖精たちが出てきたから、びっくりしたらしい。

「トール・カナンさま…………一体、なにがあったのですか？」

アグニスは、やっと、それだけをつぶやいた。

「いつの間に羽妖精たちが……？　いつから、いたのですか……？」

「実は、ずっといたんです。西の森から、羽妖精さんたちがついてきちゃってたみたいで」

「あの神秘の種族が、トール・カナンどのに？」

ローンダルさんが声をあげた。

「どうやって羽妖精の信頼を得たのですか⁉　彼女たちがあれほど人に近づくのは見たことがございません！　しかも、服に隠れるなど……どれほどの信頼があれば……」

「あの子たちは、義理堅い種族ですから」

ソレーユに『フットバス』と『光の魔織布』の服をあげたのを、恩に感じてるんだろうな。

それで種族まるごと、俺の手助けをすることにしたみたいだ。

「あの子たちは、土地を選ぶ手伝いをしに来てくれたんです。一軒目の井戸が涸《か》れてるのがわかったのも、二件目を保留にしたのも、あの子たちからアドバイスしてもらってたからなんです」

俺はアグニスとローンダルさんに説明した。

「だから、あれは俺の能力じゃないんです。羽妖精さんたちが教えてくれただけで──」

「いえ、『羽妖精の加護』を得たのは、トール・カナンどのの能力によるものでしょう」

それから、ローンダルさんは呼吸を整えて、俺を見た。

「それで……とりあえず土地の選定は完了ということでよろしいですかな?」

「はい。工房の場所はここにしたいと思います」

俺は建物を見上げてから、そう言った。

「羽妖精《ピクシー》さんたちが、ここには地水火風の魔力と、闇《やみ》の魔力があるって教えてくれました。錬金術をするには、この場所がベストです。ここに住まわせてください」

「承知いたしました。トールどのの工房と屋敷は、この場所といたしましょう!」

ローンダルさんは満足そうにうなずいた。

メイベルもアグニスも安心したような笑みを浮かべてる。

俺は改めて、目の前の屋敷を見上げた。

真っ青な空の下にあるのは、石造りの2階建て。壁は灰色で、地面に近い部分は草で隠れてる。

古い建物で、由来もわからない。

でも、これからはここが、俺の家だ。

「……すごいな。ルキエは魔王城の他にも、俺に居場所をくれたのか」

そういえば伯爵家の衛兵隊長が言ってたな。

──『あなたは魔王の気まぐれで生かされている』『あなたに本当の居場所など、どこにもない』って。

本当にあいつは、なんにもわかってなかった。

俺に居場所がなかったのは、帝国にいたころのことだ。今はもう、違う。

魔王領の人たちは、俺をまるごと受け入れてくれてる。

ルキエは俺に自由をくれる。魔王城にいても、ライゼンガ領にいてもいいと言ってくれる。

側《そば》にはメイベルがいて、すぐ近くにはアグニスとライゼンガ将軍がいる。

そうそう、羽妖精さんたちも、大切なご近所さんだ。

帝国とは完全に縁を切って家名も捨てたけど、俺は魔王領で居場所を手に入れた。

魔王城にある、魔王直属の錬金術師として暮らす家と。

ライゼンガ領にある、魔王領の住人のひとりとして暮らしていく家と。

ふたつの場所で、俺はこれから、ルキエやメイベルたちと一緒に生きていける。

……ほんとに、夢みたいだ。

ほんの数ヶ月前までは……こんなふうに暮らせるなんて、思ってなかったのに。

「それじゃ、俺はこれから羽妖精さんにあいさつに行きます」

俺はローンダルさんに告げた。

ご近所さんとは仲良くしておかないとね。

それに、光の羽妖精ソレーユのことも気になるから。

「承知いたしました。自分は将軍の元に戻り、土地の選定について報告しておきます。羽妖精の件はどういたしますか？」

「それはアグニスからお伝えします。それまでは内緒にしておいて欲しいので」

アグニスがドレスの胸を押さえて、そう言った。

「これはトール・カナンさまと、羽妖精さまたちの信頼関係のお話なので。それをどのようにおおやけにするかは、アグニスに任せて欲しいので」

「承知いたしました。羽妖精のことは、胸に納めておきますよ」

「ありがとうございます。ローンダルさん」

「いやいや、珍しいものを見せていただきましたからな」

笑いながら、ローンダルさんは、

「人のまわりを羽妖精たちが楽しそうに飛び回るなど、魔王領の歴史上なかったこと。いやはや、長生きはするものですな！」

そうして、ローンダルさんは屋敷の方へと帰っていった。

その姿が見えなくなってから、

「それじゃ、ルネとソレーユに会いに行こう」

「はい。トールさま」

「おともさせていただくので！」

俺たちはふたたび、西の森へと向かうことにしたのだった。

第22話「羽妖精と『魔織布の服』の相性問題を知る」

俺たちは再び、西の森に来ていた。

道の行き止まりで馬車を止めて、切り株のところへ移動する。

ここで迎えが来るのを待つつもりだったんだけど——


「「「どうぞ、森へお入りくださいーっ！」」」

森の入り口から、声がした。


「ご遠慮なくお入りください。ルネとソレーユのところまでご案内いたします」

「……お待ち、してました」

「熱烈に歓迎するですー」

「わくわくでどきどきで、るるるー、なのですー！」


ぱたぱた。こんこん。ぺたんぺたん。

楽器みたいに樹《き》を叩《たた》く音まで聞こえる。

そんなふうに呼ばれてしまった俺たちは――

「入ってみようか。メイベル。アグニスさん」

「はい。トールさま」

「案内があるなら、中で迷うこともないと思いますので」

そうして足を踏み入れた森の中は――めちゃくちゃ歩きにくかった。

「……あしもと、注意して」

「地面に大きな根があります。お気をつけください」

羽妖精の声がした。

足元を見ると、木の根が地面を覆い尽くすように、森の奥まで続いている。

ここは、人や亜人が歩くようにはできてない。というか、そもそも道がない。空を飛ぶ羽妖精には必要ないからだ。羽妖精たちの案内がなければ、まっすぐ進むこともできない。

まるで羽妖精の結界みたいだ。


「葉っぱが三角形の樹を右に曲がってくださいませ」

「……そのあとで、黄色い木の実が生えてる樹の間を……まっすぐ」

「命に替えてもご案内します！」

「あのねあのね。このくだもの美味《おい》しいよ、たべてー」

と飛んできた果実を、メイベルがキャッチ。そのまま俺に渡してくれる。

ブドウに似た果実だった。

「見たことない果物だね」

「魔王領の特産です。果汁たっぷりで美味しいですよ」

「初めて見たよ」

「そうですね。魔王陛下でも、お誕生日にしか食べられないような品ですから」

「待って。それって、超高級品じゃないのか」

「きまぐれに実がなる品種なので、熟した果実を見つけるのがとても難しいのです」

「アグニスも、1度しか食べたことがないです」

「羽妖精さんには、熟す時期がわかるのかな……」

「魔力の流れのように、見極める力があるのかもしれませんね」

「……羽妖精さんってすごいんだね」

俺は果実を三つに分けて、メイベルとアグニスにひとつずつ渡した。

自分の分を食べてみると……うん。甘い。果汁がすごく多くて、喉《のど》がうるおっていく。

果物を食べながら、俺たちは小休止。

少し休んでから、また、歩き出すと──

「「「つきますよー」」」

――視界がひらけた。

木々の隙間《すきま》が広くなり、草花に囲まれた広場が姿を現す。

そこは光が降り注ぐ場所で、地面に小さな泉があった。

羽妖精たちが解説してくれる。「ここは水場ですー」「水浴びに使ってる川は森の奥ですー」「水浴びするところ、見たいですかー」って。

思わずうなずきかけた俺は――水場の近くにいる羽妖精たちに気づいた。

ひとりは黒髪の羽妖精、ルネ。

彼女は空中に浮かびながら、地上にいるもうひとりの羽妖精を見つめている。

地上にいるのは、初めて見る子だった。

プラチナブロンドの髪を持つ、真っ白な羽妖精だ。

その子は『フットバス』の中にいた。背中の羽を外に出し、ゆったりとお湯に浸《つ》かっている。

「具合はどうですか？　ソレーユ」

ルネは言った。

すると、『フットバス』に浸かった、真っ白な羽妖精は、

「……ソレーユは生まれてきてはじめて、絶好調というものを感じていますの」

長い脚を『フットバス』から出して、白い羽妖精――ソレーユは言った。

「錬金術師さまがくださった、このお風呂《ふろ》が……身体《からだ》の魔力を整えてくださってるのが……わかるの。よどんでいた魔力を、身体に行き渡らせてくれているの。びっくりなの……」

「よかったですね」

「ソレーユはぜひ、錬金術師さまにお礼を言いたいの。そして、命をかけて恩返しを――」

「それは直接申し上げるとよろしいでしょう」

「……え？」

「あの方もあなたの体調が気になるそうなので、お招きいたしました」

闇《やみ》の羽妖精のルネが、俺たちの方に腕を伸ばした。

ばしゃん、と、音がした。

光の羽妖精のソレーユが『フットバス』の中で立ち上がり、こっちを見てた。

真っ白な背中が見えた。

羽を除けば、身体のつくりは人間や亜人と変わらない。

でも羽妖精って、魔力に敏感なんだよな。

ということは羽が魔力に反応する器官なのか、それとも他になにかあるんだろうか……と考えていると、俺は、ソレーユの顔が真っ赤《まか》になっていくのに気づいた。

彼女は目を見開いたまま硬直してる。小さな身体が震え始めてる。

まずい、じっくり見過ぎた――と思ったと同時に、視界がルネにふさがれた。

「申し訳ございません。錬金術師さま。ソレーユがおどろきすぎてしまったようでございます」

闇の羽妖精のルネは申し訳なさそうに、そう言った。

「ソレーユは錬金術師さまが作られたお風呂に入り、錬金術師さまがくださった服をまとっております。つまり、生まれたままの身体を、錬金術師さまに抱きしめられているのも同じです」

「その理屈はどうなの」

「だから、入浴中にご案内したのですが……刺激が強すぎたようでございます。ソレーユが服を着るまで、ちょっとだけお待ちくださいませ」

ルネはそう言って、ぺこり、と頭を下げた。

真面目《まじめ》だった。

「こっちこそすいません。じゃあ、ソレーユさんが服を着るまでの間、手伝いをしてもらえますか？」

「は、はい。もちろんでございます」

「メイベルも、アグニスさんもお願い」

「はい。トールさま」

「承知いたしました！」

俺とメイベル、アグニスは、広場に背中を向けて、木の根に腰を下ろした。

それから俺は『携帯用超小型物置』から、『闇の魔織布』を取り出す。

それをメイベルが受け取り、平らになるように、ぴん、と伸ばした。

次にアグニスが針と糸を取り出す。

「この布の上に、うつぶせになってみてもらえますか。ルネさん」

「え？　はい？　これはもしかして……採寸《さいすん》でございますか？」

「そうです。ルネさんには、羽妖精《ピクシー》さんの服の、型紙代わりになって欲しいんです」

羽妖精に服をあげる件について、俺はあれからメイベルと話をした。

その結果、3着くらいなら、許可がなくても大丈夫だろうという結論になった。

だから、羽妖精の基本サイズを測るために、ルネに採寸を手伝ってもらうことにしたんだ。

「それで、『フットバス』の効果はあったんですか？」

「おかげさまで。妹のソレーユは、かなり元気になりました」

布の上にうつぶせになったまま、ルネが答える。

「本人も気に入ったのか、あれから何度も入浴を繰り返しております。あれに浸かると魔力の流れが整うそうで、今は元気に飛び回っております」

「そうですか……よかったです」

本当によかった。

やっぱり、自分の作ったアイテムが役に立つのってうれしいな。

「光属性の服も、具合がよいようです。着たまま空を飛べるのもそうですが、あの服は、まるで自分の手足のように動かせるそうでございます」

——と、思ったら、ルネは予想外のことを告げた。

「手足のように動かせるんですか？」

「補助の羽のようにできるらしいです。そうすると空中で姿勢を変えるときに楽だそうで」

「……すごいですね。羽妖精さんって」

「いえ、すごいのは錬金術師さまが作られた布の方だと思いますが……」

ルネはきらきらした目で、俺を見てた。

でも……そっか。

羽妖精が同じ属性を持つ服を着ると、思いのままに動かしたり、変形させたりできるのか。

これは色々と応用が利くかもしれない。

羽妖精さんが魔獣に襲われたときのための防衛機構をつけて――

いや、待てよ。リボンをつければ補助の腕のように使えるかも――

――うん。なかなか興味深いな。

「やっぱり羽妖精さんは神秘の存在ですね。話してると、色々アイディアが浮かびます」

「いえいえ。お役に立てて幸いでございます」

「とりあえず、ルネさんの服のデザインは、俺に任せてもらえますか？」

「はい。それはもちろんでございます」

ルネはうれしそうに、笑った。

「錬金術師さまなら、ルネの力を活《い》かせるようなものを作ってくださると思いますから」

「もちろん。ルネさんの魔力を活かせるようなものを作るつもりです」

「それなら安心でございますね！」

「はい。安全になるようにします」

よし、許可はもらった。

ルネの服には魔力で動く羽と、触手のように動かせるリボンをつけよう。

「トール・カナンさま。ルネさんのことを、そこまで考えてらっしゃるなんて……」

アグニスは感動したように目をぬぐってる。

メイベルは……うん。俺が考えてることがわかるみたいだ。

納得したようにうなずいてるからね。

そんなことを話している間に、ソレーユの支度が終わったようで──

「お、お待たせしました。錬金術師さま……」

──振り返ると、光の羽妖精のソレーユが、空中に浮かんでいた。

緊張してるのか、肩がかすかに震えてる。

「はじめましてなの、錬金術師さま。光属性の羽妖精、ソレーユ、なの」

ソレーユはそう言って、ぺこり、と頭を下げた。

彼女が着てるのは、メイベルとアグニスが作った『光の魔織布』の服だ。

魔力を通すと透明になるそれは、ふたりの手によって『それほど透けない服』に変化している。

身体《からだ》を隠す機能は発揮しているみたいだ。

「お礼が遅れてごめんなさいなのよ。お風呂と服をくださって、ありがとうございました」

ソレーユが動くたびにスカートとリボンが、向きや形を変えている。

ルネが言った通りこの服は、本人の意志によって動かせるらしい。

「はじめまして。錬金術師のトール・カナンです。こっちは仲間のメイベルとアグニスです」

俺が紹介するとメイベルとアグニスが頭を下げる。

それから、俺はソレーユの方を見て、

「まずは『フットバス』の感想を聞かせてください。体調はどうですか？　問題ないですか」

「え、えっと」

ソレーユは恥ずかしそうにうつむいてから、

「あ、あのね。ソレーユはいつも頭がほてって、熱が出ていたのよ。それは光の魔力が強すぎて、身体の中をうまく流れてくれないからで、循環させるために川で水浴びをしていたのだけど」

「すぐに元に戻っちゃってたんですよね？」

「はい。でも、錬金術師さまが作ったお風呂に入ったら……1カ所に集まっていた熱が……身体の隅々に溶けていったの。魔力が隅々まで行き渡って、つらいのが……消えたの」

祈るようなしぐさをしながら、ソレーユはつぶやいた。

「しばらく待ったけど、元にはもどらなかったの」

「あれ？　でも、ルネさんの話だと、何度も『フットバス』に入ってるって……」

「あれは、お風呂に入るのをやめたら、元にもどっちゃうんじゃないかって、怖かったからなの」

ソレーユは半透明の羽を揺らして、ふわり、と飛び上がる。

それから『光の魔織布』の服を補助の羽のように動かして、俺のまわりを飛び回る。

「でも、もう大丈夫。このまま、ちゃんと飛べる。そんな気がするの」

「無理はしないでくださいね。『フットバス』は定期的に使ってください。なにか変わったことがあったらすぐに報告してください。ユーザーサポートしますから」

「わ、わかりましたの」

「服の方はどうですか？」

「この服は……自分の一部みたいなの」

ソレーユは服の裾《すそ》をつまんで、そう言った。

「魔力がすごく楽に通るの。まったく、重さを感じないの。服のスカートを動かして風を受けたり、平たくして方向転換に使ったりできるの。すごく便利」

「身体が楽になったってことですね」

「そうなの。錬金術師さまには、感謝しかないのよ」

やっぱり『魔織布』の服は、羽妖精に対してすごい効果があるようだ。

木の葉より魔力を通しやすく、操りやすい。身体の負担も少ないらしい。

となると、できれば羽妖精さんの標準装備にした方がいいな……。

「……あの……トールさま」

気づくと、メイベルが俺の服の袖《そで》を引っ張ってた。

「トールさまは最終的に、羽妖精すべてに服を差し上げるおつもりなのですね？」

「うん。できれば」

魔王ルキエの許可を取って、服職人さんに依頼しようと思ってる。

そうすれば俺は『魔織布』を作るだけで済むからね。

「そうすると、羽妖精さんたちは魔王領で普通に生活できるようになりますよね？」

「そうだね。普通にみんなと一緒にいられるようになるんじゃないかな？」

「しかも『魔織布』の服は、空を飛ぶときの助けになるんですよね？」

「うん。補助の羽に使えるみたいだ」

「そうですよね。ソレーユさん。すごく飛ぶのが楽そうでしたから……」

メイベルは真剣な顔になり、

「それはトールさまの手によって、羽妖精の能力と生活が進化する、ということになります。つまり、ひとつの種族を、トールさまが進化させてしまうということになるのでは……」

……確かに。そうかもしれない。

「でも、それは俺の力じゃないよ。そもそも『魔織布』は、勇者世界の『抱きまくら』を元にしたものなんだから。『魔織布』も、勇者世界のアイテムと言っても過言じゃない」

「……あ」

メイベルは顎《あご》に手を当てて、考え込むように、

「確かに、そうですね。『抱きまくら』があるということは、その素材である『魔織布』も勇者世界に存在するわけです」

「となると、勇者も『魔織布』の服を着ていた可能性がある」

「勇者が、この素材の服を？」

「そう考えると、勇者の素早い動きや、超反応に説明がつくんだ。まるで後ろにも目があるようだった……と言われる剣士がいたよね」

「はい。後ろから来た魔物を、振り向きざまに切り捨てたという伝説があります」

「それはつまり、勇者が羽妖精のように服に魔力を通して自分の一部に……つまり、感覚器官のようにしていたってことじゃないかな」

「たとえばマントに『魔織布』を使って、感覚器官に、でしょうか？」

「そうすることで相手の気配を感じ取って超反応していたんじゃないかな」

「確かに、それなら超反応の勇者がいるのもわかります」

メイベルは俺の手を取って、納得したように、

「『魔織布』がそういうものなら、羽妖精さんたちを変えてしまうのも、仕方ないですね」

「勇者世界のアイテムだからね」

宰相ケルヴさんはそこまで考えて、俺に申請書を手渡したんだと思う。

先見の明があるすごい人だ。宰相さんが味方でよかった。

「実は、俺はソレーユさんにお願いがあるんです」

メイベルとの話を終えたあと、俺は光の羽妖精ソレーユを見て、言った。

飛び回っていた彼女が、俺の前にやってくる。

「まずは、これを見てもらえますか」

俺は『携帯用超小型物置』から『UVカットパラソル』を取り出した。

真っ白な傘を開いて、木の根元に置く。

「俺は聖剣を研究していて、その一環として『光の攻撃魔術を防ぐパラソル』を作ったんです」

「光の攻撃魔術を防ぐパラソル……って、そんなものがあるの⁉」

ソレーユはおどろいたように、真っ白なパラソルを見つめてる。

ルネも同じだ。

枝の上からは、他の羽妖精たちの声がする。みんなびっくりしてる。というか、パラソル自体を見るのが初めての子もいるみたいだ。「のりもの？」「おうち？」って言ってる子もいる。確かに、羽妖精からすれば乗り物や家にも使えそうだけど。

「これは勇者世界のアイテムのコピーです。だけど本当に光の攻撃魔術を防げるかどうか、実験ができないんです。まわりに光の魔術の使い手がいないので」

「光の魔術が必要というのは、そういうことだったの……？」

納得したように、ソレーユはうなずいた。

「事情はルネから聞いていたのよ。光の魔術使いに協力して欲しいって」

「はい。体調がよくなってからでいいですけど……1発だけ、強めの攻撃魔術を使ってもらいたいんです。お願いできますか？」

「承知いたしましたの」

ふわり、と、ソレーユが俺の目の前に飛んでくる。

そのまま彼女は──ルネがしたように──俺の額に、ちゅ、と口づけした。

「これからソレーユは、自分がどれだけ動けるか試してみますのよ。それで自信が持てたら、必ずお側《そば》にまいります。錬金術師さまが満足されるまでお付き合いいたしますの」

「ありがとう。助かります」

これで『UVカットパラソル』の実験ができる。

実験前に、ルキエにも話を通しておいた方がいいな。申請書と一緒に、手紙も送ろう。

とりあえず、手紙を運んでくれる羽妖精《ピクシー》に、服をあげることにして、と。

「それと……俺は、手紙をお城に運んでもらいたいと考えています」

俺は枝の向こうを見上げながら、言った。

「羽妖精さんたちのうち、2人くらいにお願いしたいんですけど、やってくれる人は──」

「トールさま!?」

「そのお言葉は危険です。トール・カナンさま!?」

俺は思わずメイベルとアグニスの方を見た。

ふたりは頭上を指さしてた。

失言に気づいて、俺が樹《き》の枝の上を見た瞬間――


「「「「「「「「「お役にたちますーっ‼」」」」」」」」」

大量の羽妖精さんたちが、俺に向かって突進してきたのだった。


とりあえず、くっついて服の中に潜り込んだりする羽妖精さんたちをはがして――

いつの間にかポケットの中で眠ってた子も起こして――

結局、俺はその場で申請書と手紙を書いて、２人の羽妖精さんに渡した。

メイベルとアグニスがその場で作った簡単な服を着て、２人は俺たちのまわりで踊ってた。

そしてその後、城の方へ飛び立った。木の葉の服の子たちも数名、それを追いかけていった。

けど、飛行速度が違ってた。

木の葉の服をまとった子たちは、『魔織布』の服をまとった子たちに距離を空けられてる。やっぱり、『魔織布』で補助の翼を作ると違うんだね……。

それから俺たちは森の出口へと向かった。

ルネは時々、俺のところを訪ねるって約束してくれた。

ソレーユはこれから、遠くまで飛んでみるそうだ。身体《からだ》の調子がどれくらい良くなったのか、確かめてみたいって言ってた。念のため、仲間の羽妖精がついていくみたいだ。

俺たちの方は、これから将軍の屋敷に戻ることになる。

工房の準備ができるまでは、しばらく滞在するつもりだ。

「ルキエさまと宰相閣下、服の方の許可をくれるかな」

「陛下はお許しくださると思いますけど、宰相さまは……難しいかもしれませんね」

「お父さまからもお城に手紙を出してくださるように、アグニスからお願いしてみますので」

そんなことを話しながら、俺はライゼンガ将軍の屋敷へと戻ったのだった。

第23話「皇女ソフィア、勅命を受ける」

――ソフィア皇女視点――


馬車に揺られながら、ソフィア皇女は北へと向かっていた。

帝都を出てから、十数日目。ソフィアの体調を考えてか、ゆるやかな旅だ。

それでもソフィアはぐったりと、座席に身体を投げ出している。

慣れない環境と馬車の振動。長旅。

すべてが、病弱なソフィアの負担となっていた。

「……リアナは、今ごろ驚いていることでしょうね」

離宮でリアナと話をしたあと、ソフィアは宮廷へと呼び出された。

引っ立てられるように連れ出されたソフィアは、数年ぶりに、父皇帝と顔を合わせた。

そして、国境地帯の町へと向かうように指示を受けたのだった。

目的はその地で軍事訓練を行うこと。

それと『魔獣ガルガロッサ』の他にも、新種の魔獣がいないか、調査を行うことだった。

「……わたくしが選ばれた理由は……リアナの姉であるからですね」

『聖剣の姫君』リアナ・ドルガリアの名は、魔王領の者たちも知っている。

その双子の姉であれば、同じような戦闘能力を持っていると思っても不思議はない。

「殿下はただ、そこにいらっしゃればよいのです。期間はおそらく、1年から2年となるでしょう。新種の魔獣の脅威が消えたとわかり次第、帝都にお戻りいただきます」

高官会議の席で、軍務大臣のザグランは言った。

自分に向けられたその言葉を聞いて、ソフィアは理解した。

彼女に求められているのは、国境地帯で飾り物となることだと。

新種の魔獣が現れたが、帝国は民を守る。その証拠として、帝国の皇女を常駐させている。

その皇女に力があるか、戦う能力があるかなどは、民の思いもよらないことだ。

（……仮にわたくしがそこで命を落とせば、悲劇の皇女となるのでしょうね）

あるいは、ソフィアの死に魔王領が関わっていることにするのかもしれない。そうすれば怒りは魔王領に向く。いずれあの国に刃《やいば》を向けるときの助けとなるだろう。

たとえソフィアが、身体が弱いせいで命を落としたとしても、そうなる。

帝国は『戦えない者』を徹底して利用する国だ。

人質として追放された、公爵家の少年のように。

高官会議で、ソフィアには一度だけ発言が許された。

ソフィアが言ったのは、ただ「リアナをよく指導してください」――それだけ。

皇帝と、他の高官の言質を取るのが精一杯だった。

リアナは素直すぎる。それに精神も不安定だ。

本当は、もう少しの間、側にいてあげたかったのだけれど——

「そろそろ、国境地帯の町に着くころでしょうか」

馬車は、国境近くの街道を進んでいる。

これからソフィアが住むのは『ノーザの町』——帝国最北端の町だ。

「せめて……兵たちが、魔王領を刺激しなければよいのですが」

今回の計画には、もうひとつ隠れた目的があると、ソフィアは考えている。

それは『魔王領に、帝国の力を見せつけること』だ。

離宮でのリアナの様子を見ればわかる。先日の魔獣討伐を成功させたのは帝国ではなく、魔王領の者たちだ。リアナはおそらく、魔王領の力を目の当たりにしたのだろう。

だから帝国は、自分たちが強いことを、改めて示さなければならなくなった。

そのために新種の魔獣の調査と、軍事訓練を行おうとしている。

それがソフィアの推測だった。

「……魔王領に力があるならば、リアナのためにも……平和を望むべきなのに」

ソフィアは馬車の天井を見上げて、ため息をついた。

すると……ことん、と、音がした。

小さな生き物が、馬車の屋根に乗ったような音だった。窓から外を見れば、今はちょうど夕暮れ時だ。街道のまわりには背の高い樹が生えている。鳥が馬車の屋根に乗ったのだろうか。

「――人の言葉がわかる鳥ならば、伝えてください」

気づくと、ソフィアはそんな言葉を口にしていた。

「わたくし……ソフィア・ドルガリアは、国境地帯の平穏を望んでおります。魔王領の方に……妹のリアナが無礼なことを申し上げたのなら、謝りたいのです。できれば、妹が求めた錬金術師の方にお目にかかって、話をしたいと考えております……と」

ソフィアは天井に顔を近づけて、思いのたけを口にした。

彼女のまわりにいるのは軍務大臣ザグランの部下たちだ。指揮官は軍務省のナンバー2で、副官はザグランの腹心。ソフィアの本心を伝えられるような者はいない。

だから、これはただの気晴らし。それ以外の意味はない。

そのはずだったのだけど――


「――承知しましたのよ」


声が聞こえた。

思わずソフィアは窓を開け、外を見た。頭上で枝が揺れるのが見えた。

なにかが馬車の屋根から飛び立ち、近くの枝に飛び移った――そんなふうにも見えた。

けれど、ソフィアにはその姿は見えなかった。

外は夕暮れ。薄曇り。まわりは陽《ひ》が落ちかけて、すべてがぼんやりと見えている。

そんな中、小さな鳥を見つけるなど、できるわけがなかった。

「ソフィア殿下。夕暮れの風はお身体《からだ》にさわります。窓をお閉めください」

馬車の御者席にいた兵士が、ソフィアに気づいて声をかける。

「……はい」

ソフィアは馬車の窓を閉じた。

さっきの声は気のせいだったのだろう。そう考えて、ソフィアは座席に座り込む。

「この世界には想像もつかないものがある……わたくしはリアナに、そう言ったのでしたね」

もしかしたら、今、自分はそれを目の当たりにしたのかもしれない。

そんなことを考えながら、ソフィアは馬車に揺られ、国境の町へと向かうのだった。


——夜、ライゼンガ将軍の屋敷で——


「錬金術師さま。ソレーユが参りましたのよ！」

「どうしたのソレーユ。そんなに慌てて」

夜。メイベルとアグニスと一緒に食事をしていたら、窓からソレーユが飛び込んできた。

ここは、ライゼンガ領にある俺の家。

工房の下見をしてから、三週間ほどが経《た》っている。

場所を決めたあと、家の手直しをしてもらって、みんなに手伝ってもらって、引っ越しをして

――昨日《きのう》から、やっと普通に生活ができるようになった。

その記念に、今日はメイベルやアグニスの３人で食事をしてたんだけど――そしたら、ソレーユが飛び込んできたんだ。『光の魔織布《ましょくふ》』をまとって、すごい速度で。

「……は、はい。あの、ソレーユは『光の魔織布』で、たくさん飛べるように、練習、を」

「まずは落ち着いて。ほら」

俺はソレーユの前に、飲みかけのお茶を置いた。

スプーンですくって、ふーふー冷ましてから、口元に差し出す。

「飲める？　ほら」

「……あ、ありがとうございます。でも、錬金術師さま」

「うん？」

「ソレーユにこんなことをしてはいけないのよ？　他の方が、うらやましがるといけないの」

「いや、これくらい誰《だれ》も気にしないと……」

「「……え？」」

「え？」

ふと横を見ると、メイベルとアグニスがうつむいてた。

もしかして……やって欲しいの？　いや、希望があるならやるけど。

「いや、それはあとで。それよりどうしたの。そんなに慌てて」

「は、はい。改めて報告いたしますのよ」

ソレーユはテーブルの上に立って、一礼。

それから――

「ソレーユは今日、自分がどこまで飛べるか、練習をしに行ったのよ」

「……体調が良くなったのはいいけど、あんまり無理はしないでね」

「問題ないのよ。『光の魔織布』の服をいただいて、『フットバス』を使い続けたソレーユは体力がみなぎってるの、それで南の方に飛んでいったのだけど、そこで奇妙な魔力に、気づいたの」

「奇妙な魔力って？」

「ソレーユよりもずっとずっと強い『光の魔力』だったのよ」

「ちょっと待って。ソレーユは、どこまで行ってきたの？」

「国境の南にある帝国領『ノーザの町』の近くなの」

『ノーザの町』――そこは、俺も通った。

帝国領の北の果て、魔王領に一番近い町だ。その近くに『光の魔力』の持ち主が来たのか……。

「メイベル、アグニス。魔王陛下からは、なにか聞いてる？」

「い、いいえ。魔獣討伐よりあとは、帝国の動きはなかったはずです」

「国境の南には、なかなか偵察も出せないので……」

「……だよね」

魔王領に住むのは魔族や亜人たちだ。人と姿形が違うから、どうしても目立つ。

街道や町なんかには、あまり偵察には行けないんだ。

「ソレーユは見つからなかったの？」

「羽妖精《ピクシー》は、かくれんぼが大得意なのよ」

「帝国の人たちはどんな感じだった？　一般人？　それとも、兵団だった？」

「100人ちょっとの兵団だったの。騎兵と歩兵がいて、中央に大きな馬車があったの。『光の魔力』はそこから発していたから、ちょっと近づいてみたのだけど……」

「危ないことはしないでね」

「でも、おかげで乗ってる人の言葉が聞けたのよ。お伝えしますの」

ソレーユはそう言って、スカートの裾《すそ》をつまんでみせた。

まるで高貴な人がそうするように、気品ある仕草をして、俺を見た。


『わたくし……ソフィア・ドルガリアは、国境地帯の平穏を望んでおります。魔王領の方に……妹のリアナが無礼なことを申し上げたのなら、謝りたいのです。できれば、妹が求めた錬金術師の方にお目にかかって、話をしたいと考えております……』


「ソフィア・ドルガリア？　リアナ皇女の姉姫？　でも、聞いたことのない名前だけど……」

リアナ皇女の姉なら、たぶん、強力な戦士のはず。

でも、妹の無礼を謝りたい。俺と話がしたい、と言ってきてる。

意図が読めないな……。

「ルキエさまに相談した方がいいな」

相手は皇女だ。俺が勝手に接触するわけにはいかない。

それに、国境地帯に帝国兵が来たなら、ルキエやケルヴさんに知らせないと。

「悪いけどソレーユ。俺が書状を書くから、羽妖精の誰かに城まで届けてもらえるかな」

「ルネは夜目が利きます。任せれば大丈夫ですのよ」

ソレーユは、えっへん、と、胸を張った。

「羽妖精たちは錬金術師さまに忠誠を誓っておりますの。喜んで、連絡役をしますの」

「ありがとう。でも、あんまり無理はしないでね」

というか、羽妖精たちが安全に帝国領に入れるようなアイテムを考えた方がいいかな。

もしも帝国兵が『ノーザの町』に常駐するなら、対策が必要になる。

羽妖精たちが偵察に出てくれるなら、情報のやりとりもスムーズになるはずだ。

「それにしても……なんでまた皇女と兵士がやって来たんだろう」

「もしかしたら、魔剣が関係しているのかもしれないので」

アグニスが言った。

「お父さまが話していたの。辺境伯と書状のやりとりをしていたとき、あの人はすごく聖剣のことを自慢していたって。聖剣の力は帝国の誇りであり、『聖剣の光刃《フオトン・ブレード》』で倒せないものはないって」

「辺境伯が言いそうなことだね」

「でも『魔獣ガルガロッサ』討伐で力を示したのは、魔王陛下の魔剣だったの。だから帝国は威信を取り戻すために、皇女と兵士を国境地帯に配置しようとしているのかもしれないので」

さすがアグニス。ライゼンガ将軍の娘だけあって、軍事センスがある。

しかも、すごく納得できる話だ。

馬車の人物が魔王領の人に謝りたくて、俺と話をしたがってるというのは、意味がわからないけど。

「……面倒なことにならなければいいけどな」

相手がリアナ皇女の姉なら、より強い『光の魔術』や『光属性の魔法剣』を使う可能性がある。

それに対抗するには、『UVカットパラソル』を使わなければいけない。

さらに、ルキエにはもっと強力な魔剣が必要になるかも。

魔剣『レーザーブレード』を超えるものか。これは難題だ……。

「トールさま。考え込むのは、食事のあとになさった方が」

「まずはご飯を食べて、それから、陛下への書状を書かなければいけないので」

「そうだね」

ルキエには健康管理に気をつけろと言われてる。

まずは早いとこ食事を済ませて、それから、書状を書こう。

ソレーユが伝えてくれた情報について。

帝国の皇女ソフィア・ドルガリアと、彼女たちの目的——その推測について。

『UVカットパラソル』の、テスト計画について。

最後に、ルキエがどんな『試作品魔剣2』を希望するかも聞いておかないと。

そんなことを考えながら、俺はメイベル、アグニス、ソレーユと一緒に食事を続けるのだった。

番外編1「トールとメイベルと『心地よい居場所』」

「これで荷物の用意はできましたね」

そう言ってメイベルは『携帯用超小型物置』を床に置いた。

ここは、ライゼンガ将軍の屋敷。

トールたちが工房の下見に行ってからは、三週間近くが過ぎている。

その間に、家の準備が整ったので、メイベルは引っ越しの準備をしていたのだった。

「もう一度荷物のチェックをしましょう」

メイベルは指さし確認しながら、忘れ物がないかチェックする。

トールの着替えは『携帯用超小型物置』に入れた。

食器やコップ、日用品も入れた。

数日分の食材──もちろん、トールの好物も忘れていない。

「大丈夫です。これで、トールさまと新生活が始められます」

『新生活』──自分が口にした言葉に、メイベルの胸が高鳴る。

これからはトールといられる時間が、ずっと長くなる。

それはメイベルの望みでもあるのだから、動揺してなんかいられないのだけど──

「メイベル。準備はできた？」

「は、はい！」

不意にノックの音と、トールの声がした。

「準備はできております。今、参りますね。トールさま」

ドキドキする胸を押さえて、メイベルは『携帯用超小型物置』を手に立ち上がった。


「それじゃ、この家に住めることを祝って、乾杯」

「は、はい。かんぱーい」

トールとメイベルは、お茶の入ったコップを合わせた。

ここは、ライゼンガ領にある、トールの新居。

引っ越しを手伝ってくれた者たちが帰ったあと、ふたりは夕食を取っていた。

「改めて、これからよろしくね。メイベル」

トールはメイベルに向けて、頭を下げた。

「俺は錬金術に夢中になると、他のことが見えなくなっちゃうからね。メイベルには迷惑をかけるかもしれない。だから、気がついたことがあったら言って欲しいんだ」

「そんなことをおっしゃられると、困ってしまいます。私はトールさまのお世話係なのですから」

いきなりの言葉に、メイベルは思わず深呼吸。

「それに、私はしたいことをしているだけですから」

トールの目をまっすぐに見つめながら、メイベルは言った。

自分の頬《ほお》が熱くなっていることには、気づかないふりをした。

「トールさまの心地よい居場所を作るのが、私のやりたいことなのです。そうして、トールさまがどんなものをお作りになるのか、どんなふうに魔王領を変えていくのか……お側《そば》で見ていたいのです。ですから、私に遠慮なんかしないでください。トールさま」

トールと出会って、メイベルは変わった。

メイベルは小さいころ、魔術がうまく使えないせいで、エルフの村を追われた。

その後は魔王城で仕事をするようになり、魔王ルキエやアグニスとも親しくなったけれど――なぜか、いつもさみしかった。自分の居場所がわからないような、そんな気がしていたのだ。

そんなとき、メイベルはトールに出会った。

彼と親しくなり、お世話係になったとき、自分の居場所を見つけたように感じた。

今あるのは、トールの側にいたいという思いだけ。

お世話係として、錬金術の高みを目指すトールを支えていたい。それだけで満足。

これ以上を望むのは贅沢《ぜいたく》すぎる――そんなふうに、メイベルは思っていた。

「「ごちそうさまでした」」

やがてふたりは食事を終えた。

トールは食器を手に席を立ち、

「洗い物は手伝うから、メイベルも早めに休んで」

「ありがとうございます。でも、トールさま。寝る前に身体《からだ》を拭《ふ》かれた方がいいですよ？」

メイベルは『携帯用超小型物置』を取り出した。

こんなこともあろうかと、身体を拭く布は常備してあるのだった。

「引っ越しの片付けで汗をかきましたからね。汗をふいてさっぱりした方が、よく眠れると思います。お湯は沸かしてあります。着替えはお部屋に持っていきますから」

「あのね、メイベル。そこまで気を遣わなくていいんだよ？」

「申し上げましたよ？　私はやりたいことをやっているだけだと」

メイベルは、ぽん、と、メイド服の胸を叩《たた》いた。

「私も身体を拭いたら休みます。寝間着に着替えたらご挨拶《あいさつ》に行きますね」

「そういえばメイベルの寝間着姿を見るのは初めてだね」

「……確かに、そうですね」

メイベルは首をかしげた。

トールとは、ずっと一緒にいたような気がしていたから、忘れていた。

こうやって家族のように1日を過ごすのは、初めてだったのだ。

(なんだか……すごく恥ずかしいです)

メイベルは思わず頬を押さえた。

トールに寝間着を見せるのは初めてだ。

もちろん、動揺するほどすごいものじゃない。メイベルの寝間着は簡素な、普通のものだ。

それは記憶に残らないくらいありきたりのもので──

「……そういえば私の寝間着って、どこに入れたでしょうか……？」

——本当に、どこにあるのか忘れていた。というか、荷物に入れた覚えがない。

メイベルは今朝《けさ》、アグニスが部屋をたずねてきたときのことを思い出す。

そのときアグニスは『トール・カナンさまとメイベルの部屋はそのままにしておくので』って言ってくれた。だからメイベルは『自分の荷物は後回し』と思い、食器や食材の用意を始めた。

自分の服のことは、完全に忘れていた。

ということは、手元にある服は、今着ているメイド服だけということで——

「……ど、どうすれば」

「どうしたのメイベル？」

「な、なんでもないです。なんでもないのです。トールさまが気にされることでは……」

「あのね、メイベル。俺とメイベルは、これから一緒に暮らすんだよね？」

気づくと、トールが真剣な表情で、メイベルを見ていた。

「気を遣って欲しくないのは、俺も同じだよ。メイベルが困ってるときは、俺が助けたいんだ。俺がメイベルのお世話になるように、メイベルにだって俺を頼って欲しいんだ」

「……トールさま」

「で、メイベルはどうしたのかな？」

「…………はい」

反則だと思った。

トールにじっと見つめられたら、メイベルに隠し事ができるわけがない。

結局、メイベルは忘れ物のことを、トールに話すことになったのだった。


その結果。


「……少し、サイズが大きいみたいです」

メイベルはベッドで横になりながら、つぶやいた。

彼女が着ているのは、トールのシャツだ。

「……引っ越し初日から、恥ずかしいことをしてしまいました……うぅ」

あの後、『携帯用超小型物置』の中を探したけれど、着替えは見つからなかった。

たぶん、将軍の屋敷のクローゼットの中だ。

将軍とアグニスはトールとメイベルの部屋を『そのままに』してくれた。だから着替えを置きっぱなしにしたことに気づかなかったのだろう。

でも、トールの着替えはたくさんあった。

だからメイベルは、トールのシャツを借りて、寝間着にするしかなかったのだった。

「あったかいです」

メイベルはベッドに横になり、目を閉じた。

洗い立てのシャツなのに、なぜか、トールの気配を感じる。

「……今日は失敗しました。明日からがんばります……」

つぶやいて、メイベルは『携帯用超小型物置』から、小さなぬいぐるみを取り出した。

黒い髪。短い手足──トールをモチーフにしたものだ。

ぬいぐるみや人形作りは、メイベルのひそかな趣味だった。だから羽妖精《ピクシー》の服もあっさり作ることができたのだけど。

トールの人形を作るようになったのは、『抱きまくらトール』と眠った後からだ。

あの時、メイベルは『抱きまくらトール』を、こっそりと、抱きしめてみた。

温かくて……すごく、落ち着いた。不思議なくらい、安らかに眠ることができた。

たぶん、あの時メイベルは『自分の居場所』を再確認したのだと思う。

「でも……こうしてトールさまのぬいぐるみと一緒に眠るのが……くせになってしまいました」

トールには内緒だ。『あなたをモチーフにしたぬいぐるみと一緒に眠っています』なんて、恥ずかしくて言えない。いや、トールなら喜んで『抱きまくら』を貸してくれるかもしれないけど。

「……私は、トールさまの『心地よい居場所』になります」

メイベルは改めて決意する。

トールの側が、メイベルにとって『心地よい居場所』だってわかってしまったから──

こうして、トールの側で、安らいでいられるから──

「──私がいただいた、この、安らげる場所に見合うものを……トールさまにも」

明日からがんばろう。

全力で、トールさまの『心地よい居場所』になろう。

──そんなことを思いながら、メイベルは眠りについたのだった。

番外編2「メイベルとアグニスと『秘密の調理法』」

トールがライゼンガ領に工房を開いて少し経《た》ったころの、早朝。

アグニスはトールの工房を訪ねていた。

「おはよう。メイベル」

「いらっしゃいませ。アグニスさま」

「朝早くからお邪魔してごめんね。メイベル」

「そんな堅苦しい挨拶《あいさつ》はなしですよ。アグニスさま」

「そ、それで、せっかくなので、メイベルに料理を教えて欲しいので」

「わかっております。どうぞ、お入りください」

メイベルはアグニスを手招いた。

アグニスはふと、2階に視線を向けて、

「トール・カナンさまは、まだお休みなので？」

「はい。昨日《きのう》も遅くまで錬金術の研究をされていたようです」

「健康には気をつけて欲しいので……」

「陛下からは『徹夜は禁止じゃーっ』って言われているんですけどね」

メイベルは困ったように、肩をすくめた。

「トールさまは『1時間でも眠れば、それは徹夜とは言わない』とおっしゃいまして」

「それは……あの方らしいので」

「本当はもっと、健康に気をつけていただきたいのですが……」

「それじゃふたりで、トール・カナンさまが元気になれる朝食を作るの。メイベル」

「はい。承知いたしました！」

メイベルとアグニスは腕まくりして厨房《ちゆうぼう》に向かう。

食材はすでに用意してある。卵や果物、豆など、新鮮なものがいっぱいだ。

「……なんで採れたての卵があるの？」

「羽妖精さんが、どこからともなく持ってきてくださるのです」

「森にいる動物たちからもらったので？」

「そうみたいですね。羽妖精さんの森は手つかずの自然そのままですから」

「他に使えるのは……鶏肉《とりにく》と野菜？」

「こちらは行商人さんが持ってきてくれたものですね」

「それじゃメイベル。今日のアグニスはお手伝いをするので、なにをすればいいか教えて？」

「わかりました。それじゃ、卵を割っていただけますか？」

「やってみるので！」

ふたりは手分けして料理を始める。

今日の朝食は卵がメインだ。それにスープがつく。

寝不足のトールには栄養があって、消化にいいものを食べさせたい——メイベルはそんなふうに考えているようだった。

そんな親友を、アグニスは尊敬する。

自然と――大切な人のことを想《おも》って、その人を助けられるものを用意できる。

そんなメイベルを『すごい』と思ってしまうのだった。

「……どうしたのですか、アグニスさま」

「メイベルはすごいなぁ、って思ったの」

「……いきなりそんなことをおっしゃられては、照れてしまいます」

「だってメイベル、すごく手際がいいの。時々、ちらちらと2階の方を見てるけど、それでも手が止まったりしないので。すごいなぁ、って」

「私はメイドですからね。これはただの技術です」

メイベルは照れたようにアグニスを見た。

「料理は技術だけではありません。もっと大事なものがあるのです」

「もっと大事なものって？」

「そ、それは…………その……あいじょ……ですね」

「愛情？」

「…………はい」

「メイベル、自分で言って照れてたらしょうがないの」

「……思わず口をついて出てしまったのです」

「でも、気持ちはわかるの。アグニスも小さいころ、お母さまから『料理に愛情を込める方法』を教えてもらっていたから」

「そんなものがあるのですか？」

「うん。それは『火炎巨人《イフリート》』の血を引く者にしかできないんだけどね」

アグニスは記憶をたどるように、つぶやいた。

「大切な人に食べてもらうお料理を、自分が生み出した炎で作るの。そうすることでお料理に魔力と……自分の想《おも》いが宿るんだって」

「……なるほど。まさに『火炎巨人《イフリート》』の血を引く方だけの秘伝ですね」

「そ、そんなにすごいものじゃないの。ただのおまじないみたいなものなので」

「わかりました」

メイベルは真剣な表情で、うなずいた。

彼女は、かまどに火を点《つ》けようとした手を止めて、

「ではアグニスさま。ちょっとやってみていただけますか？」

「え、ええええええっ⁉」

「大丈夫です。炎が暴走しても『健康増進ペンダント』を装備すれば止まります。それに、多少の炎なら、私の『水の魔術』で消せますから」

「で、でもでも、炎が暴走したら、せっかくの服が燃えちゃう」

アグニスは慌てた顔で、

「きょ、今日着ているのは『地の魔織布』の服じゃなくて、トール・カナンさまに見ていただくために手配した、可愛《かわい》い服なので……下着も全部自分で選んで決めたものなので」

「確か『火の魔力』を制御できた記念に買ってきたのでしたね」

「うん。これを燃やすわけにはいかないので……だから」

「大丈夫です。こんなこともあろうかと、『地の魔織布』でエプロンを作っておきました」

「エプロンだけあってもしょうがないので！」

「問題ありません」

メイベルは、えっへん、と胸を張る。

2階にいるトールに聞かれないように、アグニスの耳元でささやく。

「実はこの前、勇者世界にいるメイドの写真集を読んだのですが、その中に、勇者世界伝統のお料理スタイルというものがありまして……」

窓から差し込む、朝の光の中。

ないしょ話を聞いているアグニスの顔が、真《ま》っ赤《か》になっていく。

話しているメイベルも真っ赤な顔だ。

ひそひそと話すメイベル。

こくこくとうなずくアグニス。

ふたりは同時に天井を見る。トールはまだ、起きてこない。

昨日は遅かったみたいだから、起きてくるのはもう少しあと。きっとそう。

そんなふうに自分に言い聞かせて、ふたりの少女は覚悟を決める。

そして、アグニスは耐火能力がある『地の魔織布』のエプロンを手に取って──

――トール視点――


「……喉《のど》が渇いたな」

目を覚ましたのはベッドの上だった。

東の空がうっすらと明るくなるまで、机に向かっていたのは覚えてる。

その後、眠っちゃったみたいだけど――無意識にベッドに移動していたらしい。

偉いぞ俺。『徹夜禁止。ベッドで寝ろ』というルキエの命令を守ってる。

この毛布は……メイベルが掛けてくれたのかな。感謝しないと。

「――がんばってください。アグニスさま」

「――う、うん。がんばるので」

……1階から声がする。アグニスが来てるみたいだ。

ふたりで朝食の用意をしてるのかな。邪魔したら悪いな。

外の井戸で水を飲みたいけど……気づかれないように、静かに行こう。

「――アグニスさま。かなり炎のコントロールができるようになりましたね。すごいです」

「――いつでも炎を『健康増進ペンダント』で抑えられるという安心感があるからなの。それに『地の魔織布』は燃えにくいから……安心して炎を扱えるようになったからだと思うの。すべて、トール・カナンさまのおかげなので」

……アグニス、かなり炎のコントロールができるようになったのか。

そっか『健康増進ペンダント』と『地の魔織布』があれば、炎の暴走をそれほど気にする必要もないもんな。炎が出たら『健康増進ペンダント』を装備すればいいし、着ているものは『地の魔織布』なら燃えない。

その安心感のおかげで、落ち着いて炎を操れるようになってるのか。

よかった。

錬金術で作ったものが人の役に立つって、本当にいいよね。

「──もう少しでトールさまの卵焼きが完成します！　落ち着いて、そのままです」

「──わ、わかったので！」

今日の朝食は卵焼きか。

メイベルの作ったものは美味《おい》しいからな。アグニスが手伝ってるなら、さらに──

「──できました！　アグニスさまの魔力が宿った、卵焼きです！」

「──すごい。アグニスは自分の炎で……お料理ができたので……」

……なんだか不思議な言葉が聞こえた。

階段を降りたところで、俺は厨房の方を見た。

ドアが少しだけ、空いてた。

その隙間から中を見ると、メイベルとアグニスがいた。

メイベルは……うん。いつも通りだね。メイド服を着てるね。

でも、アグニスは……褐色の背中が見えてるね。テーブルの向こうにいるから、上半身しか見えないけど。裸の背中に、紐《ひも》のようなものがあるね。肩紐だね。

なるほど、アグニスはエプロンを着てるのか。

びっくりした……。アグニスが裸で料理をしてるのかと勘違いするところだった。

ちゃんとエプロンを着てるのか。そっか。だったら安心……。

「──完成です。さぁアグニスさま、盛り付けを。それからトールさまを起こしてきてください」

「──ま、待って。その前に『健康増進ペンダント』と、服と下着を……」

アグニスが『健康増進ペンダント』を身につけた。

エプロンの胸元で、ペンダントが光を放つ。

よし。これで大丈夫だ。アグニスがびっくりしても、炎が暴走することはない。

安心して、ドアをノックして、と。

「……おはよう。メイベル、アグニスさん」

俺はドア越しに、ふたりに声をかけたのだった。


「……お見苦しいものをお見せしたので」

「全然見苦しくはなかったから。びっくりしただけだから」

「……こうするようにアグニスさまに提案したのは私です。罪は私にあるのです」

その後、メイベルと、きちんと服を着たアグニスは、俺に向かって頭を下げた。

いや、別に謝る必要はないんだけど。

あと、アグニスを驚かせないためとはいえ、俺もじっくり見ちゃったからね。

「まずはごはんにしようよ。せっかく作ってくれたのに、冷めたらもったいないから」

「は、はい」

「いただきます。なので」

俺たちはとりあえず、朝食にすることにした。

うん。美味しい。

サラダはしゃきしゃきしてる。果物も新鮮だ。これは羽妖精《ピクシー》さんが持ってきてくれたのかな。

パンは、ライゼンガ将軍の屋敷から届いたものだ。

屋敷の料理人さんは、俺たちの分まで焼いてくれるんだもんな。感謝しないと。

「……あの、トール・カナンさま」

「どしたのアグニスさん」

「……た、卵焼きは、どうですか？」

「……うん」

目の前の皿に載ってるのは、ソースのかかった、大きな卵焼きだ。

表面には軽く焦げ目がついてる。

これは……アグニスの炎が触れた跡かな。アグニスの炎……つまり、アグニスの魔力が……。

うん。どんな効果があるのか、興味があるな。食べてみよう。

ぱく。

「――はうぅ」

アグニスが真っ赤《まっか》になって、椅子に座り込んだ。

……えっと。もう一口。

ぱく。

「…………はうぅ」

「だ、大丈夫？　アグニスさん」

「大丈夫なので。ただ……」

「ただ？」

「な、なんだか、アグニス自身が、トール・カナンさまに食べられてるような感じなので」

「……食べない方がいい？」

「いえ、嫌な感覚ではないので……」

……緊張感のある食卓だった。

それから、俺はなんとか朝食を済ませた。

卵焼きを食べ終わるころには、アグニスはふにゃふにゃのへなへなになってたけど。

その後、どうしてあんな姿で料理をしていたのか聞いてみたけど――

「乙女の秘密です」「なので！」

結局、教えてはもらえなかった。

ただ、次にああいうことをするときは、きちんと予告します――と、約束してくれたのだった。

そんなことがあってから、数日後。

「あれ？　今日はアグニスさんは来ないの？」

「はい。魔王城に用事があるそうです」

「魔王城に？」

「そうですね。魔王陛下に、書物を借りに行くそうです」

書物か。アグニスも努力家だなぁ。

ライゼンガ将軍の娘として、きっと軍略の本とかを借りるんだろうな。すごいな。

——と、俺はそんなことを考えていたのだった。


——その日、魔王城の玉座の間では——


「……勇者世界のメイド写真集を貸して欲しいじゃと⁉　アグニス……お主になにがあったのじゃ⁉　え？　勇者世界の裸エプロンについて知りたい？　待て、あの本は危険じゃ。読んでもいないお主に影響を与えるほど危険なのじゃ‼　いや……忠誠のためと言われても…………こら―、トールにメイベルよ！　お主らはアグニスになにを吹き込んだのじゃ——っ‼」

ひざまずくアグニスの前で、魔王ルキエの声が響いていたのだった。

Tamago
-Yaki

番外編3「トールとルキエと『羽妖精の新たな技』」

「というわけで、西の森の羽妖精たちと仲良くなりました」


ある日の午後。俺は魔王ルキエに羽妖精を紹介していた。

場所は、魔王城の裏庭。

ここは人が来ないから、よく密会に使われている場所らしい。

「報告は受けておったが、実際に見るとおどろきじゃな。羽妖精がトールの肩に乗っておる……」

ルキエは羽妖精を見ながら、目を丸くしてる。

ちなみに、今のルキエは『認識阻害《にんしきそがい》』の仮面とローブを外している。

『人見知りの羽妖精が姿を見せておるのじゃ。余が隠れたままというわけにはいくまい』とのことだった。真面目《まじめ》だ。

もちろん、羽妖精たちは、ルキエの正体を秘密にするって約束してくれてる。

「それじゃ、みんなあいさつして」

「「「はーい」」」

俺の両肩に乗ってた地の羽妖精と火の羽妖精。

それと、俺の胸にしがみついてた風の羽妖精が、一斉に地面に降りる。

「地の羽妖精を代表してまいりました。以後、御見知《おみし》りおきをお願いいたします」

「火の羽妖精です！　魔王陛下と錬金術師さまのお役に立つ意欲で燃えておりますー！」

「風ですー。ひゅーんと飛んでぐるぐるしますよー」


「「「これから、よろしくお願いいたしますー」」」


羽妖精たちは、一斉にルキエの前で頭を下げた。

「余が魔王ルキエ・エヴァーガルドじゃ。これからよろしく頼む」

ルキエは羽妖精たちの手を取りながらうなずいた。

よかった。

羽妖精たちは人見知りだから、ルキエにあいさつできるか心配だったんだ。

「お主たちは、トールから『魔織布《ましょくふ》』の服をもらったそうじゃな……いや、風の羽妖精よ。脱ごうとしなくてもよい。着心地を聞きたいだけじゃ」

「はい。錬金術師さまの服は、大変に魔力の通りが良いものでございます」

「まるで身体《からだ》の一部のようです」

「自由にぐるぐるしますー。オプションつきですー」

「……オプションじゃと？」

「俺から説明してもいいですか？」

羽妖精たち、ルキエの前に出てることでテンションが上がってるからね。

彼女たちの服の素材を作ったのは俺だし、こっちから説明した方がいいよな。

「実は羽妖精たちは、身につけた『魔織布』を操ることができるみたいなんです」

俺は言った。

「元々、彼女たちは木の葉に魔力を通して服にしていました。そうすると木の葉が皮膚の一部のようになって、空気の流れを敏感に感じ取ることができるからです」

「う、うむ」

「でも『魔織布』だと魔力の通りが良すぎて、皮膚どころか、身体の一部みたいになってしまったんです」

「そうなると……どうなるのじゃ？」

「服を魚のヒレのように動かして、素早く飛ぶことができます」

俺は、羽妖精たちの方を見た。

「それじゃ、ちょっと実演してみてくれる？」

「「「はーい！」」」

直後、羽妖精たちは羽を揺らして、飛んだ。

速い。

彼女たちは裏庭の木を縫うように、高速で飛び回っている。

よく見ると、まとった服が小刻みに振動してる。スカートは平べったくなったり、膨らんだり、それで速度と方向を調整しているようだ。

「……普通の羽妖精は、こんな速度では飛べぬのじゃよな」

「今までは木の葉の服でしたからね。あまり速度を出すとバラバラになっちゃってたそうです」

「方向転換の速度もすごいのじゃ。木の枝の隙間《すきま》をジグザグに飛んでおる」

「すごいですよねー」

「……あのな、トールよ」

「はい。ルキエさま」

「お主は羽妖精の生活を変え、種族そのものを進化させるつもりか？」

「はい……それはメイベルにも言われました」

「メイベルならば、そう言うじゃろうな」

「でも、そもそも『魔織布』は勇者世界のアイテムを元にしてますからね。勇者世界のアイテムじゃしょうがないと思います」

「う、うむ。あの地は超絶の世界じゃからの……」

「それで、どうでしょう。俺としては羽妖精みんなに『魔織布』の服をあげたいんですけど」

「……これを見てしまったら、駄目とは言えぬじゃろうな」

ルキエはため息をついた。

苦笑いしながら、すねたような顔で、俺を見て、

「そもそもお主は、余が断るとは思っておらぬのじゃろう？」

「俺は魔王陛下を信頼していますから」

「……調子の良いことを言いおって」

ルキエは肘《ひじ》で、俺の身体を突っついた。

「じゃが、トールの言う通りじゃ。民を幸せにするアイテムならば、その使用を禁止するわけにはいかぬよ。羽妖精《ピクシー》が、皆の前に出られるようになることも、彼女たちが魔王領の役に立ちたがっておることも。それが彼女たちの幸せならば、魔王は認めねばならぬじゃろうよ」

「ありがとうございます。ルキエさま」

「まったく……ケルヴがまた頭痛を起こすぞ」

「あとで宰相閣下には謝罪しておきます」

そんなことを話しているうちに、3人の羽妖精たちが戻ってくる。

彼女たちは服を船の帆のように膨らませて、急ブレーキ。

俺たちの前で停止して、スカートをつまみながら、一礼した。


「お目汚しでございました」

「いかがでしたかー」

「ひゅんひゅん飛ぶの、気持ちいいですー」


「うむ。たいしたものじゃったぞ。ところで……じゃな」

ルキエは羽妖精たちの腰のあたりに視線を向けた。

そこには、ゆらゆらと揺れる『魔織布』のリボンがあった。

「そのリボンは、なんの意味があるのじゃ？　ずいぶんと長いもののようじゃが」

「それはさっき風の羽妖精が言っていた、オプションです」

「オプションじゃと？」

「普段は帯のように腰に巻き付けるようになっていますが、使うときはほどいて伸ばします。長さは最大2メートルで、手足のように自由に動かせるみたいです」

「ほぅ。面白いな」


「錬金術師さまのアイディアで、メイベルさまとアグニスさまが作ってくださったのでございます」

「炎のようにゆらゆら揺れます」

「便利ですー。ふわふわー」


羽妖精たちの言葉に合わせて、リボンが自由自在に形を変える。

まるで風に揺れる枝のようでもあり、触手のようでもある。

ソレーユとルネは「もうひとつの腕のようです」と言っていたっけ。

「なるほど。これは物をつかんだり、引っ張ったりするときに使うのじゃな？」

「「そうです。欲しいものを取ったりするときに使います」」

「うむ。では、実際にやってみてくれぬか？」

「よろしいのでございますか？」

「魔王陛下の前では、気が引けるのですー」

「いいの？　いいの？」


「……？　う、うむ。構わぬぞ。やってみるがよい」


「「「わかりましたー」」」

3人の羽妖精がうなずく。

同時に、彼女たちの腰に巻かれていたリボンが、ほどけた。

それはまるで生き物のように動き出し、ゆっくりと伸びて……って、あれ？

なんで俺の方に飛んでくるの？　あの、ちょっと。

羽妖精のリボン、俺の両腕に巻き付いてるんだけど。え？　両足にも？

腰にも伸びてるのは……なんで？


「魔王陛下の許可をいただきましたので」

「わたしたちが一番欲しいお方を、いただきましたー」

「錬金術師さま。すきすきー」


「そ、そういう意味ではない！　トールは余の……こら!?　トールをどこに引っ張っていく!?　トールも抵抗せよ‼　なんで引っ張られるままにしておるのじゃ⁉」

「で、でも、俺が力を入れると、羽妖精が怪我《けが》をするかもしれないですし」

リボンは羽妖精たちの身体《からだ》に繋《つな》がってる。

この子たちは華奢《きゃしゃ》だから、俺が力を入れると怪我をしそうだ。

だから抵抗できないんだけど──

「ト、トールはやらぬ！」

不意に、ルキエが俺の襟元《えりもと》をつかんだ。

「この者は余の……余の錬金術師じゃ！　魔王ルキエ・エヴァーガルドの友であり、余の大切な者じゃ。自由にすることは許さぬ‼」

「「「そうなのですかー？」」」

羽妖精たちが問いかけるように俺を見てる。

ちょうどいい。ルキエのセリフに乗っかろう。

「陛下の言う通りだよ。このリボンを放して」

俺が言うと、羽妖精たちは納得したように、

「承知いたしましたー」

「魔王陛下のお気持ちを考えず、申し訳ありませんでした」

「ではでは、陛下がリボンをお使いくださいー」

しゅるん。


羽妖精たちの腰に巻き付いていたリボンが、外れた。

彼女たちはそれを手に取り、ルキエの元へ。

ルキエの手の平に、それぞれのリボンの先端を載せた。

俺の手足に絡みついたままのリボンを。


「予備はございます。どうぞ、このリボンは魔王陛下がお使いください」

「炎のような情熱に感服しました。錬金術師さまは、陛下にお預けいたします」

「好きにしてくださいー」


あの。ちょっと？

ルキエに渡す前に、このリボンをほどいて欲しいんだけど。

……ルキエもなんで不敵な笑みを浮かべてるの？

「ちょうどよい。トールには言いたいことがたくさんあったのじゃ」

「……あの、陛下」

「ライゼンガ領での話も聞きたいからの。トールはこのまま部屋へと連行するのじゃ。お茶でも飲みながら、色々と話を聞かせてもらうことにしよう」

ルキエは、すごくいい笑顔だった。

素顔のまま。まるで無邪気な少女みたいに。

……ずるいなぁ。

そんな顔を見たら、抵抗できなくなっちゃうじゃないか。

「羽妖精たちも来るがよい。茶と菓子を馳走《ちそう》しよう。お主たちからも、トールがライゼンガ領でなにをやらかしたのか聞きたいからの」


「……よろしいですか、錬金術師さま」

「火の点《つ》いたように語りますけどー」

「お菓子、食べたいですー」


俺の肩とお腹《なか》にくっついて、聞いてくる羽妖精たち。

好奇心いっぱいのその声に、俺はうなずくしかなくて──

「そうだね。陛下とみんなで、お茶にしようか」

「「「やったー！」」」

こうして、俺とルキエと羽妖精たちは、秘密のお茶会をすることになり──

手足に絡みついたリボンは、いつでもほどくことができたけど、なぜかそんな気にならず──

「錬金術師さま。リボンでぐるぐる巻きになっていますが、笑っておられます」

「自分たちも楽しいですけど、錬金術師さまも楽しいですかー？」

「次はメイベルさまとアグニスさまも、リボンでぐるぐるー？」

「……えっと」

「……羽妖精がいけない遊びを覚えてしまったのじゃ」

俺とルキエは顔を見合わせて、苦笑い。

そんな感じで俺たちは、楽しいお茶会の時間を過ごしたのだった。

あとがき

こんにちは、千月《せんげつ》さかきです。

『創造錬金術師は自由を謳歌《おうか》する』の2巻を手に取っていただき、ありがとうございます！

2巻では、魔王領による魔獣討伐が行われます。もちろんトールは、そのためのアイテムを作成するのですが、そんな彼に対して、帝国も妙な陰謀を企《たくら》んでいて――

魔獣と帝国にトールたちがどう立ち向かうのか、ぜひ、読んで確かめてください。

『創造錬金術師は自由を謳歌する』は、姫乃《ひめの》タカ先生によるコミカライズ版も連載中です！「ヤングエースUP」のホームページで読めますので、アクセスしてみてください！

それでは、最後にお礼を。

いつもWEB版を読んでくださっている皆さま、本当にありがとうございます！　おかげさまで2巻を出すことができました。かぼちゃ先生、今回もすばらしいイラストをありがとうございます。魔剣を構えたルキエは最高にかっこいいです。担当のKさま、いつもありがとうございます。

そして、この本を手に取ってくださっている方にも、最大級の感謝を。

もしも、このお話を気に入ってくださったのなら、また次巻でお会いしましょう。

カドカワBOOKS

創《そう》造《ぞう》錬《れん》金《きん》術《じゅつ》師《し》は自《じ》由《ゆう》を謳《おう》歌《か》する２
故郷《こきょう》を追放《ついほう》されたら、魔王《まおう》のお膝元《ひざもと》で超絶効《ちょうぜつこう》果《か》のマジックアイテム作《つく》り放題《ほうだい》になりました

2021年９月10日　初版発行

著者／千月《せんげつ》さかき

発行者／青柳昌行

発行／株式会社KADOKAWA

〒102-8177
東京都千代田区富士見2-13-3
電話／0570-002-301（ナビダイヤル）

編集／カドカワBOOKS編集部

印刷所／暁印刷

製本所／本間製本

Printed in Japan
ISBN 978-4-04-074226-7 C0093